Случай с Маяковским

マヤコフスキー事件

小笠原豊樹

河出書房新社

マヤコフスキー事件　目次

マヤコフスキー事件

マヤコフスキー

1　四月十四日

一九三〇年四月十四日、月曜日。

春めいた、穏やかな朝だったという。モスクワ市の天候はおおむね曇りだったが、ときどき陽が射したと何人かが回想している。気温も恐らくは平年の水準より幾分かは高く、いうところの「一陽来復」という感じだったようだ。夏の朝のようだったという回想すら、ある。

旧来のユリウス暦から、十月政変直後、グレゴリオ暦に切り替って、すでに十二年余り経っていたが、この日は旧暦の四月一日、エイプリル・フールの日であることを、思い出すともなく思い出してしまうという点では、多数のロシア人の頭の中身は相変らずだった。この日も、さまざまなことが起こるだろう。人は生まれたり、死んだりするだろう。だが、それらの生や死は、あらかた、この日のジョーク程度にさえも重きを置かれぬまま、漫然と経過してしまうのかもしれない。

モスクワの都心から程遠からぬ、ルビャンスカヤ広場、通称ルビャンカ（詳しく言うなら、赤の広場のレーニン廟から北東方向へ、直線距離にして七五〇メートル）の東端から始まるルビャンスキー横丁の三番目の、かつてスタヘーエフ・ビルと呼ばれ、帝政末期には内務省が部分的に専有していたほどの建物は、一九三〇年当時、革命後の住宅事情の悪さの見本のように、各階の区画を更に細かく区切って、入居者たちが犇《ひし》め《め》き合う、人口稠密な共同住宅と化していた。

その共同住宅の四階には、区画十一号と十二号があって、十二号区画（総面積百七十平米）のなかの一番小さな部屋（十二平米、間口三メートル、奥行き四メートル）が、詩人マヤコフスキーの仕事部屋だった。詩人は一九一九年以来ここに住み、一九二六年に、少し離れたゲンドリコフ小路（現マヤコフスキー小路）で友人のブリーク夫妻（リーリャとオシップ）と三人の所帯を持ったあとも、こちらは仕事部屋として使いつづけ、時には寝泊りもしていたのだった。

十二号区画には、マヤコフスキーのほかに、三世帯と独身者が一人、住んでいた。四月十四日は月曜だったので、この区画のほとんどの人は勤めに出ていたが、共用の台所の奥の小部屋で寝泊りしていた二十三歳の青年が、この日は（まだ？）勤めに出ず、訪ねてきたガールフレンドと自分の小部屋で喋々喃々していたと、隣に住む当時九歳の少女が証言している。午前十時頃のことだ。他には、一番奥の所帯が雇っていた通いの女中が、ちょうど出勤してきて、すぐに台所で昼食の準備にとりかかった。しかし、まだ十時を回ったばかりだから、あわてることはない。少しして、マヤコフスキーの部屋の方から何かの音がきこえた。

独身青年、九歳の少女、二十三歳の通いの女中の三人が、その音について、それぞれ次のように語っている。

「両の掌を打ち合せたような音」

「凄い音」

「おもちゃのピストルみたいな音」

通いの女中は、十分ほど前から、台所の奥の独身青年の部屋へ行き、青年とそのガールフレンドを相手にお喋りをしたり、また台所で仕事を続けたりしていたが、その音を聞いて、再び青年の所へやって来る。「なんだろ、いまの音？」不穏な空気をすぐに察したのか、青年のガールフレンド

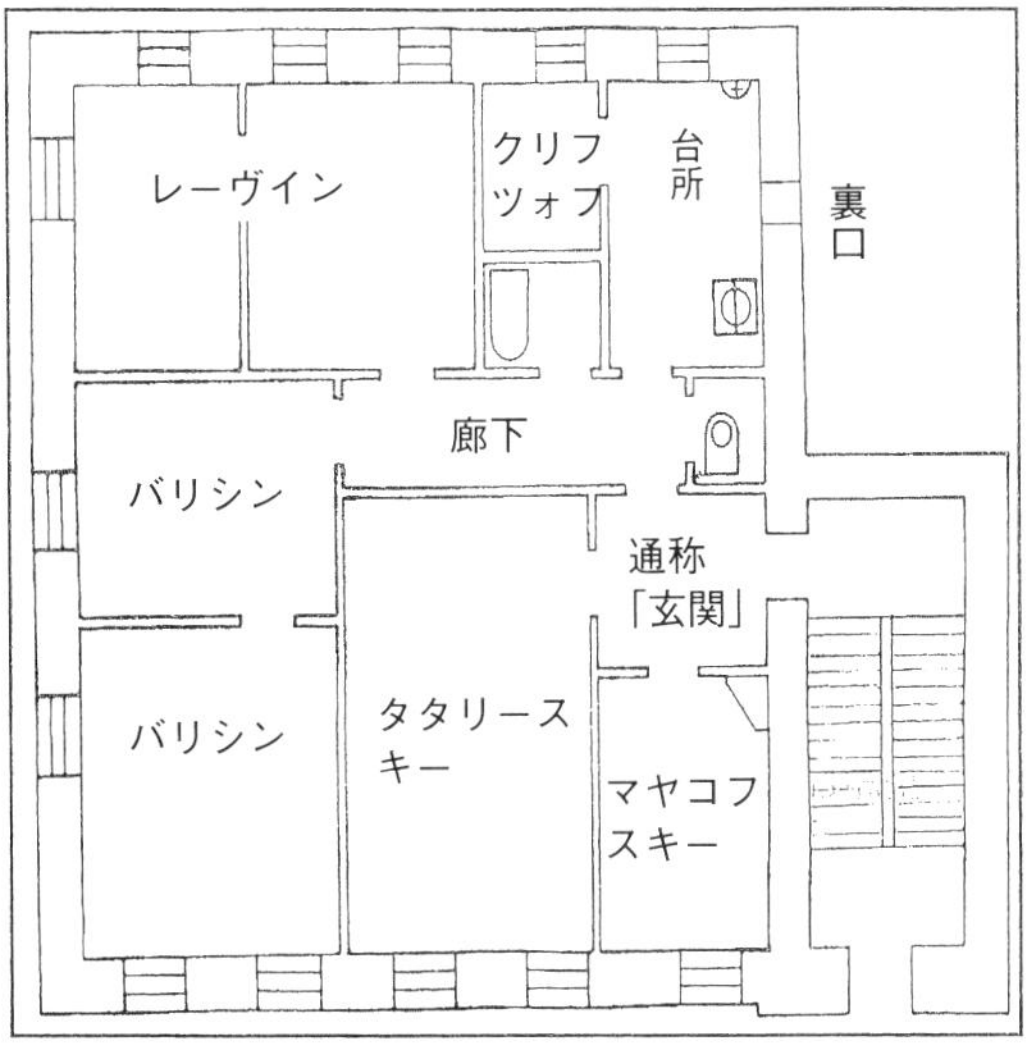

ルビャンスキー横丁三番十二号区画の見取り図

はここで退散したらしく、このあとのだれの供述にも、もう出てこない。残った二人は恐る恐るマヤコフスキーの部屋の前まで出て行く。青年の小部屋や台所のあたりで、うろちょろしていた九歳の少女も、二人について行く。

詩人の部屋の前の廊下にいたのは、女中が今し方お喋りの中で描写していた通りの、モスクワ芸術座の女優、ヴェロニカ・ポロンスカヤだった（「さっきね、マヤコフスキーとポロンスカヤがタクシーで乗り付けてさ、私のすぐ後ろを四階まで一緒に階段を上がって来たの。彼女、サマーコートを着て、青い帽子をかぶっちゃって、まるっきりパリ・モードよ。二人で仲良さそうに腕なんか組んじゃってさ……」）。

女中の証言によるなら、拳銃の発射音らしき音を聞いた青年・女中・少女の三人組が台所の前の廊下から、ドアをあけて、マヤコフスキーの部屋の前の小廊下――通称「玄関」に出たとき、詩人の仕事部屋から女の悲鳴が聞こえ、

「助けて」と叫びながらポロンスカヤが走り出て来たという。一方、当時九歳だった少女が半世紀後の晩年に証言したところによれば、二人は「玄関」でうろうろしていたポロンスカヤに遭遇し（詩人の部屋のドアはあいていた）、女優は救われたように「あ、マヤコフスキーさんがピストル自殺をしたの」と言いざま、すぐ立ち去ったという。

二人が詩人の部屋に入ると、確かにマヤコフスキーは床に倒れ、シャツの左胸に血が滲んでいたが、まだ死んではいないようだった。青年は直ちに隣の十一号区画へ走り、電話を借りて、救急車を呼んだ。やがて現れた救急車のスタッフが、詩人の死亡を確認した。この頃までには、同じ区画や、よその区画にまでも、あっというまに情報が広まり、何人もが銃撃の現場に駆けつけていた。外部からは、OGPU《オーゲーペーウー》（合同国家政治保安部、その本部の大きな建物はルビャンカ広場に面していて、ここまでは徒歩で五分とかからない）の三人の男が逸早く現れて、詩人の断末魔の写真を撮ったという。民警の刑事たちがやって来たのは、そのあとで、この人たちも、すでに床からソファに移されて、断末魔の凄まじさを多少とも和らげられた詩人の遺体の写真を撮った。

死んだマヤコフスキーは当時だれ知らぬものなき有名詩人だったし、サイレント映画時代の美男スター、ポロンスキーの娘のポロンスカヤは、モスクワ芸術座の若手美人女優として売り出し中で、この二人の関係は、いうところの「全モスクワ」に知れ渡っていた。十二号区画に居合せた三名の証言もあることだし、この場合、ポロンスカヤが詩人の変死について「なんらかの事情を知っている者」として、まっさきに事情聴取を受けたのは当然だろう。母親の住居に緊急避難していた女優は、変死現場の隣の十一号区画に臨時に設けられた取調べ所に呼び出され、この日の午後、供述調書に署名した（ちなみに、四月十四日当日に事情聴取を受けたのはポロンスカヤ一人で、十二号区画の住人や、その他の関係者が事情を聞かれたのは、十五日に一人だけ、ほとんどが十六日以降のことである）。

供述調書（証人用　~~被害者用~~）

刑事事件番号　一九三〇年〇二―二九

一九三〇年四月十四日、モスクワ市バウマン区、民警第二分署、モスクワ州検察庁所属の検察事務官スィルツォフが、この事件の証人（~~被害者~~）として取り調べた左記の者は、偽りの供述については刑法九十五条によって重大な責任が生じることを予め警告された上で、次のような供述を行った。

(1)姓、名、父称、年齢　ポロンスカヤ、ヴェロニカ・ヴィトリドヴナ、二十一歳。
(2)出身地（出生地）モスクワ市。
(3)住所　モスクワ市、カランチェフ通り、十七の四、区画一号。
(4)職業もしくは職種　女優。
(5)勤務先と地位　モスクワ第一アカデミー芸術劇場（モスクワ芸術座）。
(6)学歴　中等教育修了。
(7)党籍および党歴　非党員。
(8)前科　なし。
(9)事件関係者との関係　………

市民マヤコフスキー（ヴラジーミル・ヴラジーミロヴィチ）の自殺に関して、私の知っていることは次の通りです。ほぼ一年前、すなわち、一九二九年四月末に、モスクワ市の競馬場で、市民ブリーク（オシップ・マクシモヴィチ）が、私を市民マヤコフスキーに紹介しました。私たちはそのとき以来の知人同士であります。それ以前は彼の詩作品しか知りませんでした。知り合った日の夕方、マヤコフスキーと私は、連れ立って、作家カターエフ（ワレンチン・ペトローヴィチ）の住居を訪ねました。知り合って、初めの頃は、マヤコフスキーは言い寄る気配など見せませんでしたが、最近、モスクワ芸術座や、彼の自宅、その他の場所で、しばしば顔を合せるようになってから、その気配が見え始めました。彼の自宅へ行く場合、たいていは夫のヤンシン（ミハイル・ミハイロヴィチ）と一緒でしたが、その後、一人で行ったこともあります。そんなとき、マヤコフスキーは再三にわたって、私が夫と別れて彼の妻になり、彼と同棲するようにと繰り返しました。初めのうち、これは大して深刻な問題ではないと思った私は、考えてみますなどと言ってごまかしていたのですが、彼が終始しつこく付きまとったので、今年四月十三日に会った際、自分の結論を最終的に述べました。すなわち、あなたを愛していないから、同棲する気はないし、夫と別れるつもりもない、と。それでも、マヤコフスキーは興奮しつづけ、しょっちゅう私の自宅に電話をかけてきたり、訪ねてきたりして、彼の所に来るように等々のことを繰り返しました。最近会ったときは、マヤコフスキーはひどく悲しそうで、しかも、いらいらしていて、それは彼の『風呂』という芝居の上演が失敗だったからで、それに孤独と、体調の悪さのためだと言っていました。今年四月十三日、約束していた通り、午前十一時頃、電話してきて、そちらへ行くと言ったので、私は服装を整えて、中庭へ出ましたら、マヤコフスキーは門の所に立って、待っていました。私たちは彼の自動車に乗り

ポロンスカヤ

ヤンシン（右から２人目）とポロンスカヤ（右から３人目）

ました。私はマチネーの舞台に出なければならず、それは十二時に始まります。自動車は劇場に向かいました。劇場に着くと、マヤコフスキーは、ちょっとうちに寄らなきゃならないと言い、自動車はルビャンスキー横丁へ向かいました。彼の住居に着いて、私たちは自動車から降り、彼の部屋へ行って、ほんの何分間か、そこにいたでしょうか。彼は持って出るのを忘れたというハンカチをポケットに入れ、部屋では特になんの話もせず、自動車に戻って、私を劇場まで送ってくれました。その途中、自動車の中で、気持はどう決めたのかと彼に訊かれ、その点については夫と話したけれども、あなたと会うのはもうやめたらどうだろうと夫に言われたと、私は答えました。すると彼は「そりゃそうだ、俺もそう思う」と言ったのです。それで私は、あなたを愛していないし、同棲する気もないので、どうか私のことは構わないで下さい、少しの間、どこかへ旅行でもなさったらどうかしら、と言いました。これに対して彼は、今どこかへ旅行することはできないけれども、せいぜいきみのことは構わないように努力しよう、と言いました。でも、この日、私が舞台に立っている間にも、彼は何回か電話をかけてきたのです。私は二回だけ電話に出て、彼と話しましたが、彼はひどく悲しそうで、なんだか恐ろしい精神状態に陥っていることがひしひしと感じられました。何やら脈絡のない話ばかりで、例えば、とつぜん、政府に宛てて短いメモを書いたんだけれども、そこにきみの（ポロンスカヤの）名前を出すのを許可して欲しい、などと言うのです。どこでもお好きな所に私の名前を出してくださって一向に構いませんけど、お願いですから、馬鹿な真似はなさらないでください、舞台がすんだら、そちらに伺いますから、もっと話し合いましょう、と私は言いました。そして午後四時頃、舞台がすんだので、ルビャンカの部屋へ行くと、彼は私の訪問をとても喜んでくれて、来てくれて本当に助かった、俺は馬鹿なことばかり言ってわるかったね、と言い、とても元気そうで明るい感じでした。私は、お願い、三日間でいいから私のことは放っておいて下さい、そのあとはまた会っても構いませんが、今みたいな重苦しい精神状態では、とてもお会いすることはできません、と言いました。こんな話をして彼の部屋にいたのは、せいぜい三十分くらいだったでしょうか。彼は自動車で私を家まで送ってくれました。家に着くと、私は自動車から降り、彼はトンボ返りで帰って行きました。その日の午後七時頃、また電話してきて、もう電話しないと約束したのに電話してごめんと言い、寂しくてたまらない、頼むから会ってくれないかと言いました。私は、会うことはできないわ、と答えました。すると、今夜はどこかへ行くのかと訊ねますから、カターエフの家に行きますと答えました。そのときの会話はそれだけです。午後十時頃、私は夫と、芸術座の俳優のリヴァノフ（ボリス・ニコラーエヴィチ）と、三人で、カターエフの住居に行きました。カターエフの住居は、スレチェンカ通りのどこかだったと思いますが、正確な住所は知りません。そこに行きますと、マヤコフスキーがすでに来ていて、その部屋に一人坐りこみ、もう酔っていました。そして、みんなの見ている前で私に付きまとい、話しかけました。私はいやいや返事をし、もうお願いですから帰って、と言うと、彼はすごく乱暴に「大きなお世話だ、帰るも帰らないも俺の勝手だろう」というようなことを言いました。その場にいたのは、カターエフと、その妻、私と夫、それにリヴァノフと、私の知らない男の人二人です。カターエフの住居に、私たちは午前三時頃まで、いました。帰ろうとした私たちを、マヤコフスキーは送ってきました。私たち、つまり、マヤコフスキー、私、私の夫、リヴァノフ、そして私の知らない男の人一人は、一団となって歩いて行きました。マヤコフスキーは私と夫の住居のドアの所まで送って来て、ちょっと話があるので、あすの朝、こちらに寄ってもいいだろうかと言い、私たちは同意しました。そして、私たちは別れました。今年四月十四日の午前九時十五分、マヤコフスキーは私の住居に電話してきて、すぐそこまで来ている、と言います。私は、わかったわ、じゃ、門の所で待っていて、と答えました。そして身支度をして中庭に出ると、マヤコフスキーは私たちの住居のドアに向かって歩いて来るところでした。それから、私とマヤコフスキーは自動車に乗りこみ、一緒にルビャンカの彼の部屋へ向かいました。みちみち、彼はゆうべのことを謝り、今の俺は病人で、苛立っているだけなのだから、気にしないでくれと言いました。ルビャンカに着いたのは、午前十時頃だったと思います。私はコートを着たまま、彼はコートを脱いで、私はソファに腰を下ろし、彼は私の足元の絨毯の上に跪き、お願いだ、せめて一、二週間でもいい、一緒に暮らしてくれないか、と言いました。そんなことはできない、だってあなたを愛していないから、と私は答えました。すると、彼は「わかった」と言い、じゃ、今後も会うだけは会ってくれるんだろうか、と訊ねました。「ええ」と私は言い、でも今はだめよ、と付け足しました。そして芝居の稽古に行こうとすると、彼は、今日は送って行かないと言い、タクシー代はあるか、と訊きました。ないわ、と言うと、十ルーブリくれたので、それを受け取りました。別れ際に握手をしてから、私は部屋の外に出て、彼は部屋の中に残り、私が共同住宅の正面玄関へ行こうとした時、部屋の中から発射音が聞こえ、私は事の次第をすぐに悟ったけれども、部屋に入る勇気がなく、悲鳴をあげるのみでした。その悲鳴を聞いて、共同住宅の隣人たちが駆けつけてきて、それから、やっと、私たちは部屋に入りました。マヤコフスキーは両の手足を広げて、床に倒れていました。胸の傷口が見えました。私は駆け寄って、なんてことをしたのと言いましたが、彼は何も答えなかった。私は泣いたり叫んだりしていたので、そのあとのことはよく覚えていません。結局、救急車を呼ぶことになりました。部屋にいた誰かが私に、外で待機していて、救急車の人たちをここに案内してくれと言いました。私は中庭から通りへ出て、五分ほど待ちました。救急車が来て、私は救急車の人たちを現場に案内し、その人たちがマヤコフスキーの死亡を確認しました。そのあと、私は気分が悪くなったので、中庭に出て、そのあと芝居の稽古があるので劇場までタクシーで行きました。通りへ出る前に、ひとりの男の人が私に住所を訊いたので、私は自分の住所をそのひとに教えました。劇場に着きましたが、とても稽古のできる状態ではなかったから、お休みさせて下さいと申し出ました。そして劇場の中庭をうろついて、十一時に来る筈の夫を待ちました。やがて夫が来て、私は今し方の出来事を残らず語り、母に、迎えに来て、と電話をかけました。母は直ぐ飛んで来て、私は一緒に母の住居へ行きました。マールイ・レフシンスキー小路七番、区画十八号です。それから私は呼び出されて、また、ルビャンカのマヤコフスキーの住居へ逆戻りしました。

マヤコフスキーと知り合って以来ずっと、彼との性的関係はありません。彼にはしょっちゅう口説かれましたけれども、私はそういうことはいやだったので（「しょっちゅう」を抹消）。

マヤコフスキーの自殺の理由は私にはよくわかりませんが、たぶん私が性的関係を拒んだことが主な理由ではないかと思います。そして彼の作品『風呂』の上演が失敗だったことや、病的な精神状態もまた。

彼が自殺について私に語ったことはありません。ただ、いやな気分だということは、よく、こぼしていました。この先、自分がどうなるのかは全くわからない、だって自分の人生に喜ばしいことはひとつもないのだから、とも言っていました。抹消シタ「しょっちゅう」ハ読マナイデ下サイ〔ポロンスカヤの筆跡〕。

この調書に誤りのないことを認めます。

〔ポロンスカヤの署名〕

バウマン区第二分署検察事務官〔スィルツォフの署名〕

2　自殺？

「市民マヤコフスキーの自殺に関して、私の知っていることは次の通りです」というのが、ヴェロニカ・ポロンスカヤの供述の始まりだった。他には、供述の終りのほうで、「マヤコフスキーの自殺の理由は私にはよくわかりませんが……」とか、「彼が自殺について私に語ったことはありません」とかいう部分もある。そして、この供述調書の最も劇的な場面では、「……正面玄関へ行こうとした時、部屋の中から発射音が聞こえ、私は事の次第をすぐに悟った……」云々とある。ポロンスカヤは、詩人が拳銃を手に持ち、引金を引くところを目撃したわけではないのに（「……別れ際に握手をしてから、私は部屋の外に出て、彼は部屋の中に残り……」というくだりを見よ）、自殺は既定の事実であるかのごとく語っている、ように見える。

女優の供述に基づいて、実際にこの調書を書いたのは、スィルツォフという名の検察事務官だ。女優は「この調書に誤りのないことを認め」て、署名している。つまり、ポロンスカヤは、初めから、マヤコフスキーは自殺したのだと思い込んでいたか、あるいは検察事務官に誘導されて、これはやはり自殺なのだと思ったかの、どちらかだろう。この供述が事件当日、事件の一、二時間後に、事件の現場のすぐそばで行われたことを、思い出していただきたい。しかも、供述者は動顚している二十一歳の女性だ。あからさまな誘導の有り無しにかかわらず、これは、そのような思い込みがきわめて生じやすい状況だった。

翌十五日のプラウダ紙には、「ヴラジーミル・マヤコフスキー自殺」という大見出しが出た。その記事に曰く、「捜査官スィルツォフ氏が本紙記者に語ったところによれば、この自殺が詩人の社会的・文学的活動とは全く無関係の純粋に個人的な理由から惹起されたものであることは、捜査資料によって明らかである……」。

まだポロンスカヤ一人の供述しか取っていない段階で、検察事務官スィルツォフは、どうしてこんなことを言えるのだろう。この日、取調べを受けたのは、前日の事件の直前、たまたまマヤコフスキーの所へ新刊の百科事典を配達し、前回の配達分と合せて集金して行った国立出版所のアルバイト集金人ひとりだけで、その調書を書いたのはスィルツォフではなく、別の警察関係者なのだ。スィルツォフの捜査活動は丸一日停止し、翌十六日、突如として六名もの供述調書を取っている。これは一体どういうことなのか。

(『詩人マヤコフスキー変死の謎』を書いて、自殺説に大きな疑問符を投げかけた、故ワレンチン・スコリャーチン氏の推測によれば、この四月十五日に、検察事務官はポロンスカヤの供述調書をOGPUに届けに行き、そこで調書の欠陥を指摘されたのだという。「私は部屋の外に出て、彼は部屋の中に残り」とは何事か。これじゃ自殺の確証にはならないじゃないか、等々。これはスコリャーチン氏の単なる推測ではなくて、裏付けとなるいくつかの「業務連絡」などの書類が残っている)。

同じプラウダ紙の別の面には、追悼文が掲載され、二十七人の関係者が署名していた。二十七人のトップを切るのは、死んだ詩人と同い年のアグラーノフというOGPUの秘密工作課の課長だった男だ。芸術愛好家という触れ込みで、だいぶ前からマヤコフスキーらの集まりに接近し、同人会

アグラーノフ

エリベルト

ではほとんど発言することなく、いつも笑みを浮かべて芸術家たちの議論に耳を傾けていたというが、これが実は尋問と拷問の専門家で、数えきれぬほど大勢の知識人や芸術家を殺していた。そして二十七人の署名者の殿《しんがり》を務めたのは、これまたマヤコフスキーに、この時期、急接近してきた、エリベルトという、詩人よりも五歳年下の、ＯＧＰＵの秘密工作員で、一九三〇年初頭にパリで白系ロシアの元将軍クチェーポフが拉致され殺害された事件に関わり、帰国してから、モスクワ中心部の自分の住居で寝泊りできるのに、なぜかマヤコフスキーのゲンドリコフ小路の住居に泊り込んでいた（折から外遊中のブリーク夫妻に、一人ぼっちの詩人を慰めるよう頼まれたというのだが）。この二人が追悼文の署名の列で最初と最後に立っているのは、二十七の苗字をアルファベット順に並べたためにそうなったというだけの、単なる偶然にすぎないのだが、それでも何やら暗示的ではないか。

この追悼文の中身は、要するに、マヤコフスキーは偉大な詩人だが、自殺はよくない、ということだ。「……彼を知り、彼を愛したわれわれにとって、自殺とマヤコフスキーの両立はありえない。それに加えて、われわれの社会で自殺は容認されないとするならば、いかなる怒りと悲しみの苦言をわれわれは今マヤコフスキーに投げつけなければならないのか……」。自殺とマヤコフスキーが両立しないなら、これは自殺ではないかもしれないと、どうして言わないのだろう。本気でマヤコフスキーを愛し、その死を嘆いているのなら、必ずそこにまで思い至った筈だ。論理がそこまで辿りつけなかったのなら、「怒りと悲しみの苦言」などという言葉は偽善、あるいはただの出任せにすぎない。

プラウダ紙四月十五日号には、ほかに、マヤコフスキーの遺書だといわれる文章も掲載された。

「くらしと正面衝突して、愛のボートは粉々だ」という短い詩句を引用し、「みんなに」と題した、例の有名な短い手紙である。マヤコフスキーは、「わが友、政府」に向かって、ポロンスカヤや、年来の愛人（という噂が世間に流布していた）リーリャ・ブリークを含めて、母と姉二人の自分の家族に、世間なみの生活を保障してくれるなら有難い、と書いている。そして、結びに、読む者を唖然とさせるような二行を付け加える。

「机の中の二千ルーブリは税金の足しにして下さい。

残りは国立出版所から受け取って下さい」

故スコリャーチン氏は、この手紙が鉛筆で書かれていることから推理を進めて、これはＯＧＰＵが偽造した遺書だろうと言う。その可能性はなきにしもあらずだが、一方では、「年来の愛人」リーリャ・ブリークの次のような発言が記録されている。数十年後、イタリアから来たジャーナリストに語った言葉だ。

「ワロージャ（マヤコフスキーの名、ヴラジーミルの愛称）は、ノイローゼ患者でした。体温が三十七度になると、もう重病人気分でね。初めて会った頃から自殺のことを考えていたようです。遺書を書いたのも一度や二度じゃない」

遺書を書いたのが一度や二度じゃないのなら、少なくとも二、三通の遺書が残っている筈だ、なぜそれを公開しようとしないのか、と故スコリャーチン氏は憮然として言うが、スコリャーチンのマヤコフスキー他殺説の衣鉢を継ぐブロニスラフ・ゴルプ氏は、二〇〇一年に出版された『革命の玉座に侍る道化』（副題は「銀の時代の詩人にして俳優、ヴラジーミル・マヤコフスキー、その創作と生涯の内的テーマ」）の中で、マヤコフスキーが死んだ日は、たまたま、ゴーゴリの誕生日であり、それかあらぬか、ゴーゴリの場合と同じように、マヤコフスキーも本質的にロシアの「スコマロッホ」と呼ばれた旅芸人の血を引く「詩人にして俳優」なのだ、と説いている。スコマロッホたちは、今ふうに言うなら街頭音楽家あるいは大道芸人として、民衆を引きつけ、「笑いを取り」、そのために、しばしば権力者に弾圧されたのだった。

マヤコフスキーという詩人を、このように、スコマロッホふうの道化とする考え方は、ゴルプ氏が初めてではない。否定的な意味合いでは、だれよりも、あのレーニンが、あるとき側近に、あんなマヤコフスキーみたいな道化は革命には必要ない、と言ったのだそうな。逆に肯定的な意味合いでは、例えば『マヤコフスキーとロシヤ・アヴァンギャルド演劇』（一九七一年刊、小平武訳）の著者、A・リペッリーノは、この詩人の大道芸や人形劇への好みをはっきりと評価し、アヴァンギャルド芸術の内部の道化性をあらわにしてくれた。

筆者は、初めてゴルプ氏の本の題名を見たとき、ソビエトの崩壊を境として、極端な「神格化」に近い崇拝から一挙に「貶《けな》し」へと転じたマヤコフスキーの読者たちの傾向の、これはひとつの現れにちがいないと思い、いやな気持になったのだった。つまり、道化とは権力者に阿《おもね》るだけの幇間みたいなやつのことなのだと、一瞬、思ったのだ。だが、それは全くの誤解で、この『革命の玉座に侍る道化』の著者ほど、マヤコフスキーを敬愛しているひとは他にあまりいないかもしれない。

例えば、シェイクスピアの「リア王」の中の道化の台詞を見よ。「……人に舌はあれども中傷無く、人混みあれども掏摸《すり》は無く、高利貸は露天で堂々と銭勘定し、淫売屋の亭主と女郎が寄ってたかって教会を建てる、そんな時代になったならお慰み、誰も彼も手前《てめえ》のあんよを使って歩き出すだろうさ」あるいは、リア王に向かって、「お前さん、結構いい道化になれるぜ」（福田恆存訳による）。

このような予言や嘲弄を絶対権力の下で日常的に行っている凄い人物なのだ、道化とは。

人を驚かせ、笑わせ、感心させるためなら、なんでもやってしまう道化は、自殺の遺書くらい軽く認《したた》めてしまうだろう。マヤコフスキーの遺書なるものが道化精神のなせる業《わざ》であることは、その最後の二行、机の中の二千ルーブリを税金の足しにせよ云々という指示にも、はっきりと現れているという。当時のソビエト経済を肌で感じたことのない私たち外国人には、なかなかそのあたりのニュアンスがわからないのだが、ソビエトの税制に詳しい学者の話によると、一九三〇年当時、雑誌や新聞に作品を続々と発表し、朗読会に出演し、芝居を書きなどして、大活躍していたマヤコフスキーの収入を、最大限に見積もったとしても、その収入から生じる所得税はせいぜい数百ルーブリであって、二千ルーブリといえば、その何年分かに相当するのだそうだ。現在の私たち日本人が、「机の引出しにキャッシュが二百万円（あるいは二千万円）入ってますから、それを税金の足しにして」と言われたときのショックのようなものを、一九三〇年のロシア人は感じたのだろうか。

その証拠として、筆者が調べた限りでは、三人のロシア人が、四月十五日のプラウダ紙に掲載された「遺書」に対する一般人の反応を記録している。詩人のアセーエフ、作家であり文芸学者であったシクロフスキー、そして三〇年代中頃にＯＧＰＵの拷問部屋で殺されたエッセイストのミハイル・プレゼントだ。アセーエフは、モスクワの下町でひとりの酔いどれと遭遇し、その男がぶつぶつ呟いていた言葉を書き留めている。

「なあ！　ズドンとやったってえじゃねえか、え？　税務署に払う金を二千両残したってえじゃねえか、え？　俺にその二千両がありゃよ、いっちょう派手に騒げたのによ。なあ？　ばかやろうめが！　税務署に二千両たあ何事だい！」

シクロフスキーと、ミハイル・プレゼントは、十五日の夜、街頭音楽家たちがモスクワの路面電車の中で歌っていたという歌の文句を記録している。

政府さんよ、政府さん！
おいらの母さん、かわいそう。
頼んだよ、リーリャと姉の生活費。
机に二千、入ってるから、
税金の足しにしておくれ。
これで、おいらも浮かばれる。

十五日のプラウダ紙に「遺書」が載ってから、夕方までに大道芸人たちはこの小唄をまとめ、その晩はもう町中で歌っていたのだ。一九四〇年にトロツキーがメキシコで殺されたとき、メキシコ・シティの到る所で、無名の街頭音楽家が作詩作曲した「レオン・トロツキーのグラン・コリード」というバラードふうの歌が歌われたというが、こういう素早い自発的な対応の実例を、筆者は右の二つ以外、知らない。恐らく、大道芸人や街頭音楽家がいる所なら、どこでも、このようなことはときどき起こっているのだろう。一九三〇年のモスクワの、このケースは、ちょうど同性愛者が同性愛者を瞬時に見分けるように、現代の道化が発信した信号、すなわち（二千を税金に）を、仲間の道化が確実に受信した例として、非常に興味深い。人生最後のメモというかたちで、できるだけ感傷を切り詰め、むしろ事務的な連絡事項のように、淡々と書かれた「遺書」は、最終の二行に至って、突如、「あっかんべえ」さながら転調する。「氷のように冷たい悪女」と呼ばれた、かつての愛人、リーリャ・ブリークの回想記には、この「遺書」のほとんど一行一行に言わずもがなの注釈をつけた部分があるが、少々驚いたことには、この「二千ルーブリは税金の足しに」について、こんな注釈が加えられている。「彼は詩ぬきで、冗談ぬきで死ぬことはできなかった——詩と冗談は彼の全生涯についてまわったのです」。リーリャでさえ、この「遺書」の結びの部分の異様な様相に気づいていたのだ。夫を裏切ってまでも、若い未来派詩人マヤコフスキーを革命前から支えつづけたあげく、戸籍上の夫を差し置いて、公然と詩人の伴侶のように振る舞い、実生活では車やブランド品に最大の興味を示し、その後、「新しい女」とか「二〇世紀の、精神的に自立した強い女性」などというレッテルを貼られたりするけれども、実態はごくエゴイスティックで平凡な俗物、あのリーリャでさえ。

詩人の「自殺」の翌日、四月十五日には、モスクワ市内で、当時のソビエトの新聞では決して記事にならない、残酷かつ異様な事件が起こった。この事件については、民警の担当者が前記の上司アグラーノフに報告し、殺されたエッセイスト、前記ミハイル・プレゼントも自分のノートに記録している。

夕方の六時すぎに、ルビャンカから東北東二キロ余りのガローホフ通りの共同住宅で、二十六歳の専業主婦、エリザヴェータ・アントーノワが、レボルバーで四歳の愛娘を撃ち殺し、自分も同じ拳銃を使って自殺したのだ。この無理心中（？）に至る経緯には、証人によって異なる二つの説があり、一説では、その日の夕方、食事の支度が始まっていた共同住宅の共用炊事場で、隣の部屋の主婦が、「新聞見た？　マヤコフスキーが自殺したんだって」と言うと、アントーノワは、「いや、まだ見てない」と答えて、自分の部屋へ戻って行った。少し経って、その主婦がアントーノワの部屋をのぞいてみると、部屋の主婦が拳銃を持っているのが見えたので、「あんた、何してんのよ！」と部屋に入ると、次の瞬間、主婦はソファにばったり倒れたのだという。共同住宅の管理人は知らせを受けて、その部屋に駆けつけたが、アントーノワはすでに息絶え、その体の下から血まみれの四歳の女児の死体が発見された。

もう一つの説では、十五日の午後、マヤコフスキーの遺体がすでに一般の弔問のために安置されていたソビエト作家協会連合のクラブへ、この主婦は出掛けて行き、自宅に帰って、居合せた夫（「働くモスクワ」紙の編集局に勤務する）と、マヤコフスキーの自殺のことでちょっとした口論となり、そのあと、夫は職場へ戻り、同居している夫の弟（十六歳、学生）は、義理の姉のリーザ（エリザヴェータ・アントーノワ）に、ちょっとクリーニング屋さんへ行って来てと頼まれ、クリーニング屋から戻って来ると、近所の子供たちに「お前んとこのリーザがピストル自殺したぞ」と言われた。

遺書は短い二枚のメモだった。

(1)　私が死ぬのはだれのせいでもありません。

アレック、ゆるして、責めないで。

(2)　どうか私たちの姿を野次馬に見せないで。

ふつうに葬って下さい、できれば火葬で。

直ちに電話連絡を受けた「アレック」は、ショックのあまり少し言動がおかしくなり、病院に入れられた。その後、マヤコフスキー研究者たちは調査したが、この夫が以後どうなったかは遂にわからずじまいだという。アグラーノフ宛の民警の報告書には「調査続行中」とあるが、何か新事実が判明したということはないようだ。

「できれば火葬で」という自殺者の望みは叶えられ、マヤコフスキーの火葬（十七日）と同じ日に、同じ火葬場で、母と娘の遺体は荼毘《だび》に付された。このことを火葬場のスタッフが、詩人の火葬に立ち会った誰彼に喋ったので、噂はたちまちモスクワ中に広まったが、新聞記事にもならず、その後の調査の進展もなく、この事件は、まるで事件自体が焼却されたかのように、たちまち消えた。ちなみに、当時、火葬はロシアではきわめて特権的な葬り方であって、よほどの有力者が許可しない限り、この母と娘がそのような恩典に浴すことはありえなかったという。だが、報告を受けたアグラーノフも、当日、火葬場に来ていて話を聞いたリーリャ・ブリークも、この事件については全然、何の発言もしていない。

これは、いうところの後追い心中なのか。レボルバー発射までの経緯について、二つの説のどちらを取るにせよ、この事件はマヤコフスキーの死と関連しているように見えるので、後追いという解釈は有力だ。しかし、なぜ四歳の女児を殺したのだろう。「あとに子供を一人残すのは可哀相だから、いっそのこと……」という考え方は、ロシアでも、日本でも、他の国でも、同じなのだろうか。一九二五年に、詩人エセーニンが死んだときにも、似たようなことは何件かあったようで、この母娘はマヤコフスキーの後追い第一号だと思った人は、多かったらしい。それにしても、ただの「ファン」や「愛読者」がこんな凄まじい死に方をすることは、今の私たちにはちょっと考えられない。

マヤコフスキーは、常日頃、日誌を兼ねた創作手帳とでもいうべきものを携帯し、愛用していた。自作のヴァリアントや、思いついた断片など、創作の微妙な瞬間が記録されている、これらの手帳は、マヤコフスキー詩の研究者にしてみれば宝の山みたいなものだが、その他にも、出先で知り合った相手の住所や電話番号とか、周囲を憚ってのポロンスカヤとの筆談とか、備忘録やメモ用紙を兼ねた使い方もされていて、なかなか興味は尽きない。何十冊も残されている、これらの手帳のうち、一九二六年に使われていた一冊に、日付は記されず、その外のいかなる説明もなく、ただ一語だけ、「娘」と書かれたページがある。エリザヴェータ・アントーノワに殺された娘が三〇年に四歳だったのなら、生まれた年は一九二六年である筈だ。三〇年に二十六歳だった母親の生年は、一九〇四年だろう。

「娘」という一語は、何を意味しているのか。（生まれたのは）女の子だった、俺の娘だ、という意味だとすれば、この「後追い心中」で殺された娘は、マヤコフスキーの実の娘だったのかもしれない。ところが、同じ二六年生まれの娘が、モスクワから遠く離れた「新世界」に、もう一人いた。その母親の名前は、エリザヴェータ・ジーベルトといい（一九〇四年生まれ）、ボリシェヴィキの政変のあと、ロシアを出て、イギリスからアメリカへ移り住み、別れた夫の苗字をそのまま用いて、アメリカふうにエリー・ジョーンズと名乗っていた。一九二五年夏にアメリカを訪れたマヤコフスキーと、ニューヨークで出会って、秋には妊娠し、翌二六年六月にニューヨークの病院で女児パトリシアを産む。どうも、名前といい（エリザヴェータという女子名は珍しくはないのだが）、生年といい、出産の年といい、二人の母親には気味がわるいほど偶然の一致がつきまとう。パトリシアがマヤコフスキーの実の娘であることは、その後、確認されている（この女性は成人して、アメリカの学界で哲学教授として名を成し、一九九一年には父親の国ロシアを訪問した）。だとすれば、殺されたモスクワの四歳児（この子の名前はどんな資料にも記されていない。調べればすぐわかっただろうに）は、詩人とは無関係なのだろうか。いや、前述の通り、モスクワでの事件には、ただのファンの後追い自殺にしてはなんとなく曰くありげな、謎めいたところがあるので、二〇一〇年代現在、これはどちらも詩人の娘なのではないかと考え、「アメリカにいた娘」と「モスクワにいた娘」などと呼ぶ研究者もいる。

「アメリカにいた娘」の母親、エリー・ジョーンズは、一九二八年九月、二歳の娘を連れてフランスとイタリアを訪れ、ニースでマヤコフスキーと再会する。親子三人は、水入らずで数日を過ごした。それが見納めで、二年後にマヤコフスキーは死に、あとは粛清と戦争と冷戦の永い日々がつづいた。マヤコフスキーの読者は、そんな母子の存在すら知らず、再婚したエリー・ジョーンズも、KGBの追跡調査を恐れて、六十年間、決して詩人との恋について語ろうとはしなかった。再婚相手の男性は、子連れのエリーを大らかに受け止め、パトリシアを実の娘のように可愛がったという。「アメリカにいた娘」は「モスクワにいた娘」とは比較にならないほど幸せだったようだ。母親は一九八五年に亡くなる少し前に、マヤコフスキーとの経緯を自らの声で録音テープに収め、娘に遺した。晩年の母から直接聞いた話と、遺されたテープとを元にして、パトリシアは母のつれあいが亡くなったあと、母と詩人の恋を『マンハッタンのマヤコフスキー、恋の物語』と題する本に描き出した。これは、自分の母親とマヤコフスキーとの情事を、実の娘が面白可笑しく暴いた本ということではない。自分はロシアのマヤコフスキーという詩人の娘だと母親には聞かされたけれども、それは単なる生物学的な意味で娘ということではなく、自分という存在はあくまでも両親の熱烈な愛の結晶でなければならない、という思いに貫かれた、美しい本なのだ。幸い、一九二五年当時、ニューヨークに住んでいたエリー・ジョーンズの女友達で、エリーと詩人との恋愛のさまを目撃し、三〇年代にロシアへ帰って、たちまちスターリンの獄に繋がれ（いうところの「帰国拒否者」は最悪の場合、死刑に処されるというスターリン時代の法律があったので）、十七年後に娑婆に出てきた人、かつてアメリカで愛し合った二人を知っている最後の生き残りと、パトリシアはモスクワで会見する。

マヤコフスキー！
私です、
わが友、歴史の扉を激しく叩くのは！
あなたはそこにいらっしゃるのね、
あけてください！
…………………………
永遠に私より若いあなた！
孫のロジャーより若いあなた。
ロジャーはあなたと同じように、
犬や子供が大好きだけれど、
詩人じゃなくて弁護士とはね！
…………………………

エリー・ジョーンズ（D・ブルリュックが描いた）

エリーとパトリシア（1928年、ニースにて）

パトリシア・トムスン

一ペニーも、一スーも、一ペニヒも、一コペイカも、
母はあなたに求めなかった。
母の自己犠牲に助けられて、
私も支払いはぜんぶ自分ですませました。
あなたからいただいた通貨？
それはこの染色体！

……………………（パトリシア・トムスンが英語で書いた詩）

そして、ノボ・ジェヴィチー墓地のマヤコフスキーの墓を詣でたパトリシアは、父親の墓と、祖母と伯母たちの墓との間の地面に、素手で小さな穴を掘り、アメリカから持って来た微量の母親のお骨をその穴に埋めた。その間、母親から聞かされていたＫＧＢの恐ろしさを思い出し、おどおどしながら、それでも、まるでドストエフスキーの登場人物のように、ロシアの大地にくちづけしたのだった。

3　排斥と流行

四月十七日、モスクワの大通りを埋めた数万人の群衆に見守られて、マヤコフスキーの無宗教の葬儀は行われ、それから火葬場へと葬列が進んだ。

ポロンスカヤは、リーリャ・ブリークに言い含められて、詩人の葬式には出席しなかった。

マヤコフスキーの「自殺」騒ぎは、これにて一応のけりがつき、まだ腑に落ちない人々は、折にふれて、ひそひそと囁き交すことしかできない、内攻的かつ単調な時代がやってきた。マヤコフスキーに関する限り、世間一般の風潮は、完全に元に戻った。すなわち、マヤコフスキー排斥という風潮に。

それは一九二〇年代の終り頃から始まっていたのだった。「プラハ学派」の言語学者、ロマン・ヤコブソンの回想記によれば、マヤコフスキーは、二七年と二九年の二回、チェコを訪れたが、当時プラハに住んでいたヤコブソンが見聞きした限りでは、詩人の最初の訪問を暖かく歓迎したソビエト大使館は、二度目の訪問には掌を返したように冷たかった。その頃、ソビエトから赴任してきた外交官はヤコブソンにこう語ったという。「今、モスクワじゃ、マヤコフスキーにがみがみと文句を言うのが、得策で、粋なこととされてましてね。猫も杓子も、みんなそれをやってるんです」

二九年の十二月、スターリンの五十歳の誕生日に向けて、ソビエトのジャーナリズムは大々的なキャンペーンを張った。ほとんどすべての作家や詩人は「書記長」を讃える文章や詩を新聞に書いたが、マヤコフスキーはただ一人、そういう流れに逆らって、その年のレーニンの命日に『同志レーニンと語る』という作品を新聞に発表した。そして最後の戯曲『風呂』では、コミックでグロテスクな一人の官僚が自分の肖像画のモデルを務めながら、あれこれと口うるさく画家に注文をつける場面で、だれもが「あ、こりゃ書記長のことばだ！」と気づくような科白を書いた。このような、いくつかの事実が引金となって、権力者は不機嫌になり、権力者の機嫌を何よりも重大視する連中は「マヤコフスキーを叩け」という大合唱を始め、それがマヤコフスキー排斥の一般的風潮にまで広まったのだろうか。

「遺書」の中で、詩人が「わが友、政府」に頼んでいる「遺族の生活保障」の件を、官僚たちは遺産相続の問題へと、ずらして考えたようだ。ポロンスカヤは、ある日、クレムリンに呼ばれ、マヤコフスキーがあなたを遺産相続人の一人に指定していますが、それについて、どうお考えですか、と訊かれる。「それは私には難しい質問です。どうしたらよいのか、教えていただけないでしょうか」と、ポロンスカヤが答えると、相手は藪から棒に言った。「そう、いっそのこと、どっかへ出張でもしたらどうですか」。ポロンスカヤはこの乱暴なことばに驚き呆れ、黙っていると、相手は「まあ、これは大事な問題ですから、よく考えてみて下さい」と言い、会見は終った。それから何日か経って、また呼び出され、同じ人物と、ほとんど同じやりとりがあって、結局、なんの結論も出ぬまま、この話は尻切れとんぼに終り、もはや呼び出されることもなかった。

そして「遺産相続」の問題は、まもなく決着がついた。詩人の死後に発生する印税は、全体の二分の一を（有夫の女性）リーリャ・ブリークが取り、母親と二人の姉は、三人で残りの二分の一を、すなわち六分の一ずつ取るのだという！　そして遺族年金三百ルーブリは、全額リーリャが受け取る！　マヤコフスキーに「わが友」と呼ばれたソビエト政府は、故人の遺志に反して、ポロンスカヤを全く無視した。

　女優は、クレムリンに呼ばれたとき、リーリャ・ブリークに相談をもちかけたという。この女性は、ポロンスカヤにしてみれば、終始マヤコフスキーの肩を持ちつづけてきた「頼もしいお姉様」というふうに見えたのだろう。相談をもちかけられたリーリャは、こう宣《のたま》ったのだそうな。「もし遺産相続の話だったら、あなたは、だんぜん相続権を放棄すべきよ。家族の一員だと、ワロージャに指定されていてもね。だって、そうでしょ。あなたはお葬式にも出なかったんだもの。そんなひとに相続権なんか初めからあるわけがない」。ここで、世間知らずの二十一歳の女優も、さすがに驚いた。自分がマヤコフスキーの葬儀に出なかったのは、出ないようにと、リーリャに言い含められたからではなかったのか。その折、リーリャに言われたことを、女優は思い出す。

リーリャ・ブリーク

「ワロージャのおっかさんや姉さんたちは、彼が死んだことについて、あなたに全面的に責任があると思ってるようなの。だから、あなたの名前を聞くのも不愉快なんだって。とすれば、ワロージャと家族の最後のお別れの場に、あなたが居合せるのは、ちょっとまずいんじゃない？　お葬式には、あなたは出ないほうがいいわよ」

　これは、リーリャの底意地の悪さをまざまざと見せつける科白だが、注目すべきは最初のセンテンスだ。思わず口走ったとみられるこの部分は、マヤコフスキーの死がポロンスカヤとは全く無関係であること、そして捜査官の言うように「純粋に個人的な理由から惹起されたもの」では全くないことを、リーリャが確実に知っていた証左ではないのだろうか。言葉を少し補ってみればすぐわかる。「ワロージャのおっかさんや姉さんたちは（事情を知らないから）彼が死んだことについて、あなたに全面的に責任があると思ってるようなの。（とんでもない誤解よね？・）」

ところで、モスクワの街の酔いどれや、街頭音楽家たちが、あれほど気にかけていた、詩人の机の中の二千ルーブリ、税金の足しにせよという「遺書」の指示のある、あの二千ルーブリは、どうなったのか。

実際には、机の中には、現金が二一一三ルーブリ八二コペイカ、入っていた。問題の二千のほかには、下の姉に毎月援助していた五十ルーブリを入れた封筒があり（この姉は暫く中央郵便局に勤めていたが、その後、弟の主宰する雑誌「レフ（芸術左翼戦線）」の事務を手伝ったりするだけで、半失業状態だった。この封筒は、十二日に姉弟が電話で連絡し合った結果、十四日に、姉がルビャンカの弟の仕事部屋へ取りに来ることになっていた）、あとは六十ルーブリ余りのばら銭。以上の現金は、四月二十一日に、リーリャ・ブリークが全部持ち去った。リーリャのサイン入りの「受領証」が残っている。

こうして、二九年から三〇年にかけてのマヤコフスキー排斥の時代が再び始まり、三五年までには、状況はますますひどくなる。教科書に載っていたマヤコフスキーの詩はほとんどすべて削られ、舞台やラジオでマヤコフスキーの詩を朗読することは禁じられ、この詩人の戯曲はもう舞台にかけられることはない。この禁を破って、マヤコフスキーの詩を人前で読んだというだけで、党や青年組織から除名され、職さえ失った例がいくつかあったという。詩人の生前から刊行が始まっていた全十巻の「マヤコフスキー作品集」は三三年にようやく完結したけれども、広告や宣伝はおろか、書評すら全く現れなかった。

これでは少々都合が悪いというわけだろうか、三五年十二月に、スターリンが突然、マヤコフスキーはソビエト時代の最良最高の詩人であり、その作品を等閑《なおざり》にすることは犯罪に等しい、と言い出し、ここからマヤコフスキー神格化の流れが始まる。このスターリンの発言は、リーリャ・ブリークの手紙による直訴が功を奏したのだと言われてきたが、複数の人間の証言によって、これが実はスターリンとアグラーノフの自作自演であり、リーリャの手紙は一種の「やらせ」だったことが判明した。当時、クレムリンの中に住んでいたアグラーノフが、自分の住居にリーリャその他四、五人を呼び寄せて、そのなかの一人、ゴロジャーニン（ＯＧＰＵの職員、マヤコフスキーの友人）が口述し、女はその口述通りに筆記したのだ。

マヤコフスキーが再び「流行し」始めるのと並行して、ソビエトは大粛清の時代に入っていた。密告、逮捕、拷問、銃

オシップ・ブリーク、リーリャ、マヤコフスキー

殺が日常的に行われた時代だ。小説家、詩人、劇作家、大学教授、外交官、医者、軍人らが、つぎつぎと殺され、あるいは収容所に送られ、古参党員や、きのうまで右のような人々を取り締まっていたOGPUの職員や、その妻さえ、捕えられ銃殺された。マヤコフスキーの不吉な知人としてナンバーワンだった、あのアグラーノフも、一九三八年に逮捕され、夫人もろとも銃殺刑によって生涯を終えた。

ポロンスカヤは夫と離婚し、舞台や映画の仕事はつづけていたけれども、もうマヤコフスキーの件で、訪ねてくる人もなければ、問い合せやインタビューの類は全くなかった。本人は、供述調書を取られたとき、恐怖のあまり、心にもないことを喋り散らしたのを悔やんでいて、なんとか自分の真意や、事件の真実を語りたいと思い、モスクワ芸術座内の誰彼に相談したが、みんな、今はなんにも語らず、目立たないようにしていたほうがいい、と忠告するのだった。尤《もつと》もな忠告だ。

詩人の死から八年が経過し、一九三八年の、とある日、当時のマヤコフスキー文学館の館長だったエゼルスカヤ女史が、ポロンスカヤに手紙を書いた。「詩人の生涯の最後の一年間、あなたはマヤコフスキーに最も近しい人でした。ですから、私たちに語っていただきたいのです。おことわりになる権利は、あなたにはございません」。これは、この八年間に初めて聞く、心のこもった、暖かい言葉だった。ポロンスカヤは、回想記を書き始める。

4　ポロンスカヤの回想記（この回想記の原文にはタイトルがない）

マヤコフスキーとの初対面は、一九二九年四月十三日、場所はモスクワの競馬場だった（二〇〇五年にモスクワのエリス・ラーク社から出版された『〈ぼくが死ぬのはだれのせいでもありません〉？　マヤコフスキー事件の取調べ記録文書と、同時代人の回想』の編者、マヤコフスキー文学館館長のストレジニョーワ女史の註釈によれば、この日付はポロンスカヤの記憶違いか書き間違い。詩人は二九年五月二日に外国旅行から帰って来たので、女優との初対面の日は、四月ではなく、五月十三日だろう。以下、ストレジニョーワの註はS註と略す）。

私たちを引き合せたのは、オシップ・ブリーク。その頃、私は、リーリャ・ブリークが監督していた『うつろな目』（S註　映画監督ジェムチュージヌイとの共同監督）という映画に出演していたので、オシップとは顔見知りだった。

マヤコフスキーが私たちから少し離れたとき、オシップは言った。

「よく見てごらん、ワロージャの体型は、バランスがとれてないだろう。からだがデカすぎて、脚が短すぎる」

ほんとうに、初対面の日のマヤコフスキーは、なんだか馬鹿みたいな白いコートを着て、中折帽を額が隠れるほど深くかぶり、やたら乱暴にステッキを振りまわす大男というふうに見えた。何よりも驚いたのは、騒々しい、独特の喋り方だった。

カターエフ

私はなんとなくうろたえてしまって、こんな大きな人の前でどう振る舞ったらいいのか、わからなかった。

まもなく、作家のカターエフ、オレーシャ、ピリニャック、それに、芸術座の俳優で、当時、私の夫だったヤンシンが、その場にやって来た。そしてみんなで、その晩は、カターエフの家へ遊びに行くことになった。

マヤコフスキーは、私の出ている芝居が終る頃、自分の車で芸術座に迎えに行くから、一緒にカターエフの住居へ行こうと言った。

夕方になって、劇場の外へ出ると、マヤコフスキーの姿はなく、私はゴーリキー通りを電報局のあたりまで歩いたりして、永い間、待っていた。芸術座横丁の角に、グレイの小型車が停まっていた。

その車の運転手が突然話しかけてきて、ちょっとドライブしませんかと誘った。これはどなたの車ですかと訊くと、「マヤコフスキーの車です、詩人の」という答が返ってきた。そのマヤコフスキーさんを待ってるんです、と私は言い、運転手はものすごく恐縮して、お願いですから、今のことは黙ってて下さい、と言うのだった。

運転手の説明によれば、芸術座の前で待っているようにと命じておいて、マヤコフスキーは、た

ポロンスカヤ（1930 年）

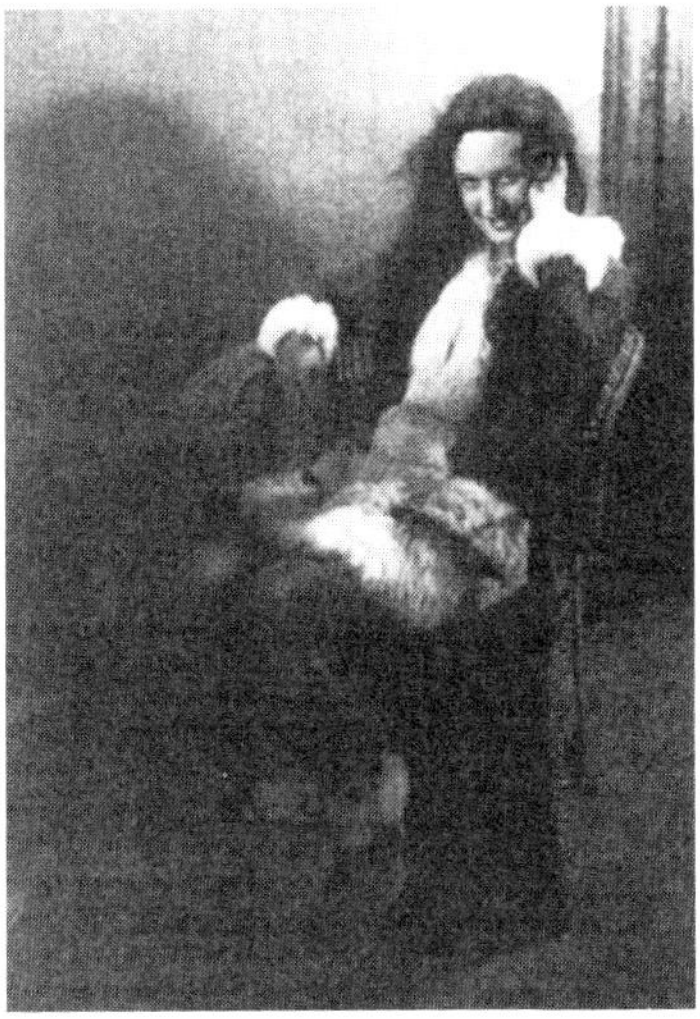

ポロンスカヤ（1929 年、映画『うつろな目』のスチール）

ぶん「セレクト」ホテルで、ビリヤードをしているのだろうということだった。

私は劇場へ戻り、ヤンシンと一緒にカターエフの家に行った。カターエフが言うには、マヤコフスキーはなんべんも電話をかけてきて、私がもう来ているだろうかと訊ねたという。と言っているうちに、また電話がかかってきて、それからマヤコフスキー本人がカターエフの住居に現れた。

どうして劇場に迎えに来て下さらなかったの、と訊ねると、マヤコフスキーはたいそう真剣に答えた。

「人生には、どうしても逆らえない状況というものが、ときどきあるでしょう。だから、私を咎めてはいけません……」

ここで、私たちはお互いに、なんだか、たちまち気が合ってしまって、私はたいそう愉快な気分になった。いずれにせよ、この夜のパーティそのものが非常に楽しかったことは確かだ。

マヤコフスキーは私にこう言った。

「きみは、どうしてそんなにくるくる変るんだ。今朝方の競馬場では、不細工に見えたのに、今はすごい美人なんだから……」

私たちは翌日に会う約束をした。

次の日の昼間、二人で街を歩いた。

この日のマヤコフスキーの印象は、昨夜の印象とは全然違っていた。きのうのマヤコフスキー、文学関係の仲間内での、荒々しく、騒がしく、落ち着きのないマヤコフスキーと比べれば、まるで別人のようだった。

私が当惑しているのを察したのか、マヤコフスキーは異様なほど穏やかで、デリケートで、ごく普通の、日常的なことばかり話した。

劇場のことをいろいろ訊いたり、ほら、あの人を見てごらん、と、通りがかりの人に私の目を向けさせたり、外国のことを話したり。でも、そんな歩きながらの途切れがちな会話にも、非凡な芸術家の鋭い視力や、考えの深さが感じられた。

いってみれば、とても遠近法のはっきりした考え方なのだ。

例えば、西ヨーロッパの国々についても、マヤコフスキーの話は、それ以前に私がだれかから聞いた外国の話とは全く違っていた。いわゆる物質文明や、快適な生活や、いろんな設備が整っていることを、有難がるようなところは彼には全然なかった。

西側の国々を語る場合、マヤコフスキーは、そこで見聞きしたことから、私たちにとって、自分の国にとって役に立つものを、注意深く選び出すのだった。西ヨーロッパの文化や科学技術の良い面に、彼はちゃんと注目していた。けれども、資本主義的な搾取や、人間が人間を抑圧するさまざまな事実には、異常なほどの興奮と怒りを呼び起こされるのだった。

そのような男性と街を歩いているのが、私には大きな喜びだった。表面的にはこの上なくどぎまぎしていたが、内面では幸せを感じ、無意識的には、もしこのひとが望みさえすれば、私はこのひとを自分の人生に受け入れることになるだろうと、すでに思っていた。

しばらく街を歩いてから、ぼくの部屋に寄って行かないかと誘われた。

マヤコフスキーの旅行中に、ゲンドリコフ小路の家のリーリャ・ブリークの部屋に行ったことがあったので、それとは別にルビャンカに仕事部屋があると聞いて、私はびっくりした。

ルビャンカの部屋では、彼の詩集を見せてくれた。部屋には本棚があって、ほとんど全世界の言語に翻訳されたマヤコフスキーの詩集がずらりと並んでいたのを、覚えている。

彼は自分の詩を朗読してくれた。

読んでくれたのは、『左翼行進曲』、長詩『とてもいい！』の抜粋、パリの連作詩、初期の抒情詩などだったと思う（今、正確には思い出せない）。

マヤコフスキーの自作朗読はすばらしかった。異様に強い表現力と、思いがけないイントネーション。そして朗読者としての技術や、陰影の付け方と、詩人のリズミカルな意識とが、完全に結びついていた。それまでに、マヤコフスキーの詩を本で読んで、詩の行が切れ切れになっていることの意味がわからなかったとすれば、マヤコフスキーの朗読のあとでは、その意味や必然性が、リズムのためにもそれは必要なのだということも、すぐわかった。

マヤコフスキーの声は非常に力強くて低く、その声を彼は完璧に操っていた。感情を昂《たかぶ》らせ、情熱をこめて、自作を聞き手に伝達し、詩句が滑稽な対話のようになっている場合は、たいそうユーモラスに読んだ。マヤコフスキーはすばらしい詩人だが、役者としてもたいへんな才能の持ち主だと私は感じた。とにかく彼の自作朗読にすっかり興奮してしまい、それまでは、うわっつらしか知らなかった彼の朗読に、文字通り、魂を奪われたのだ。その後、詩一般を理解し、愛することを、彼から教わったけれども、でも肝心なのは、マヤコフスキーの詩を愛し、理解するようになったことだと思う。

マヤコフスキーは自分の仕事のことを、いろいろと話してくれた。

彼の才能と魅力に、私は完全に捉えられた。

そんな私の様子から——自分の喜びを言葉で表現するのが私は苦手なので——マヤコフスキーは

明らかにこちらの興奮を見て取った。

それが彼には愉快なことなのだった。満足そうな顔で、小さな部屋の中を歩きまわり、鏡をちょっと覗いてから、尋ねた。

「ぼくの詩が気に入りましたか、ヴェロニカさん？」

そして、私が頷くと、いきなり、私を強引に抱きしめようとした。

私が逆らうと、彼は突然ぎょっとしたような顔になり、子供のように機嫌を損ねて、ふくれっ面で、こう言った。

「わかった、もう、しないよ、握手だけにしよう。怒《おこ》りんぼさん」

何日か経って（ルビャンカの部屋に、私は日参していた）、私たちは親密な仲になった。今でも覚えているが、その晩、自宅に帰る私を送って外へ出ると、ルビャンカ広場で、突然、彼は一人でマズルカを踊り始め、行き交う人たちを驚かした。踊り出すと、不恰好な巨体は軽々と、そしてコミックに動くのだった。

いずれにせよ、常に極端な人だった。いつも変らぬ穏やかなマヤコフスキーなど、見たことがない。きらきらと光り輝き、騒がしく、陽気で、驚くほど魅惑的で、絶えず自作の詩句を呟き、自分で作ったメロディにのせて、それらの詩句を歌ったりするかと思えば、一転して陰気になると、何時間も押し黙り、ちょっとしたことで苛々したり、気難しく、辛辣になったりする。

いつだったか、ルビャンカの部屋へ、約束した時刻よりも少し早めに行ったことがあり、ドアをあけて、私はあっと言った。マヤコフスキーが家事に専念していたのだ。大きな雑巾とブラシで、部屋の掃除をしていた。三人の子供が、マヤコフスキーを手伝っていた。共同住宅の同じ区画に住む子供たちだ。

マヤコフスキーは子供好きで、子供たちは、とかく「マヤック小父さん」の部屋に遊びに来たがるのだという。

あとでわかったことだが、マヤコフスキーは実に瑣末な事柄に恐ろしいほど熱中するひとだった。例えば、記憶に残っているのは、ワインの壜のラベルを剝がすのが妙に好きだったこと。ラベルが剝がしづらいと苛々したが、やがて、水で濡らすと跡を残さず楽に剝がせることを発見し、まるで少年のように喜ぶのだった。

たいへんな潔癖症で、細菌感染をこわがっていた。手摺には決して摑まらず、ドアをあけるときは、ハンカチでノブをくるんだ。コップは、いつも永いこと丁寧に磨いた。ビールを飲むときは、ジョッキの把手を左手で持つ飲み方を考え出した。そうすれば、他人がくちをつけた所から飲まずにすむというわけだ。そういう点では、とても疑い深くて、風邪をひくことを何よりも恐れていた。ほんのちょっとでも熱が出ると、すぐベッドで寝てしまう。

芝居は、マヤコフスキーはあまり好きではなかったと思う。むかしむかし観た芸術座の『人生に囚われて』という芝居にとても強い印象を受けた、という話をよくしていたのを覚えている（S註一九一一年から一二年にかけてのシーズンに、ネミロヴィチ＝ダンチェンコ演出で芸術座の舞台にかかった、ノルウェーの作家、クヌート・ハムスンの戯曲。マヤコフスキーは、ロシア未来派のリーダーだった画家、D・ブルリュックと、ブルリュック夫人と、三人で観に行った）。けれども、その話のたびに、嘲笑うように言い足した。その舞台で、何よりも記憶に残っているのは、大きなソファと何枚かのクッションで、俺も今にああいうソファのある部屋で暮らそうと思ったのだと。

いつも、行く行くと言いながら、結局、彼は私の舞台を一度も観に来なかった。もともと、俳優が、特に女優が大嫌いなのだが、私は「気取っていない」し、全然女優らしくないから愛しているのだそうな。

私が記憶している限りでは、彼とはサーカスに二度行き、メイエルホリド劇場には三度行った。ベズィメンスキーの『発砲』を観た。彼の『南京虫』を観たし、『風呂』の初演にも行った。『風呂』の初演は、明らかな失敗だった。マヤコフスキーはひどく気落ちし、孤独を感じていたようで、一人で帰宅するのをいやがった。

一緒に自宅へ連れてきたのは、芸術座の何人か、本質的には彼とは無縁の、マルコフ、スチェパーノワ、ヤンシンといった人たちだった。私も一緒だったが、彼の友人は一人も来なかった。そのことを、彼はたいそう気に病んでいたようだ。

記憶に残っているのは、体具合が悪いとき、私に電話をかけてきて、せっかく女優と知り合ったのだから、そもそも俳優とは何なのか、今までにどんな俳優がいたのかを知りたい。そこで、『俳優メドヴェジェフの回想』（訳者註　メドヴェジェフは十九世紀後半の俳優、兼、演出家、兼、興行主で、ロシア劇界の大立者だった。この本は一九二九年に出た）を読んでいるのだと言った。彼はこの本に夢中で、何度も電話してきては、気に入った部分を電話口で読み上げ、げらげら笑っていた。

私がマヤコフスキーと会っていた場所は、たいていはルビャンカの彼の部屋だった。毎日そこへ五時か六時頃までには行って、そこから劇場へ出勤した。

一九二九年の春、夫は一足先に映画のロケでカザンへ出掛け、私も一週間後にはそちらへ行かなければならなかった。その一週間、マヤコフスキーと私は、ほとんど離れずに暮らして、自由を満喫した。夫の家族はプチブル的で、ふだんの私は窮屈な生活を余儀なくされていたのだ。

　私たちは毎日、一緒にお昼を食べ、それから彼の部屋に行き、暗くなると散歩に出たり、映画を観に行ったりした。夜は、しばしば、レストランで食事をした。

　そのときが私の愛のいちばん激しかった時期というか、彼に激しく恋していた時期だと思う。私たちの関係が将来どんなかたちをとるのか、そのことを彼がちっとも考えてくれないので、非常に辛かったのを覚えている。

　その一週間の内に、一緒になろうと言ってくれたら、どんなに幸せだったか。

　その頃の私は、わけもないのに、彼に嫉妬していた。私の焼き餅を、マヤコフスキーは明らかに面白がっていたようだ。もっとあとのことだが、女性の美術家が彼の部屋に来て、展示会に出すプラカードの整理を手伝っていたときなど、こちらが電話すると、頼みもしないのにそのひとを電話口に呼んだりして、あとで会ったとき、女性が長時間この部屋にいたなんて、なんだか悔しいわと言うと、彼はただ笑っているのだった。

　ソチや、ホスタでのことは、とても喜ばしくて明るい思い出ばかりだ。

　二九年の春、（ヤンシンと約束した通り）私はカザンへ行き、一方、マヤコフスキーは、何度かの公開討論会のために、ソチへ行かなければならなかった。映画の仕事のあと、ヤンシンは親戚の別荘へ出掛け、私は芸術座の何人かの女友達と、ホスタへ行った。

　カザンへ出発した日のことは、はっきり記憶に残っている。

　マヤコフスキーは、駅まで車で送ってくれたが、なぜか、ヤンシンの父親がどうしても私を見送ると言って、その車に乗り込んで来た。マヤコフスキーと二人きりになりたかった私は、がっかりした。

　マヤコフスキーは赤い薔薇の花を買ってきて、こう言った。

「この花、安心して香りを嗅いでいいんですよ、ノーラさん、時間をかけて慎重に選んで、健康そうな売り子から買った花だから大丈夫」

　駅では、チョコレートを買いに走ったりして、マヤコフスキーはなんだか落ち着かず、こんなことを言って、またどこかへ走って行ったりした。

「ちょっと機関車の様子を見てきます。ノーラさんをぶじに運んでくれるかどうか、確かめなくっちゃね。すぐ戻りますから」

　そのあと、汽車の中で読む雑誌が要ると言って、マヤコフスキーが買いに走ると、ヤンシンの父親が敵意をあらわにして言った（父親の言葉をここに記しておくのは、それがマヤコフスキーに対する俗物たちの見解を代表しているからだ）。

「あの男がまともな作家で、あんな、単語一つで一行なんていう、べらぼうな詩じゃなくて、もっと普通の文章を書いているんなら、なにも雑誌を買いに走ることはないだろうがね。汽車の中で読んで下さいと言って、自分の本をくれりゃいいんだから」

　カザンからは、マヤコフスキーと手紙のやりとりはなかったが、ホスタに着いたら、ソチのリビエラ・ホテルに電報を打つと、あらかじめ決めておいた。

　彼がいないと寂しくてたまらず、ホスタへ行く途中、私は友人たちを説得して、ソチで何時間か途中下車することになった。そして一人で、リビエラ・ホテルへ行った。ところが、フロントの人は、マヤコフスキーはこのホテルには、今、泊っていないと言う。

悲しい気持で、ホスタに着くと、そこで判明したのは、マヤコフスキーはすでにソチからホスタへ来ていて、そこでもう討論会に出席し、その会で自分に贈られた薔薇の花束を、一人の女の子にそっくり与えたということだった。この話を聞いて私は愕然とし、彼は私のことなどもう忘れてしまったのだと絶望した。でも、もしかしてと思い、約束通り、「ホスタにいます、ノーラ」と、ソチに電報を打っておいた。

何日か経った。

劇場の仲間と、砂浜で寝そべっていたときのこと。海と明るい日の光とを背景にして、突然、中折帽を目深にかぶり、いつものステッキを片手に持ち、もう一方の手には巨大な蟹を提げた、大きな人影が現れた。その蟹は、あとで聞いたのだが、この海岸で見つけたのだという。

私の姿を見ると、マヤコフスキーは、私たちがみんな殆ど裸に近い恰好をしているのに、遠慮なく、ずかずかと近づいて来た。

その様子を見ただけで、私を忘れたわけではないこと、私と会えて喜んでいることが、はっきりと見て取れた。

マヤコフスキーに友人たちを紹介し、みんなで海に入った。マヤコフスキーは泳ぎが下手で、私がどんどん沖へ泳いで行くと、怖そうな、心配そうな顔になり、海水パンツ一丁にフエルトの中折帽、それにステッキという出で立ちで、波打際をうろうろしているのだった。

そのあと、私たちは二人だけになって、サムシートフの林を散策し、なんとかいう窪地や小川のほとりを歩いたりした。

とかくするうちに、夜が更けて、マヤコフスキーは帰りの汽車に乗り遅れたが、私はニーナとイリーナという友達と相部屋だったので、彼を泊めるわけにもいかない。

それなら、チョコレートで、ボリショイ劇場の女どもを「籠絡して」（ちょうど、ボリショイのバレリーナたちも、ホスタに来ていたので）そっちに泊めてもらおうと、マヤコフスキーは言う。

そこで、私たちはお休みと言って別れた。私はホテルの部屋に戻った。もう寝るつもりで、私たち三人が横になっていると、だしぬけに、マヤコフスキーの陰気な顔が窓から覗いた。バレリーナたちは、昼間、彼が遊び相手になってくれなかったので腹を立てているらしく、部屋に入れてくれなかったという。

仕方なく、私たちは彼を送って外に出て、街道沿いの居酒屋でビールを飲みながら、彼をソチまで乗せてくれる車が通りかかるのを絶望的に待った。

マヤコフスキーは暗い顔で、例によって、ビール壜のラベルを剥がしている。こんな大きなひとが、どうでもいいようなつまらないことで、これほどまでに神経質になっているのが、私は腹立たしくてたまらなかった。私たち三人はくちぐちに、私たちはあなたを見捨てませんからねと言い、朝の始発列車までそのへんをぶらぶらしていましょうと提案すると、そんな事態に立ち至ったことで彼は憂鬱と絶望の淵に陥ったらしく、今にもわっと泣き出しはしないかと、こちらは気が気でなかった。

幸い、街道に一台の車が現れたので、その車の運転手と交渉して、マヤコフスキーを、ソチまで乗せて行ってもらうことになった。

となると、彼はたちまち陽気になり、私をその車でホテルまで送って行くという。そしてホテルの中庭で私を二時間近くも引き止めて喋りつづけ、外からはクラクションが苛々と呼びつづけているというのに、泊るところが見つからずに一晩過ごす危険が去った今、たいそう明るく元気なのだった。運転手が癇癪を起こして行ってしまうのではないかと、私は、はらはらした。こんなふうに、気分の変化が全く予測できないひとだった。

まもなく、朗読の仕事が入って、彼はヤルタまで行かなければならなくなり、私に一緒に行こうと言った。そんなふうに公然と一緒に旅行したら、その噂が夫に届きはしないだろうかと心配で、私は少し遅れてヤルタへ行くことを約束した。

出発の前夜、マヤコフスキーは、ホスタまで車で私を迎えに来た。私たちはまず、サナトリウムへ行って、そこでの朗読会に彼は出演し、それから、ソチの町まで車で行った。まっくらな夜で、たくさんの蛍の光がちらちらと見えた。

マヤコフスキーは、リビエラ・ホテルの一号室に泊っていた。食事時、私たちはレストランへは行かず、冷たいロースト・チキンを、ナイフもフォークもなかったので、手摑みで食べた。それから、海岸や公園を散歩した。公園では、また蛍が飛んでいた。マヤコフスキーは言った。

「うわ、あいつら、またお出ましか！」

やがて私たちはホテルに帰った。ホテルの部屋は非常に狭くて、蒸し暑く、バルコニーに出るドアをあけて、と私は頼んだが、マヤコフスキーは駄目だと言った。泥棒に入られる恐れがあるという。いつも、弾をこめたレボルバーを彼は身につけていた。かつて、変な、きちがいみたいな奴に狙撃されたことがあり、ひどいショックを受けたマヤコフスキーは、それ以来つねに武器を携行しているのだと言った。

翌朝、私は一人で海へ泳ぎに行った。

戻ってくると、部屋でだれかが叫び声をあげ、それが廊下にまで伝わってきた。部屋のまんなかに、大きなゴム製の盥《たらい》があって、それが部屋中に溢れた水の上にほとんどぷかぷか浮いている状態なのだ。叫んでいるのは、ホテルのメードさんで、「このお客さん、毎日こうやって、部屋を水浸しにして。後始末をする者の身にもなってもらいたいもんだね」と、罵っているのだった。

彼にまつわるエピソードを、もう一つ。マヤコフスキーの腕時計のガラスは強化ガラスで、絶対に割れないというのが、自慢のたねだった。ところが、ソチで見たその時計のガラスは、割れていた。どうしたのと訊くと、マヤコフスキーが言うには、一人の女性と言い争ったのだそうな。その女性も、私の時計のガラスは絶対に割れないと言い張った。それではというわけで、二人はお互いの時計のガラスを、がつんとぶつけてみた。結果として、その女性の時計は無事だったが、マヤコフスキーの時計のガラスにはみごとに罅《ひび》が入り、彼はすっかりしょげてしまった。

この時計の話を聞いて、私は突然、不愉快になった。その女性というのは一体、何者なのだろうと考え始めた折も折、部屋のテーブルに、こんな電報が置いてあったのだ。「モスクワによろしくね――エレーナ」

彼には何も言わなかったが、気分がよくなさそうにしている私に、マヤコフスキーは、どうしたの、と何度も尋ねるのだった。

彼はホスタ行きの汽車に乗る私を見送ってから、数時間後、自分はヤルタ行きの汽船に乗った。私は八月の五日か六日に、やはり汽船でヤルタへ行く約束だった。でも、ちょっと体具合が悪くなったので、ヤルタへは行けなくなった。彼は心配して、ウナ電を何本もよこした。その一本は、電報局の人もびっくりするほどの長さだった。早く来てくれ、でなければ、ぼくがそっちへ行こうか。

どっちにせよ、きみの病気が心配で心配で……という電報ばかりだった。私は電報で、そちらには行けないし、こちらにも来ないで下さい、モスクワで会いましょうと、返事をした。私たちの関係について、すでにいろいろと噂が流れていて、それがヤンシンの耳に届くのがこわかったのだ。

芝居のシーズンが始まるので、私たち俳優は大きな群をなして、ぞくぞくとモスクワへ帰って来るところだった。みんな埃っぽい三等車で、汚れ放題に汚れた恰好で。駅まで私を迎えに来るのは、たぶん、ママだろう。

突然、だれかが言った。

「ノーラ、きみを迎えに来た人を見てごらん！」

昇降口に出て、マヤコフスキーの姿を見た私は、ほんとうにびっくりした。彼は赤い薔薇の花を二輪、手に持っていた。

それはとてもエレガントで、美しく、私は自分の汚れた恰好が恥ずかしくなった。

おまけに、その瞬間、私の古い旅行鞄の持ち手が外れ、落ちた鞄の鍵があいて、ブラシや、櫛や、石鹸や、衣類の一部や、その他もろもろがばらばらと落ち、あたり一帯に歯磨き粉が飛び散ったのだ。

マヤコフスキーは車で来ていた。ヤンシンは、まだモスクワに戻っていないという。マヤコフスキーは私の母に電話して、まことに申し訳ありませんが、私が迎えに参りますので、あなたはいらっしゃらないで下さい。と申しますのも、お嬢さんに大きな大きな薔薇の花束を贈りたいのですが、そんな大きな花束を持っていると、まるで恋する中学生みたいで恥ずかしいし、なにぶん、こんなでかい図体でそんなことをしたら滑稽でしょう。ですから、薔薇は二輪だけ持って行くことにしまして……云々と、喋ったのだそうだ。

なぜか、その日のマヤコフスキーは、かつてなかったほど優しく、私との再会に胸を躍らせているように見えた。

ソチから帰ったあとの時期のことは、記憶を組み立てるのが非常にむずかしい。四月十四日の破局のあと、私の記憶には欠落部分が生じ、この最後の時期のことは断片的に朦朧としか思い出せないので。

私たちは頻繁に会った。以前と同じように、私はルビャンカの彼の部屋へ行った。マヤコフスキーの、この住居のことを、ヤンシンは全然知らなかった。私たちは細心の注意を払って、この部屋の存在を隠していた。ヤンシンを交えて三人では、劇場内のクラブとか、いくつかのレストランとか、そんな所でよく会っていた。マヤコフスキーはしばしばビリヤードをした。彼がビリヤードをしているのを見るのが、私は大好きだった。

冬が来て、ある日のこと、彼の車で、モスクワ郊外のペトロフ・ラズモフ村に行ったのを、覚えている。恐ろしく寒い日だった。私たちはすっかり凍えてしまった。車から降りて、私たちは雪の吹き溜りから吹き溜りへと伝い歩きして、わざと雪の中に倒れこんだりした。マヤコフスキーはたいそう御機嫌だった。池の氷の上に、矢に貫かれたハート型を描き、「ノーラ＝ワロージャ」と書き添えた。

私が彼のことをヴラジーミルというファースト・ネームでは決して呼ぼうとしないのが、彼はたいそう不満だったようだ。二人だけでいるとき、私たちはお互いに、「きみ」とか「あなた」とか言っていたが、そんな場合でさえ、ワロージャという愛称を、私はどうしても使えなかった。きみは人の名前を呼ばないひとなんだと言って、マヤコフスキーは笑った。

その日、ペトロフ・ラズモフ村からの帰り道で、彼が初めて「愛している」と言うのを聞いた。私に対する気持を大いに語って、彼が言うには、こんなに親密になったけれども、これからのぼくは、きみを婚約者だと思いたい。そんな気持で接するつもりだという。

実際、それからというもの、しばしば私のことを「婚約者ちゃん」などと呼んだ。

同じ日、彼は自分の半生についても、たくさん語った。グルジアからモスクワに出て来たときは、まだ少年で、一時期、このペトロフ・ラズモフ村に住んでいたこと。家はものすごく貧乏だったから、モスクワ市内まで徒歩で行き来しなければならなかったこと。そして、マリヤ（S註　一九一四年にオデッサで知り合ったマリヤ・デニーソワのこと。長篇詩『ズボンをはいた雲』のヒロインのプロトタイプの一人）に恋したこと、監獄にぶちこまれたこと、釈放されたあとも、私服刑事に尾行され、その尾行者と顔馴染みになったこと。

母親について語るとき、マヤコフスキーの言葉は優しさと愛情に溢れていた。母親は、いつも、息子が来るのを辛抱強く待っている。ときどき、そうすれば遊びに来る筈だというように、息子の好きな料理を作ったりしている。そう言って、マヤコフスキーは、滅多に訪ねて行かない自分を罵るのだった。

母親には毎月、日にちを決めて生活費を渡していて、それが一、二日でも遅れると、すごく気に病むのだった。彼の手帳のこんな書き込みを、何度も見たことがある。

《忘れるな、ママに金を渡すこと》

《必ずママに金を！》

あるいはただ、《ママ》とだけ書いてあったりした。

ブリーク夫妻とマヤコフスキーが一緒に暮らしていることについては、初めのうち、どうもよくわからなかった。三人は仲睦まじい家族のように暮らしていたから、どちらがリーリャの夫なのだろうと、私は首をひねるのだった。初めて三人の住居に行った頃は、そんなことを考えて、ひどくきまりの悪い思いをした。

いつだったか、ブリーク夫妻はレニングラードへ行き、その留守中にゲンドリコフ小路の彼の部屋に行ったことがあった。ちょうど、ヤンシンもモスクワにはいなかったので、マヤコフスキーは、泊っていきなさいと、強く私を引き止めた。

「でも、あすの朝、リーリャさんが帰って来たら？」と、私は尋ねた。「私を見て、なんて仰《おつしや》るかしら」

マヤコフスキーは答えた。

「こう言うだろうね。『あら、ノーラさんと寝たの？　それもいいじゃない、認めるわ』ってね」

その歴然たる事実に、リーリャ・ブリークが大して関心を示さない場面を想定して、彼はなんとなく悲しい気分になっている。それはまだリーリャを愛しているからだと、私は感じて、そのことがまた私自身の悲しみになるのだった。

その考えが必ずしも正しくなかったことは、やがてわかった。リーリャへの、マヤコフスキーの接し方はすてきだった。ある意味で、この女性は、かつて、彼の「第一の女性」だったし、このあともそのような存在でありつづけるだろう。だが、このひとへの愛ということとなると、それは本質的にもう過去の事柄に属していた。

リーリャへの、マヤコフスキーの接し方は、いつも異様なほど優しく、気配りが行き届いていた。リーリャが訪ねてくるときは、つねに花が用意された。そして、彼は好んで、いろんなこまごました物をリーリャに贈るのだった。例えば、息を吹き込んで膨らますゴムの象を何頭か、どこかで手に入れてきたのを、覚えている。そのなかの一頭はものすごく大きく、マヤコフスキーは大喜びで、こう言うのだった。

「ノーラ、面白いだろう、この象？　リーリャにと思って買ってきたんだけど、きみにも同じものを買ってくるからね」

外国で買ってきた車は、だれよりもまず、リーリャが使い放題に使った。彼が車を必要とするときは、リーリャに使用許可を願い出るのだった。

マヤコフスキーへの、リーリャの接し方は明るく親しげだったが、口やかましく、わがままでもあった。しばしば些細なことで、リーリャは、かっとなり、注意散漫だとマヤコフスキーを叱りつけた。それは少々病的だったと言えるかもしれない。注意散漫どころか、彼のように徹底的に配慮を行き届かせるひとは、その当時も、その後も、私はほかに見たことがなかった。

マヤコフスキーの話によると、むかし、彼はリーリャを愛するあまり、二度もピストル自殺を図ったのだそうだ。一度は胸にピストルをあてて、引金を引いたが、不発に終った。

リーリャと疎遠になったのは、どんな事情があったのか、そのあたりの詳細は話してくれなかった。

マヤコフスキーは、最後の外国旅行のとき、ある女性に恋をした。そのひとの名前は、タチヤーナ。（S註　マヤコフスキーが一九二八年の秋、パリで知り合い、二九年の春、パリで再会した、タチヤーナ・ヤーコヴレワのこと。二九年秋のパリ行きは実現しなかった)。彼は、この女性に夢中になったようだ。ところが、ソビエトに帰ってから、マヤコフスキーは、この女性から、フランス人と結婚する旨の手紙を貰った。リーリャが、初めのうち、私とマヤコフスキーの関係を非常に喜んでいたのも道理。私と愛し合えば、マヤコフスキーは、タチヤーナの思い出から逸《そ》らされるだろうと、思ったにちがいないのだから。

リーリャというひとは、概して、マヤコフスキーの恋愛について軽薄な態度をとっただけではなく、そのような恋愛を応援さえしたのだった。早い話が、私の場合の、初めの頃のように。けれども、もしだれかがマヤコフスキーの心をより深く抉《えぐ》り始めると、リーリャは不安でいたたまれなくなる。つまり、自分こそが永遠に、マヤコフスキーの唯一無二の女でありつづけたいということなのだろう。

マヤコフスキーの死後、会って話していたとき、リーリャの口からこんな言葉が飛び出したのを覚えている。

「ワロージャを絶対に許せないことが、二つある。一つは、外国から帰って来て、私以外の人間に捧げた新作の詩を、あらかじめ私の了承も得ずに人前で読んだこと。もう一つは、私や、ほかの人たちもいる前で、あなたをうっとり眺め、隣に座って、あなたに接触しようとしたこと」

マヤコフスキーはすごくたくさん煙草を吸ったが、深く吸い込んでいないから、いつでも禁煙できると言っていた。普段はシガレットを一本また一本と続けざまに吸い、苛々したときは吸い口をしきりに嚙んだ。

アルコール類は毎日飲み、量こそ多かったが、ほとんど酔わなかった。酔っているのを見たのは一度だけ――四月十三日の夜、カターエフの家で……

いつも、ワインを飲み、シャンパンが好きだった。ウオッカは全然飲まなかった。ルビャンカの部屋には、つねに、ワインや、キャンディや、果物などの蓄えがあった。

とても几帳面な人だった。身のまわりの物はすべてきちんと片づけてあって、すべての物の置き場所が決まっていた。その片づけ方はほとんど杓子定規的で、ほんの少しでも秩序が乱れると、腹を立てた。

彼には、いろいろと妙な癖があった。例えば、靴べらがあるのに、靴を履くとき、折り畳んだ雑誌を靴べら代りに使う。部屋には、マヤコフスキーのお気に入りの場所がいくつか、あった。普段は、書き物をするデスクに向かって腰をおろすか、でなければ、マントルピースに寄りかかって立ち、両肘をマントルピースの棚に置いて、両足を交叉させている。と、突然、どちらかの気に入りの場所から離れて、何かを定位置に戻しに行くかと思えば、デスクに向かって何か書き、あるいは、狭い部屋の中を歩きまわり――正確に言うと、駆けまわり、それから、やっと、さきほどの場所に戻る。

さて、私はカフカスからモスクワへ帰って、駅で彼の出迎えを受けてからというもの、マヤコフスキーにとても愛されていることを信じて疑わなかった。私はたいそう幸せだった。私たちは、あいびきを重ねた。なんだか何もかもがすごく楽しくて、深刻に考えるようなことは一つもなかった。

だが、まもなく、マヤコフスキーの気分はひどく損なわれた。何かを気に病んでいるように、黙りこくっていることが多くなった。そんな様子を見て、私が原因を尋ねると、冗談でごまかした。ごまかしようのないことでも起こらぬ限り、そもそも自分の体調の悪さなど愚痴るひとではなかった……

けれども、この場合、マヤコフスキーは、疲れたなどと体調の悪さを語り、明るい気分になれるのはきみと一緒のときだけだ、などと言うのだった。なんだかひどく口やかましくなり、病的に嫉妬深くなった。

私の夫に対しては、以前はたいそう平静に接していたのだった。ところが、この頃になると、嫉妬するようになり、陰気な口調で、夫と私の行動に難癖をつけたりした。でなければ、何時間も口をきかなかった。こんな状態から彼を救い出すのは、容易なことではなかった。そうこうするうちに、突然、暗い感じが消えて、この大男は再び楽しそうになり、やたらと跳んで歩いては、あたりの物をこわしたり、魅力的な低音で喋り出したりするのだった。

私たちは会いつづけていたが、夫が私たちの仲を疑い始めたので、ほかの人も交えて会うことが多くなった。もちろん、ヤンシンは、マヤコフスキーに対して、表面的には、たいそう愛想よく振る舞っていた。ヤンシンは、マヤコフスキーやその友人たちの世界に自分の身を置くことが好きだったのだ。しかし、私がマヤコフスキーと二人きりになることには、あまりいい顔をしなくなったので、私たちのあいびきは秘密にせざるを得なくなった。そのために、あいびきの時間

ヤンシン

は短くなる一方だった。おまけに、私は『われらの青春』という芝居で重要な役を振られた（S註ヴィクトル・キーン原作の小説『向こう側』の舞台化。ネミロヴィチ゠ダンチェンコの全般的指導のもとで、演出はリトフツェワ女史）。私のような駆け出しの女優にしてみれば、芸術座の舞台で役を貰うことは大事件だったから、私はこの仕事に夢中になっていた。

マヤコフスキーは初めのうち、心から喜んでくれて、初日には必ず観に行くとか、毎度の舞台に「名もなき一男性より」という献辞を添えた花束を贈ろうとか、空想的なことを言っていた。けれども何日か経ち、私がそちらに夢中なのを見て、表情が暗くなり、いらいらし始めた。そして私の台詞を読んで、いやな役だねと言い、戯曲全体が、いやな戯曲にちがいないと断定するのだった。実を言えば、まだ戯曲は読んでいないが、もう読む気にはなれないし、芝居も観に行くつもりはない、とまで言った。だいたい、きみが女優をつづけるのは間違っているんだ、芝居なんぞやめちまえ、と……

冗談のように言ったのだけれども、言い方はひどく意地が悪く、これはマヤコフスキーの本心なのだと私は感じた。

彼はたいへん気難しくなって、毎日会って欲しい、それもルビャンカの部屋でだけ会うのではなく、街中でデートしたいと言った。私たちは毎日のように、芸術座のすぐ隣の喫茶店か、でなければ、芸術座小劇場の向かいの、ゴーリキー通り（その頃はトヴェルスカヤ通り）に面した喫茶店か、二つの店のどちらかで会うことを、その都度約束した。

私は昼間、仕事から抜け出すのは非常に難しかったし、一人で劇場から抜け出すのもかなり無理だった。そこで、しばしば約束の時刻に遅れたし、時には約束をすっぽかす結果になったり、ときどきはヤンシンを連れて行ったりした。マヤコフスキーは苛々したし、私は私で、自分のしていることが馬鹿みたいだと思わないわけにはいかなかった。

　今でも記憶に残っている。芝居の稽古のあと、ばたばたと、トヴェルスカヤ通りの喫茶店に駆け込む。テーブルに向かって腰を下ろしているのは、鍔の広いソフト帽をかぶった陰気な人影。毎回、同じポーズだった。両の手をステッキの握りに置き、その手の上に顎《あご》を重ね、どんよりと濁った暗い目で入口のドアを見つめている。

　きみを何時間も待ってる俺は、もうウエートレス連中の笑い者になっちゃってるよ、と彼は言うのだった。お願い、もう喫茶店で会うのはやめましょうと、私は言った。絶対遅れずに来るなんて、とても約束できないの。だが、マヤコフスキーはいつもこんなふうに答えるのだった。

「ウエートレスなんか勝手に笑ってりゃいいさ。俺は何時間でも待ってるよ。いくら遅れても、来てくれれば満足なんだから！」

　その頃、彼は仕事がうまく運ばなかったようで、詩はあまり書かずに、戯曲『風呂』を書き始めていた。マヤコフスキーは、仕事をスムーズに進めるために、私に宿題を出して欲しいと言った。そして宿題を出すたびに、私は採点もしなければならないのだった。書きかけの戯曲の断片には特に高い評価が与えられると知って、彼はものすごく張り切って書いてきた。ふつう、日誌を兼ねた作詩手帳の何ページかをまとめて採点評価してから、その末尾に私はサインし、あるいは何らかの印をつけて、その日までに次の宿題を提出することを指示するのだった（S註　一九二九年の春から使われた、マヤコフスキーの作詩手帳No.67は、破り取られた部分が多いが、残っている部分にはこんな箇所がある。一八ページ以降、戯曲『風呂』の断片、そして二二ページにはポロンスカヤの筆跡で、「もっと頻繁に電話をかけて、ノーラ先生の労をねぎらわなければいけません!!!」)。

その冬に開かれた三つのパーティを覚えている。それらのパーティの順番は、記憶にないのだが。

第一のパーティが開催されたのは、次のような事情だったと思う。マヤコフスキーは、私が芝居に夢中になっているのを見て、私の役者友達たちと知り合いになりたいと思い、パーティを計画した。けれども、このパーティの世話役を、マヤコフスキーに頼まれて務めたのは、ヤンシンだったので、私からは比較的遠い人ばかり集まってしまった。私の親友は一人も呼ばれず、当日になって、慌ただしく招待されたという。みんな、芝居がはねてから、遅い時刻にやって来た。ブリーク夫妻はもう外国旅行中で、いなかった。パーティを取り仕切ったのは、マヤコフスキー自身で、ひどく陰気な顔をして、沈黙がちだった。パーティ参加者はみな、ゲンドリコフ小路の家のいくつかの部屋に、ばらばらに入り、それぞれ息をひそめるようにしていて、マヤコフスキー一人が廊下をのっしのっしと歩いているのだった。そして、私が役者のリヴァノフと一緒にいるのを嫉妬して、私たちのいる部屋のドアをがんがん叩いた。私がドアをあけると、マヤコフスキーは廊下から部屋の中をちらと見て、それから力まかせにドアを外から閉めた。

私は不愉快になり、自分のしていることの馬鹿さ加減をしみじみと感じた。同じ部屋には、ヤンシンもいたので、嫉妬されるいわれは全然なかったのだから、なおのこと馬鹿げている。私を馬鹿馬鹿しい立場に追い込まないでと、マヤコフスキーを説得するだけでも、たいへんな苦労だった。いくら、あなたを愛していると言っても、すぐには信じてもらえない。だが、信じてもらえたと思った瞬間、彼はすぐさま、各部屋の隅々に散らばっていた客たちを引っ張り出して、駄洒落を言ったり、陽気に騒いだりし始めた……初め、どう振る舞ったらいいのかわからずに、脅えきっていた役者たちは、とつぜん暖かい歓迎を受けて、気分がよくなり、居心地もよくなったようで、のちのちまで、なにかにつけて、このパーティとマヤコフスキーのことは、友人たちの語り草になったのだった。

第二のパーティは、一九三〇年三月十六日の『風呂』の初日の夜のことだ。この初日が失敗だったこと、友人が一人も観に来なかったこと、敵さえ来なかったこと、つまり、自分の創作に対する世間の無関心が、マヤコフスキーの重荷になっていた。芝居の初日のあと――それが失敗であろうと成功であろうと――だれもいない、待っているのはブルドッグのブーリカだけという状態の住居へ、一人帰らなければならない。彼に頼まれて、私たち、マルコフ、スチェパーノワ、ヤンシン、そして私は、ゲンドリコフ小路まで、マヤコフスキーを送って行った。戯曲や、その舞台のことが、みんなの話題になった。今回の舞台についても、いろいろな欠陥が指摘され、みんなの批判は結構きびしかったが、マヤコフスキーはもはやだれにも必要とされない、孤独な人間ではなかった。楽しそうで、光り輝いて、歌ったり、騒いだりして、最後には、私たちやマルコフを、そしてスチェパーノワを、逆に送ってくれた。その道々、哄笑したり、たわむれに雪つぶてを投げたりした。

第三のパーティは、マヤコフスキーの文学活動二十周年の記念祭が現実に開催される少し前に、これまたゲンドリコフ小路の住居で開かれた、ふざけ半分の祝賀会だった（よく知られているように、この二十周年を記念して、ヴォロフスキー通りの作家クラブで展示会が開かれた）。ふざけ半分の祝賀会に、私とヤンシンは、芝居がはねたあと、夜遅く駆けつけた。参加者は大勢で、全員の名前はもう覚えていない。はっきり記憶に残っているのは、ワシーリー・カメンスキーで、この人は歌ったり、詩を朗読したりした。ほかに覚えているのは、メイエルホリド、ジナイーダ・ライヒ、キルサーノフ夫妻、アセーエフ、ブリーク夫妻など。

　私はこの会にパーティ・ドレスを着て行ったが、みんなは普段着だったので、恥ずかしかった。リーリャ・ブリークはたいそう優しく私を迎えて、恥ずかしがることはないのよ、これはワロージャの祝賀会なんだもの、あなたのように着飾って来るほうが正しいのよ、と言ってくれた。このパーティで、私はなんだかとても楽しかったが、ただ、マヤコフスキーが暗い顔をしているのが気がかりだった。そこで、絶えずそばに寄って、彼と言葉を交し、愛してるわと繰り返したりした。この愛の言葉は、パーティ出席者の何人かに聞こえてしまったらしい。

　それから何日か後のこと、マヤコフスキーの友人のレフ・グリンクルークは、私と話していて、話題がマヤコフスキーのことになると、こう言った。

「ワロージャは、なんであんな暗い顔をしているのか、私にはわからないなあ。どんな不愉快なことがあるのか知らないが、自分が惚れてる女性に、衆人環視の中で愛の告白をされたら、喜ぶのが当り前じゃないですか」

　まもなく、ブリーク夫妻は外国旅行に出掛けた。夫妻の旅行については、マヤコフスキーはいろいろと奔走した（この件に関しては何かの行き違いがあったらしい）。この時期、私たちのあいびきは前よりも間遠になっていた。

　ブリーク夫妻が出発したあと、マヤコフスキーはインフルエンザに罹り、ゲンドリコフ小路の住居で寝込んでしまった。その病気の間、私はしょっちゅうゲンドリコフへ行き、昼食は毎日一緒だった。彼は周囲の人間に意地悪く当たり、口やかましかったが、私には優しく、あくまでも柔和に振る舞い、楽しそうだった。舞台が終ってから、私たちは何べんもトランプをした。ヤンシンもマヤコフスキーのお見舞いに行き、時には私たちと一緒に昼食をとった。マヤコフスキーの精神状態は、概して落ち着いていた。快気祝いの花束には、こんな詩が添えてあった。

〈鼻風邪のひどいくしゃみは治りました。
　ごきげんよう、わたしの女医さん〉

彼とアセーエフその他の友人との間に不和が生じたこと、罵り合いさえあったことは、私も知っていた。アセーエフとは、ポーカーをしているときだけ一時的に和解したようにも見えたが、もちろん本質的な和解はなかった。

マヤコフスキーがＲＡＰＰ《ラップ》（ロシア・プロレタリア作家協会）に加入したときのことは、よく覚えている（Ｓ註　一九三〇年二月六日）。彼は溌剌とした態度で、自分の正当性を主張し、ＲＡＰＰ加入に満足していることを、納得のいくように語った。しかし、彼がこの一件を多少恥じていること、自分の行動が正しいかどうか自信が持てなくなっていることは、なんとなく感じられた。そして自分では意識していなかったと思うが、彼がＲＡＰＰに受け入れられたのは、ＲＡＰＰの側に、マヤコフスキーを受け入れる必要があったからではないのだ。

展示会の日が近づいていた。この会の準備に、マヤコフスキーは夢中で、すごく一所懸命になっていた。表には出さなかったが、彼には孤独が重くのしかかっていた。文学関係の友人で、この仕事を手伝ってくれる者は一人もいなかった。ルビャンカの部屋は小さなアトリエに変った。資材を探して、マヤコフスキーはモスクワ市内を歩きまわった。私たちは何日もかけて、展示物を選んだり、何かを糊付けしたりした。私たちの昼食は、同じ共同住宅の住人だった一人の主婦が、毎回、運んできてくれた（Ｓ註　マヤコフスキーの部屋の一階下、三階に住んでいた、ナジェージダ・ガヴリーロワ。一九三〇年当時、四三歳。もともと、そこに住んでいたヤコブソン一家の家政婦で、ピロシキ作りの名人だったという。独り暮らしのマヤコフスキーの食事の世話も、ずっとしていた）。私たちは昼食もそこそこに、またプラカードの整理にかかる。やがて、時間になったので、私は劇場へ行き、入れ替りに若い女性画家たち（訳者註　一八九八年生まれのセミョーノワや、一九〇五年生まれのブリュハネンコらを指すのか。どちらもレフ＝芸術左翼戦線の同人）が手伝いに来て、みんなで切ったり貼ったり、サインしたりに余念がなかった。

展示の仕事には、マヤコフスキー自身が、かかりきりだった。

私は一度、会場の作家クラブへ訪ねて行った。

マヤコフスキーは脚立に登って、金槌でプラカードに釘を打ちつけていた（友人たちのなかで、手伝いに来たのは、マネジャーのラヴートだけだったが、ラヴートはこの展示会の世話人として物凄く忙しかったから、結局、マヤコフスキー本人が何から何までやらなければならなかった）。

展示会の初日、私は舞台の本番と、別の芝居の稽古とがダブっていた。マヤコフスキーと会ったのは、本番後の遅い時刻だった。彼は疲れていたが、満足そうだった。展示会に関心のある若い人たちが大勢来て、よかった、と言っていた。

いろいろと質問されたそうだ。マヤコフスキーは、いつもの通り、自ら進んで質問に答えた。展示会に来た人たちは彼を放そうとせず、乞われて、何篇かの自作をマヤコフスキーは朗読したのだという。そして私にこう言った。

「でもね、ノーラ、文学者は一人も来なかったよ！……友達もね！」

次の日の夕方、私たちは展示会に行った。彼の母親が来るというので。マヤコフスキーは、以前から、私を母親に紹介すると言い、いずれ暇をみて二人で会いに行こうということになっていた。

　この日、彼は言ったのだった。

「ノーラさん、今日こそ、母に紹介するからね」

　けれども、この日もまた、マヤコフスキーは打ちひしがれたような顔をしていた。やはり、展示会に作家が一人も来ていないことを気にしていたのだろうか。会場はけっこう混み合っていたのだが。あるいは、展示の仕方が気に入らなかったのかもしれない。プラカード類は、彼の指示通りには掛かっていなかったようだ。マヤコフスキーは恐ろしく苛々し、腹を立て、展示会の主催者をどなりつけたりしていた。

　私は邪魔にならぬよう、少し離れた所に立っていた。マヤコフスキーが近寄って来て、言った。

「ノーラさん、これが母です」

　マヤコフスキーの母親は、私の予想とは全く違っていた。目の前にいるのは、黒いマフラーを首に巻いた小さなお婆さんで、巨きな息子と並んでいると、なんだか妙な感じだった。ただ、目は、というか、まなざしは、マヤコフスキーにそっくりだった。同じ鋭くて若々しい視線。

　だが、すぐにマヤコフスキーは何やら忙しくなって、展示会場を歩き回り始め、結局、三人でゆっくり話をすることはできなかった。

　年末になり、新年をどのように迎えたのか、覚えていない。新年を迎えたとき、そもそも私たちは一緒だったろうか。私たちの関係は、ますます神経症的様相を呈してきた。

　しばしば彼は人前でも自分を抑えられなくなり、私の愛を確かめようとした。言い争いになると、その場で直ちに、何もかも解決しなければ満足しないのだった。概して陰気で、沈黙がちで、妙に我を通すことが多くなった。

　その頃、私は彼の子を身ごもっていた。そして堕胎したのだが、そのことは嘘と二重生活に疲れていた私に、大変な精神的影響を及ぼした。ヤンシンは病院に見舞いに来てくれて……そのときも、また嘘をつかなければならず、私はたいそう辛かった。

　手術は必ずしも完璧ではなかったので、手術後の私には、人生全般についての恐ろしい無感動状態が現れ、更に困ったことには、肉体的接触について何やら不快感を感じるようになった。

　これが、マヤコフスキーには我慢のならぬことだったようだ。私の性的無関心が、彼を苦しめた。このことを土壌として、数多くの重苦しい、辛い、愚かしい諍《いさか》いが発生した。

　その頃の私はまだ若すぎて、こういうことがよくわからなかった。だから、これは一時的な鬱状態にすぎないので、もしも私の性的無関心を、それほど我慢のならぬ苛立たしいことと思わず、私を暫く放っておいてくれたら、こういう状態は次第に消えて、私たちは以前の関係に戻るだろうということを、マヤコフスキーに納得させるなど到底不可能だった。従って、私の性的無関心は、マヤコフスキーをほとんど狂乱状態に追い込んだ。彼は恐ろしく執拗になり、残酷にさえなった。文字通りありとあらゆることについて神経症的に、疑い深く応対し、瑣末な事柄に苛立ち、難癖をつけた。私は前よりも彼を強く愛し、人間として評価し理解していた。彼なしの人生は考えられなかったし、会えないと寂しくてたまらず、恐ろしいほど彼に惹かれていた。だが、会えば会ったで、お互いに相手を傷つけたり、侮辱したりすることが再び始まると、その場から逃げ出したくもなるのだった。

　こんなことを書くのは、今、あの頃のなりゆきを詳細に検討してみると、私たちの相互関係のこういう側面が、意外と大きな役割を果たしていたことがわかったからだ。私に対するマヤコフスキーの、ああいう神経症的対応は、このことから発しているのだし、わたしがとかく動揺し、ヤンシンと別れてマヤコフスキーと一緒に暮らすという問題の解決を、先送りにしていたのも、原因はといえば、このことなのだから。

私には確信が生まれていた。もう、これ以上、こんな生活をつづけることはできない。決断し、選択しなければならない。これ以上、嘘をつきつづけることはできなかった。嘘をつくことだけではなく、ヤンシンと別れるのが、なぜそんなに難しいことのように見えていたのか、今の私にはよくわからない。結婚した頃の私とヤンシンは、まだほんの子供だった（私は十七歳だった）。私たち夫婦の関係は、良好な友人関係といったところで、それ以上のものではなかった。ヤンシンは私を小さな女の子のように扱い、私の生活や仕事には興味がないようだった。私のほうも、ヤンシンの生き方や考え方に思いを致すことは全然なかった。

マヤコフスキーとの付き合いは、それとは全くの別物で、こちらは本物の、真剣な人間関係だった。彼が、私という人間に興味を抱いていることは、よくわかった。マヤコフスキーはいろいろと私に手を貸し、私を作り直して、一人の人間に育て上げようとしていた。私はまだ二十一歳だったが、彼との関係においてはたいそう貪欲だった。彼の考えていることを知りたかったし、仕事であれ、何であれ、彼のすることに興味を持ち、胸を躍らせていた。もちろん、付き合いの中での彼の性格や、不機嫌な瞬間や、勝手気儘なところは、恐ろしかったのだけれども。

そして今や――一九三〇年の初め、私がヤンシンと別れて、マヤコフスキーの妻になり、芝居なぞ辞めてしまうことを、彼は要求していた。そのような解決を、私は先延ばしにしていた。マヤコフスキーには、あなたの妻になるけれど、今すぐにはなれないと言った。

するとマヤコフスキーは訊ねた。

「でも、なることはなるんだね？　信じていいんだね？　そのために必要なことを、考えたり、実行したりしてもいいんだね？」

私は答えた。

「そうよ、考えたり、実行したり！」

そのときから、この〈考えたり、実行したり〉は私たちの合言葉になった。人前で会っているとき、何か辛いことがあるたびに、彼は質問の口調で言った。「考えたり、実行したり？」そして私が頷くと、ほっとしたような表情になった。この〈考えたり、実行したり〉は、現実には、芸術座の向かいに建築中の「作家の家」に、彼が入居を申し込んだこととなって現れた。私たちは、そこへ一緒に入居する約束をした。

もちろん、住宅への入居を待つだけというのは、もしもそのことだけで二人が一緒になるべきか否かが決まってしまうのなら、馬鹿げている。でも、ヤンシンとの最終的な話し合いがこわくて、それを一日延ばしにしていた私には、住宅入居はどうしても必要だった。マヤコフスキーも入居申し込みをして、なんとなく安心しているようだった。

私は今でも確信しているのだが、マヤコフスキーの精神的不安定や悲劇的な死の原因となったのは、私たちの関係ではない。私たちの不和は、いちどきに彼に振りかかってきたさまざまな原因の複合体の中の一つの原因にすぎない。その他のたくさんの原因を、私はすべて知っているわけではないから、一九三〇年当時の彼の生活を左右していた事柄を、できるだけ数多く並べて比較検討し、何かを判断することしかできない。

この一九三〇年には、マヤコフスキーの創作活動において初めて、いくつかの失敗が起こったような気がする。『声を限りに』という詩は、成功例だ。けれども、このすばらしい作品は、まだ世に広く知られていたわけではなかった。それ以外の失敗例や、彼の創作に対する周囲の人々の関心の欠如を、マヤコフスキーは非常に強く感じ取っていた。それらの人々の意見を尊重していただけに、この現象にたいそう苦しんでいたのだが。

そして健康状態は非常に良くなかった。弱音は決して吐かなかったのだが、インフルエンザがひっきりなしにぶりかえし、三日寝込んだり、一日寝込んだりした。

すでに書いたように、友人たちが遠ざかっていたことも、マヤコフスキーに悪影響を及ぼした。彼の創作活動に、一種の渋滞のようなことが起こっていたのは明白だと思う。一時的な渋滞が、破滅的に作用したのだ。まもなく渋滞は解消し、傑作『声を限りに』が書かれた。だが、体力はすでに損なわれていた。

展示会に作家たちが来なかったことは、すでに書いた。そして『風呂』の失敗は、失敗というよりも、ひとつのスキャンダルだった。批評家たちも、文学関係の人たちも、この芝居が叩きつぶされたことについて、全く無関心だった。マヤコフスキーは、罵りや、悪意の批評や、スキャンダル的失敗に対して、どう答えるべきか、わかっていた。そういうことどもは、かえって彼に勇気を与え、熱狂的に戦う力を授けただろう。しかし、創造行為に対する沈黙や無関心は、マヤコフスキーの調子を完全に狂わせたのだった。


……………………

そしてこの頃、ＲＡＰＰとの一件があり、これまた二十年にわたる文学活動を、だしぬけに周囲のすべての人間が認めなくなったことを、マヤコフスキーに思い知らせたのだった。とりわけ彼を失望させたのは、政府機関に、彼の創作二十周年を祝うつもりが全くないことだった。

私や、私たちの関係は、マヤコフスキーにしてみれば、最後の頼みの綱だったのだと、今にして思う。

では、四月八日頃から始めて、彼の生涯の最後の日々を、より詳細に辿ってみよう。

晴れ渡った朝。ゲンドリコフ小路の、マヤコフスキーの住居に向かう。数えきれないほど、いくたびもぶりかえしたインフルエンザの、このたびもぶりかえしの一つだ。もう治りかけてはいるのだが、大事を取って、一、二日は家で静養するという。陽の燦々とふりそそぐ室内で、マヤコフスキーは朝食を摂りながら、女中のマトローナと何やら言い争っている。犬のブーリカは私を見て物凄く喜び、しきりに跳びはねてから、ソファに跳び上がってきて、私の鼻の頭を舐めようとする。

「ごらんの通りだよ、ノーラ。ぼくも、犬も、きみが来ると嬉しくてね」

レフ・グリンクルークが、訪ねてきた。マヤコフスキーはこの友人に自分の車を使わせて、いくつかの用事を頼む。用事の一つは、ルビャンカの部屋の鍵と、机の引出しの鍵を持って行って、机の中の現金、二五〇〇ルーブリのうち、五〇〇を、入居を申し込んだ「作家の家」の手付金として払い込んでもらうこと。グリンクルークは、外国からのリーリャ・ブリークの手紙を持ってきた。手紙には、リーリャがライオンの仔を抱いている写真が入っていた。マヤコフスキーが、その写真を私たちに見せる。視力の弱いグリンクルークが言う。

「このリーリャが抱いてる犬、種類はなんてえの」

ライオンを犬と間違えたのが、マヤコフスキーと私は可笑しくてたまらず、げらげら笑う。グリンクルークは当惑顔で帰って行く。

私たちはマヤコフスキーの部屋に行き、椅子に腰を下ろして、両足をベッドにのせる。ブーリカは私たちの足の間に寝そべる。やがて入居する住居の話になって、一つの区画の中に部屋を二つ確保しようということになる。彼はとても楽しそうだ。

私は、いったん劇場へ行く。ヤンシンを交えて、三人でお昼を食べようということで、マヤコフスキーの部屋に戻ったときは、約束の時刻に一時間あまり遅れていた。異様に暗い彼の表情。マヤコフスキーはなんにも食べず、沈黙している（何かに腹を立てていたのか）。突然、みるみるうちに涙がこみあげ、泣き顔を見せまいとして、彼は別の部屋へ行く。

その日だったか、あるいは一、二日のずれがあったか、記憶は定かではないが、ヤンシンと三人で、私たちがどこかへ行ったのを覚えている。帰りに、私とヤンシンを自分の車で、私たちの家まで送って来て、マヤコフスキーは言った。

「ノーラさん、ヤンシンくん、お願いだ、ぼくを見放さないでくれ。わるいけど、ゲンドリコフまで送って来てくれないか」

言われた通り送って行き、彼の部屋に十五分ほどいて、ワインを飲んだ。それから、ブーリカを散歩させるというので、一緒に外へ出た。彼はヤンシンの手を固く固く握って、こう言った。

「ヤンシンくん、こうして、うちまで来てくれて、どんなに感謝しているか、わかってくれ。きみらが今、ぼくを何から救ってくれたか、わかってもらえたらなあ」

どういう意味で、こんなことを言ったのか、私にはわからない。その日、私たち三人の間には、なんの気まずいことも起こらなかったのだ。

もう一つ、その前後のことだが、私たちは演劇労働者のクラブの開店パーティで会った。空いているテーブルがなかったので、芸術座の何人かの役者たちと相席になり、私はマヤコフスキーをみんなに紹介した。彼は終始、神経質に振る舞い、表情は暗かった。というのも、役者たちの一人は私の昔の恋人だった。マヤコフスキーはそのことを知っていて、突如、過去に猛烈に嫉妬したのだった。そして何度も帰ろうとしては、私に引き止められていた。

小さなステージでは、何かの演芸をやっていた。まもなく、マヤコフスキーさん、どうぞステージへ、ということになった。彼は出て行ったが、不承不承という感じだった。ステージに出た彼に、司会をしていた劇作家のガリペーリンが言った。

「マヤコフスキーさん、長篇詩『とてもいい!』の結びの部分を朗読してくださいませんか」

マヤコフスキーの返答には刺があった。

「ガリペーリン氏は、詩についての博識を披露しようとして、『とてもいい!』を読めと言ってます。しかし、あれは読みたくない。今は『とてもいい!』を読む時じゃないですから」

彼が読んだのは、新たな長篇詩の序詩『声を限りに』だった。異様に力強く、霊感に満ちて朗読した。彼の朗読が与えた印象もまた、異様あるいは非凡としか言いようがなかった。

読み終えたあと、数秒間、静寂がつづいた。才能と情熱の力を出しきって、彼は聴衆を揺さぶり、圧倒したのだ。

当時、俗物たちの間では、マヤコフスキーは与太者であり、事、女性に関しては、きわめて下劣な男だというのが定評になっていた。今でも覚えているが、私が彼とデートし始めた頃、いろんな

「善意」の人たちが、あれは悪い男だ、乱暴で破廉恥なやつだから、付き合いはやめなさいと言ってくれたのだった。

もちろん、そんなことは全く事実に反する。マヤコフスキーのように女性を尊重するひとを、後にも先にも私は見たことがない。それは、リーリャ・ブリークや私に対する彼の態度に、はっきりと現れていた。私は敢えて言いたいのだが、マヤコフスキーはロマンチストだった。といっても、彼が理想の女を創り出し、そのような虚構を愛するあまり、その女性についてさまざまな空想を繰り広げたということではない。そう、彼は人のいろんな欠点をすべて鋭く見通して、現実にあるがままの人間を愛し、受け入れていた。このロマンティシズムには、センチメンタリズムの響きは皆無だった。

マヤコフスキーは、彼が言うところの「質草」を、例えば指輪とか、手袋とか、ハンカチとか、私が身に付けていたものを預からずには、決して私をヤンシンの家に帰そうとしなかった。いつだったか、四角いネッカチーフを私にくれたのはいいが、その四角の対角線の一つを鋏で切って、二つの三角形にすると、一つはきみがいつも持っていてくれと言い、もう一つは、ルビャンカの部屋の電灯に笠のようにかぶせて、一人でいるときこの電灯を眺めれば、きみの一部分がそこにあるみたいな感じで、気が休まると言うのだった。

あるとき、私たちは冗談半分のようにトランプを

マヤコフスキー（1927年）

して、私は賭けに負けた。その勝負には、ワイングラスを賭けたのだった。私はグラス一ダースを彼に渡した。それはとても繊細なグラスで、すぐ欠けたり割れたりして、まもなく残りは二つだけになった。マヤコフスキーはひどく縁起をかついで、生き残った二つのグラスはわれわれの関係のシンボルのようなものだと言い、どちらかがこわれたら別れようなどと口走った。

　そして、その二つのワイングラスを、いつも自分で丁寧に洗い、そうっと布巾で拭くのだった。ある晩、ルビャンカの部屋で、マヤコフスキーはこう言った。

「ぼくがきみをどう思っているかは、ご存じの通り。そういう気持を詩に書きたいんだけれども、恋の詩はもうたくさん書いたから、何もかも語りつくしたような感じでさ」

　何もかも語りつくしたなんて、どうしてそんなこと言えるのか、わからないわ、と私は答えた。恋をしているのなら、相手によって、全然ちがう新しい関係が生まれるのだと思う。関係がちがうなら、それを詩に書いたとき、言葉もちがってくる筈じゃないの。すると彼は、それまでの自分の恋の詩を、洗い浚い読んでくれた。それから、とつぜん言った。

「馬鹿野郎どもめ！　マヤコフスキーは、すでに才能が枯渇した、だと！　マヤコフスキーは、ただのアジテーターだ、広告書きだと！　どっこい、こっちは、月夜だろうと、女のことだろうと、書いてみせるさ。そういう詩を書きたいんだ。そういう詩を書かずにいるのは苦しくてね。でも、今はまだ、その時期じゃない。今はまだ、重要なのは、ねじ釘だとか、借金だとか、そういうことでね。しかし、もうすぐ、恋の詩が必要になるだろうと思う。エセーニンには、それなりの才能があったけれども、今のぼくらに必要なのはエセーニンふうの詩じゃないんだ。やつの真似なんか、してたまるか！」

そして、その場で、『声を限りに』の序詩につづく部分の断片を読んでくれた……

………………

私の劇場の仕事は忙しかった。ちょうど、ネミロヴィチ＝ダンチェンコ先生に見せる芝居の稽古中で、みんなすごく張り切って、稽古の時間でなくとも、やたらに速いテンポで他の仕事をこなすのだった。マヤコフスキーとのデートはめっきり減って、仕事の合間に時どき会うだけになった。私は、あまり自分に合わない役を与えられて、この芝居の稽古が辛くなる一方だったから、精神的にひどく動揺し、役のことばかり気に病んでいた。マヤコフスキーは、私との間に距離が生じたことを悲しんでいた。そして、もう芝居は辞めろ、ヤンシンと別れろの一点張りだった。

それやこれやで、彼との付き合いはますます苦しくなった。マヤコフスキーと会うことを、私は避け始めた。ある日、稽古があると言って彼には会わず、実はヤンシンやリヴァノフと映画を観に行った。

これはすぐ、ばれた。マヤコフスキーは劇場に電話して、私がいないことを突き止めた。それから、夜遅く私の家に来て、私の部屋の窓を見上げて、うろついている。中に入って下さいと言うと、入って来はしたが、暗い顔をして、無言で坐っているだけだ。

翌日、私と夫をサーカスに呼び出した。夜遅く、一九〇五年の革命を描いたマヤコフスキーの新作パントマイムの稽古があるので、二人で観に来ないかと言う。その日は一日中会わなかったので、前日のことについて弁明するチャンスはなかった。夫とサーカスに出向くと、彼はもう来ていた。三人で、ボックス席に坐ったが、マヤコフスキーは妙にそわそわしていて、とつぜん立ち上がり、ヤンシンに言った。

「ヤンシンくん、ちょっとノーラに話があるんだけれども……そのへんを、二人でドライブしてきていいだろうか」

ヤンシンは（私が驚いたことには）あっさり承知し、一人残って稽古を観つづけた。私たち二人は、ルビャンカの部屋へ行った。

その部屋では、彼はいきなり、嘘というやつには我慢ならない、嘘をついたきみはもう絶対に許さない、われわれの仲はもうすべて終りだ、と言った。そして私の指輪とハンカチを私に返し、今朝方、ワイングラスが一個割れちまったと言った。だから、こうするんだと言いざま、残った一個のグラスを壁に叩きつけた。そして私に乱暴な罵りの言葉をたくさん浴びせかけた。私は泣き、マヤコフスキーは近寄って来て、二人は仲直りをした。

サーカスへ車で戻るときは、もう白々と明け初《そ》めていた。そして私たちは同時に思い出した。ヤンシンをサーカスに置いてきたことを。

どきどきしながら、ボックス席へ行ってみると、さいわい、ヤンシンはボックス席の手摺に頭をのせて、平和に眠っていた。起こされても、私たちがそんなに長時間、席を外していたことを、どうもよく理解していないようだった。

サーカスから帰ったときは、もう完全に朝だった。すっかり明るくなり、私とマヤコフスキーは喜ばしく、すてきな気分だった。しかし、この和解は短命に終った。この日、再び、諍いや、苦悩や、侮辱が始まった。

こんな事態から免れようとして、私は彼に旅行を勧めた。私に勧められなくとも、マヤコフスキーには、ヤルタへ行く予定があったので。私の加わっていた『われらの青春』という芝居が幕をあけるまで、ヤルタに行ってらして、と私は頼んだ。私たちは、今、一緒にいては駄目なのよ。少しの間、お互いから離れて、休息しましょう。それから、二人の今後の生活を決めましょう。

私が嘘をついて映画を観に行ってからというもの、マヤコフスキーは一瞬たりとも私を信用しなかった。ひっきりなしに劇場に電話してきて、私の行動を確認し、劇場の前で私を待ち受け、第三者の前でも自分の感情を隠そうとはしなかった。しばしば私の家にも電話してきて、一時間も喋りつづけた。電話は、みんながいる居間にあったので、私は「ええ」と「いいえ」でしか返事できなかった。彼は延々と、支離滅裂に喋りつづけ、私を非難したり、嫉妬したりした。非難や嫉妬のたねは、ほとんどが謂れのない、侮辱的なことばかりだった。

夫の身内にしてみれば、これは異様な電話にちがいなく、私は白眼視された。それまでは、私たちのデートを比較的穏やかに見守っていたヤンシンも、変にそわそわしたり、心配したり、私に不満をぶつけたりするようになった。私の生活は、絶え間ないスキャンダルと咎め立ての雰囲気に四方を囲まれていた。

折も折、私たちは物凄い衝突をした。その始まりは、今となってはもう、詳細を正確には思い出せないほど些細な、下らないことだったと思う。とにかく、彼は不当な言いがかりをつけて、酷い侮辱の言葉を吐いた。二人とも、たいそう興奮して、自分を抑えきれなかった。私たちの関係も、もう限界だ、と私は思った。もう、これ以上、私に構わないで、と私は言い、私たちはお互いに敵意を抱いて、その場から立ち去った。

それが四月十一日のこと。

四月十二日、私にはマチネーの仕事があった。幕間に電話があった。受話器の向こうは、マヤコフスキーだった。非常に昂った声で、今、ルビャンカの部屋だけれども、気分がよくない……今、気分が悪いだけじゃなくて、人生全体がめちゃくちゃだ……と言う。

俺をこんな状態から救い出せるのは、きみだけだと言う。こうして、デスクに向かっていると、手元にはいろんなものがある。インク壺や、スタンドや、鉛筆や、本や、その他もろもろ。きみがここにいれば、インク壺は必要だし、スタンドも、本も、必要だ。だけど、きみがいないと、何もかも消えてしまう。何もかも不必要だ、などと言う。

彼を落ち着かせようとして、私は言った。私だって、あなたなしでは生きていけない。どうしても会いたいから、舞台がすんだらすぐそちらに行きます。

と、マヤコフスキーが言った。

「ああ、そうだ、ノーラ、政府に手紙を書いたんだけれども、その手紙にきみの名前を出したんだ。きみは、私の家族の一員ですって。構わないだろう？」

私は、わけがわからなかった。それまでに、彼が自殺の話をしたことなど、一度もなかったから。そこで、私を家族の一員とするという点については、こう答えた。

「おっしゃってることの意味が、なんだか、よくわからないわ！　私の名前なんか、どこにでも、好きなだけお出しになって、ぜんぜん構いませんけど！」

舞台が終ってから、彼の部屋へ行った。マヤコフスキーは、明らかに、この私との話し合いについて、心の準備をしていたようだ。心の準備だけではなく、具体的にどう話し合うかというプランまで、書き出してあった。そして、プランに書いたことを、逐一話してくれた。残念ながら、この話し合いの詳細は、今どうしても思い出せない。プランを書いたメモは、現在、リーリャ・ブリークが保管している。このメモが手元にあれば、話し合いの全体を再現できただろうにと思う。

やがて、私たちはどちらも、気持がほぐれた。マヤコフスキーは優しさの化身のようになった。私のことで不安になったりしないで、と私は言った。まちがいなく、あなたの妻になりますから。これは、そのとき固く決意したのだった。でも、ヤンシンとは、どうしたら不必要な波風を立てずに、最良の別れ方ができるか、よくよく考えなければならない。

そこで私は、医者に診てもらうことを約束してと、マヤコフスキーに言った。この何日か、彼は明らかに自制力を失った病的な状態だったのだから。たったの二日間でもいい、どこかの保養所で静養して、と私は頼んだ。そして彼の作詩手帳に、その二日間を指定したのを覚えている。それは四月十三日と十四日だった。マヤコフスキーは同意したようでもあり、しないようでもあり、返事は曖昧だった。でも、とても優しい感じで、陽気にすら見えた。ゲンドリコフから迎えの車が来た。私が食事をしに家に帰ると言うと、その車で送ってくれた。

みちみち、彼はアメリカふうのゲームを教えてくれた。顎髭を生やした人が向こうから来るのが見えたら、「ヒゲのひと！」と先に言ったほうが勝ちになる。そのとき、自分の住居の門を入って行く、レフ・グリンクルークの後ろ姿が遠くに見えた。

私は言った。

「あ、リョーワ（訳者註　グリンクルークの名前、レフの愛称）だ」

違うよと、マヤコフスキーは言った。そこで私は提案した。

「じゃ、もしあれがリョーワだったら、あなたは十三、十四の二日間、静養する。その間、私たちは会わない、ということで、どう？」

彼は同意した。私たちはすぐ車から降り、リョーワを追いかけて、狂ったように走り出した。追いつくと、それはやっぱりリョーワだった。

私たちが突然はあはあいいながら追いかけて来たので、レフ・グリンクルークは仰天していた。

私の住居のドアの前で、マヤコフスキーは言った。

「よし、約束しよう、二日間きみには会わない。でも、電話ぐらい、していいだろう？」

「それはあなたの自由よ」と私は答えた。「でも、電話も、なしにしたほうがいいとは思うけど」

二日間、ゆっくり休息して、医者にも診てもらうと、彼は約束した。

その晩、私はずっと自宅にいた。マヤコフスキーからは、やはり電話があって、私たちは長い時間、とても楽しくお喋りをした。彼は言った。今、仕事をしている。とってもいい気分だ。いろんな点で自分が間違っていたことが、ようやくわかった。二日間、離れているのも、わるくないと思う……

四月十三日、日曜日、私たちは会わなかった。昼近く、彼が電話してきて、これから競馬に行かないかと誘った。競馬には、私はもう、ヤンシンや芸術座の連中と行く約束をしていた。お願いですから、きのうの約束通り、会わないでいましょう。迎えにも来ないで、と私は言った。じゃ、夜はどうするのかと、彼は訊ねた。夜は、カターエフの家に呼ばれているけれども、たぶん行かないと思う。今夜の予定はまだ立っていない。

夜、私は結局、ヤンシンと、カターエフの家に行った。マヤコフスキーは、すでに来ていて、表情は暗く、もう酔っぱらっていた。そして私を見るや否や、言った。

「きっと来ると思ってたら、案の定！」

私は、付け回されているようで不愉快だった。マヤコフスキーのほうは、たぶん行かないと言った私にだまされたと思って、腹を立てていた。私たちは最初、食卓に向かって隣り合せの席に坐り、お互いにそんなことばかり、くどくどと小声で喋っていた。実に馬鹿げた事態だった。私たちの秘密めかしたお喋りは、その場に居合せた人たちの好奇心を大いに掻き立てた。

私の記憶では、そこにいたのは、カターエフ、カターエフ夫人、ユーリー・オレーシャ、リヴァノフ、画家のロスキンなど（訳者註　ほかには、新聞記者のレギーニンが深夜、この集まりに参加した）。ヤンシンは、この場の空気を読んで、スキャンダルになりはしないかと、気を揉んでいたようだ。私たちは、マヤコフスキーの作詩手帳のページを破って、それをメモ用紙のように使い、言葉のやりとりをし始めた。腹立たしいこと、お互いを侮辱するようなことばかり、たくさん書いた。愚かしくも腹立たしい、不必要な侮辱のかずかずだった。

やがて、マヤコフスキーは隣の部屋に出て行き、デスクの前の椅子に坐って、シャンパンを飲みつづけた。私はあとを追って、その部屋に入り、デスクの脇の肘掛椅子に腰を下ろして、彼の頭を撫でようとした。彼は言った。

「ひっこめろ、その、きったねえ前足」

今みんなの前で、ヤンシンに、われわれの関係をばらしてやる、と彼は言った。すごく乱暴に、ありとあらゆる言葉を使って私を侮辱した。ところが、そんな乱暴な侮辱の言葉が、とつぜん、私を卑しめたり傷つけたりしなくなった。目の前にいるこのひとは、不幸せな病人なのだ、と私は思い至った。その病人が今ここで、とんでもない馬鹿げたことをやらないとも限らない。マヤコフスキーともあろうものが、要らぬ騒動を起こし、自分にふさわしくない振舞いに及んで、行きずりの人々の笑い者になりかねない。

　もちろん、私はわが身がどうなるのかと恐ろしかったたし、（ヤンシンや、ここに集まっている人たちの前で）マヤコフスキーが私に与えるかもしれない哀れな屈辱的な役柄も恐ろしかった。私と彼との関係を、みんなの前でヤンシンにばらすというのだから。

　でも、繰り返すが、このパーティが始まった頃、マヤコフスキーに腹を立て、こちらも粗暴に振る舞い、彼を侮辱しようとしていたとしても、少し時間が経った今では、耐えがたいような恐ろしい侮辱の言葉を浴びれば浴びるほど、彼が愛しくてたまらなくなるのだった。そういう優しさや、彼への愛に、とつぜん、私は捉えられていた。そして、あくまでも優しく温かく彼を説得し、お願いだから落ち着いて下さいと哀願した。だが、私の優しい態度は彼をますます苛立たせ、狂乱へ、逆上へと追い込むのだった。

　彼はレボルバー拳銃を抜いた。これで死ぬんだ、お前も殺すと脅かし、銃口を私に向けた。私がこの場に残れば、彼の神経はいっそう昂るだけだ、と私はようやく気づいた。

　こんなことは、もう、つづけていられない。私は帰り支度を始めた。ほかの人たちも、私に倣って、帰ることになった。

　玄関で、マヤコフスキーは突然、穏やかな表情で私を見つめ、甘えるように言った。

「ノーラさん、頭を撫でてくれませんか。きみは、やっぱり、とってもすてきなひとなんだ……」

　このパーティの初め頃、私たちがまだ食卓に向かって並んで坐り、小声でお喋りをしていたとき、マヤコフスキーが思わず口を滑らせた。

「ああ、かみさま、なんてこった！」

私はすかさず言った。

「まあ、変れば変るものですこと！　マヤコフスキーが『かみさま』だなんて！　あなた、神を信じてらっしゃるの？」

彼は答えた。

「ああ、俺、もう、何を信じてるのか、自分でもわかんなくなってるんだ！」

この言葉は、書き留めておいたので、一言半句の間違いもない。しかし、この言葉を呟いた調子からして、私は察したのだが、マヤコフスキーは、単に私の厳しさについて嘆いたのではなかった。この言葉には、もっとずっと大きな問題が潜んでいたと思う。例えば、この時期の自分の文学的な力量についての疑念とか、自分の創作二十周年に対する文学界の無関心とか、一般的に言って、マヤコフスキーがそれまでの人生行路において出会ったさまざまな苦労とか。しかし、その点については、場所を改めて書こうと思う。

帰りは歩きで、マヤコフスキーは私たちを家まで送って来た。彼はまたご機嫌斜めになり、今すぐヤンシンに何もかもばらすと言って、私を脅した。

私はマヤコフスキーと並んで歩いていた。ヤンシンは、レギーニンと一緒だったと思う。私たちと、ヤンシンたちは、後になったり、先になったりした。私はもうヒステリーを起こしそうになっていた。マヤコフスキーがわざと大声で、ヤンシンを呼んだりするので。

「ヤンシンくん！」

でも、ヤンシンが、

「なんですか」と振り向くと、

「いや、あとで」と答える。

私はとうとう、彼の前に跪き、やめてと言って、泣いた。すると、マヤコフスキーはあすの朝、会いたいと言った。

あすは、十時半に、ネミロヴィチ＝ダンチェンコ先生が私たちの稽古を観に来る予定だった。で、八時に、マヤコフスキーが車で私を迎えに来る、という約束をした。

それでも彼は、別れ際に、ヤンシンに面と向かって、あした話したいことがあるなどと言っている。

もう四月十四日になっていた。朝、マヤコフスキーは八時半に車で迎えに来た。たまたま運転手が休みを取ったとかで、車はタクシーだった。マヤコフスキーはひどく具合が悪そうに見えた。

よく晴れた、明るい四月の朝。春の到来。

「すてきね」と私は言った。「どう、この陽の光！　なのに、あなたはまだきのうのつづきで、馬鹿みたいなこと考えてるの？　何もかも、うっちゃってしまったら？　忘れるのよ。ね、約束して」

彼は答えた。

「陽の光なんて知るもんか。今の俺は陽の光どころじゃないんだ。でも、馬鹿な真似はもうやめた。お袋のことを考えれば、そんなことはできない。それはよくわかったよ。しかし、俺はもう、だれにも構ってもらえない人間でね。まあ、こういうことは、うちで、とことん話し合おうじゃないか」

十時半にネミロヴィチ＝ダンチェンコ先生が来て、大事な稽古があるから、遅刻は絶対できない、と私は言った。ルビャンカに着いた。彼が頼んで、タクシーに待ってもらうことにした。

私が今日も急いでいるので、彼はがっかりしていた。そして、みるみる興奮し始めた。

「また芝居か！　芝居が憎いよ、俺は。芝居なんか糞くらえ！　もう、こういうことはまっぴらだ。稽古には行かせないぞ。この部屋から出るのも禁止だ」

そう言うと、ドアに鍵をかけ、その鍵を自分のポケットに入れた。コートを着たまま、帽子をかぶったままの恰好で、そのことに気づかないほど興奮している。

私はソファに腰を下ろした。彼は私の前の床に坐りこんで、泣いた。なんとか落ち着かせようとして、私はコートを脱がせたり、帽子を取ってあげたり、彼の頭を撫でたりした。

そのとき、ノックの音が響きわたった。配達人がマヤコフスキーに本を届けに来たのだった。確か、レーニン全集だったと思う（訳者註　配達人の四月十五日の供述調書によれば、レーニン全集ではなくて、ソビエト大百科事典）。配達人はまずい時に来てしまったと思ったようで、本をそのへんに放り出すと、一目散に逃げて行った。

マヤコフスキーは部屋の中をせかせかと歩きまわった。ほとんど走るような足どりで。そして、きみは今からここで、この部屋で暮らすんだ、ヤンシンと話し合う必要はない、と言った。俺は住宅を申し込んだりして、馬鹿だった。芝居は今すぐやめてしまえ。今日の稽古に行く必要はない。俺が劇場に行って、ヴェロニカはもう来ませんと言ってやる。きみがいなくなっても劇場は潰れはしない。ヤンシンのほうも俺が話をつけに行く、きみはもう行かせない。今すぐきみをこの部屋に閉じこめて、劇場へ行く。そのあと、きみがここで暮らすのに必要なものを全部買ってくる。今まで使っていたものは全部揃える。芝居をやめるのを不安がることはない。これからの暮らしの中で、芝居のことは忘れさせてやる。きみのことなら、人生の重要問題からストッキングの伝線に至るまで、すべて俺が責任をもって面倒をみる。歳の差なんか心配ない。俺はまだ若いし、陽気に振る舞うのは、なんの造作もない。きのうのことはひどかったと思う。でも、ああいうことはもう二度と繰り返すまい。きのうの振舞いは二人とも馬鹿げていたし、俗悪だったし、ぶざまだった。とりわけ俺は乱暴で醜悪だった。今日になって、つくづく恥ずかしく思う。しかし、あんなことは忘れよう。なかったことにしよう。ゆうべメモをやりとりして、お互いの侮辱のために使った手帳の紙は、もう棄ててしまったから……

あなたを愛している、と私は答えた。あなたと一緒になりたい。でも、今すぐ、ヤンシンに何も言わずに、ここで暮らすことはできない。ヤンシンは私を愛しているから、そんな別れ方は残酷すぎると思う。なんにも言わずに出て行って、ほかの男と暮らし始めるなんて。私は夫を人間として愛し尊敬しているので、そんなことはできない。

それから、芝居をやめる気は私にはない。絶対にやめられないと思う。もし劇場から離れ、仕事をやめてしまったら、私の人生はがらんどうになる。埋めようのないがらんどうに。これはあなたなら、わかってくれるのではないだろうか。もしそんなことになったら、だれよりもまず、あなたが苦しむと思う。自分の仕事というものを、しかも芸術座の芝居というような興味深い仕事を始めてしまった私は、もうただの平凡な主婦の座に納まることはできない。たとえ相手がマヤコフスキーのような偉大な人物であろうとも。

そういうわけで、今日は芝居の稽古に行かないわけにはいかないので、稽古に出て、それから、いったん家に帰って、ヤンシンにすべてを話して、晩には、最終的にここへ越して来ます。

マヤコフスキーは同意しなかった。何もかも今すぐでなければ駄目だ、と言い張った。今すぐか、でなきゃ、もう何もしないか、どっちかだ、と。

それはできないわ、と私は繰り返した。

彼は訊ねた。

「じゃ、稽古には行くんだね？」

「行くわ」

「ヤンシンにも会うんだね」

「ええ」

「なるほど！　じゃ行きなさい、すぐ行きなさい、今、直ちに」

まだ稽古に行くのは早すぎる、と私は言った。あと二十分ぐらいは大丈夫。

「いや、今すぐ行きなさい」

私は訊ねた。

「でも、今日また会えるわね」

「さあ、どうかな」

「じゃ、せめて電話して。夕方、五時に」

「わかった、わかった、わかった」

彼はまた足早に部屋の中を歩きまわった。と思うと、あわただしくデスクに近寄った。紙のがさごそいう音が聞こえた。だが、彼の背中に遮られていたので、私には何も見えなかった。

今思えば、たぶん、日めくりの四月十三日と十四日の分を破いていたのだろう（S註　十三日と十四日の紙が裂きとられた日めくりは、マヤコフスキー文学館に保存されている。裂きとられた紙は行方不明)。

それから、マヤコフスキーはデスクの引出しをあけ、それをばたんと閉めると、またうろうろと歩きまわり始めた。私は言った。

「じゃ、もう送ってもくださらないの」

彼は私に近寄り、キスをして、全く平静な声で、非常に優しく言った。

「そう、送らないよ。一人で行きなさい……俺のことは心配御無用……」

微笑して、言い足した。

「あとで電話するよ。タクシー代、ある?」

「ないわ」

彼は二十ルーブリくれた。

「じゃ、電話ちょうだいね?」

「わかった、わかった」

私は部屋を出て、表玄関に向かって何歩か歩いた。

一発の銃声が鳴り響いた。足に震えが走った。私は悲鳴をあげ、おろおろと廊下を歩きまわった。部屋に入ろうとしたが、どうしても入れない。

ずいぶん時間が経ってから、ようやく入ったような気もするが、すぐに入ったのかもしれない。

部屋には、まだ硝煙がたちこめていた。

マヤコフスキーは両腕を拡げ、絨毯の上に倒れていた。胸には、小さな血の染みが滲んでいた。

私は彼に抱きついて、際限もなく繰り返したのを覚えている。

「なんてこと、したの。なんてこと、したの」

彼は目をあけて、まっすぐ私を見つめ、しきりに頭をもたげようとしていた。何か言いたげに見えたが、目はすでに生者の目ではなかった。

顔や頸はふだんより赤らんでいた。やがて、頭ががっくりと垂れ、顔は次第に青ざめていった。人が集まってきた。だれかが電話をかけ、だれかが私に言った。

「下へ行って、救急車の人を案内してください！」

私は中庭に駆け下り、自分が何をしているのか、わからぬまま、ちょうど到着した救急車のステップに飛び乗ったりして、それからまた階段を駆け上った。だが、階段の途中で、だれかの声が聞こえた。

「手遅れだ。死んだ」

マヤコフスキーの生涯の最後の一年を、彼のかたわらで過ごし、彼の生活に入り込んだ人間として、私に責任があることはよくわかっていたから、彼との出会いのことや、彼の考え、言葉、行動を思い出そうと、私はいくたびも試みた。

けれども、四月十四日の破局はあまりにも意外な出来事だったから、初め、私は完全な絶望と狂乱の状態にひきずりこまれた。

この絶望の反動として、まもなく、どんよりした無関心と、記憶の欠落に襲われた。記憶をふりしぼって、彼の顔や、歩き方や、彼が係わり合った出来事など、思い出そうとしたが、どうしても思い出せなかった。完全な空洞状態だった。

八年後の今になって、ようやく、断片的にではあるけれども、一九二九年四月十三日から一九三

○年四月十四日までの一年間を思い出すことができる。
それは私の人生のなかで、最も不幸な、そして最も幸福な一年だ。

この回想記の前半で、当時の私、ポロンスカヤが感じたことを、現在の私は思い出し、再現しようと試みた。それはあくまでも、まだ二十一歳の若い娘が感じたことであって、そんな世間知らずの娘にふりかかってきたのは、すばらしい巨人――マヤコフスキーという人間を、身近に知るという、大きな幸せだった。

もちろん、現在の私はすべての事柄を全く違ったふうに理解している。過去をやり直したい、あの一年をもう一度生きたいと、どんなに思ったことだろう！　今の私があの一年を生きれば、結果は、もちろん、全く異なっていただろうに。

四月十四日のあと、永いこと、朝、目を醒ますたびに私は思ったのだった。《ちがう、これは夢なんだ》と。

そして次の瞬間、マヤコフスキーの死が、はっきりと浮かび上がる。そのたびごとに、私はそれを、初めて自分の意識に入ってきた事実として受け入れ始める。

マヤコフスキーが死んだ！

そう、あの頃、彼のすぐそばにいた人間として、私は理解できない筈がない。彼が意識の一時的混濁という病的な状態にあったからこそ、自分で自分を撃つことができたということを、理解できない筈がない。

でも、私は内心、呟く。それでも本当とは思えない。マヤコフスキーのような、思想が最終的には勝利することを信じ、そのために戦い、あれほどの才能を持ち、文学の世界、あるいは国の中で、あれほどの地位を保っていた人が、あんな最期を遂げるなんて、とても本当とは思えない。彼の人生行路に生じた、さまざまな亀裂など、生来の巨大な才能と比べれば、何ほどのことがあるだろう。だから四月十三日に、彼がカターエフの家で自殺のことを言い出したときだって、マヤコフスキーがそんなことをするとは、私は一瞬たりとも思わなかった。

彼が自制力を失った状態にあったことは、わかっていたが、でも、彼は小さな女の子を脅かすように、私を脅かしているだけなのだと、こちらは確信していた。さまざまな状況の鎖によって極限まで引っ張られて行った彼が、私たちの関係の結末を早めようとして、故意に脅かしているだけなのだ、と。そして、四月十二日の、私を「家族の一員」とする云々の話は、何のことやらわからなかったので、特に深い意味はないとばかり思っていたのだった……

むろん、私は第三者ではなく、このドラマの登場人物の一人だったことを、忘れてはならないと思う。そしてもしも私のせいで、彼が心の痛みや悔しさを蒙ったとするなら、私が彼から蒙った痛みや悔しさもまた決して少なくはなかったと思う。そしてお互いの咎め立てや諍いの言葉は、口には出されぬもの、実際には使われぬものとして、心の中に蟠《わだかま》っていた……

ほんとうに、私はまだ世間知らずだった。その頃、親友は一人もいなかった。私はすべての人から遠ざかっていた。なぜかというと、第一に、私の生活はいわばマヤコフスキーで満杯だったし、第二に、自分の立場を嘘で固めていたために、マヤコフスキーとの関係について、だれに話すこともできなかったからだ。何もかも単独で経験し、不安を抱えていなければならなかった……

もちろん、巨大なマヤコフスキーと並んだ場合、私が何の価値もない人間だったことは、重々承知している。でも、そんなことは、過去の立場からすれば容易にわかることではないだろうか。

あの頃——一九三〇年の春——二人の人間が、いた。どちらも人生の盛りに在って、ごく自然なプライドの持ちぬしであり、どちらにも弱点や欠陥、その他その他があった。
では、このあと、八年を経た今、私たちの関係から離れて、マヤコフスキーとはどのような人物なのか、想起し、理解することを試みたいと思う。文学者であり、革命家であり、社会運動家であったマヤコフスキーを、思い出してみたい。

モスクワにて、一九三八年八月

V・ポロンスカヤ

5　ポロンスカヤに拍手を

前章に訳出した回想記は、この女優が書き残した汎用ノート二冊にわたる文章の一冊目だ。つづいて書かれた二冊目の文章の最後には「一九三八年十二月」と記され、こちらは分量的に一冊目よりよほど短いが、何よりも、八月までに書かれた分がほぼ時間の流れに沿って書かれていたのと違って、ポロンスカヤとの個人的な「関係から離れて」「マヤコフスキーとはどのような人物なのか、想起し、理解することを試み」たという、この続編は、時系列から外れて思い出すままに記したという印象が強く、一冊目とは質的に異なっている。

ポロンスカヤは、まず、この詩人が公的な朗読会などでしばしば聴衆から言われたこと、つまり、マヤコフスキーの詩は、例えば、十九世紀のプーシキンの詩とはずいぶん違っていて、プーシキンが詩人ならば、マヤコフスキーは詩人ではないのではないのか、という意見に、詩人自身がどのように立ち向かったかを、語っている。その部分には、こんな興味深い一節もある。

《観客席から見ていると、普段の生活ではあれほど単純率直かつデリケートなマヤコフスキーが、まるで別人のように見えた。舞台の上の彼は、何かを身に纏って、局外者たちが期待している通りのマヤコフスキーというものを「演じて」いるように見えたのだった》

そして青年労働者や学生たちに頼まれて、自分の詩を朗読する場合、約束を破ったり、遅刻したりすることは決してなかったが、興行師に頼まれて、いやいやながら金のために出演するときなど、よく遅刻したし、時として断りなしに約束をすっぽかすことさえあった。死の三日前、約束してあった朗読会に全く姿を見せず、主催者側と揉めたのは、その一例だという。

ポロンスカヤの論調は、同時代の詩人たちに対するマヤコフスキーの好みや態度といった、いささか「文学的な」方面へと逸れていく。例えば、二〇年代中頃、『グレナーダ』という詩で一躍、世に知られた、スヴェトロフという若い詩人について、「この坊やは今に大物になるぞ」とマヤコフスキーが言ったとか。このスヴェトロフは、のちに拙稿に登場し、マヤコフスキーの最期に関して、本人は意識せずに重要な証言をすることになるので、名前を記憶に留めていただきたい。

何人かの詩人たちの名前が出たあと、ポロンスカヤは再びマヤコフスキーに立ち戻り、「自分の作品に批判的に接するという、たぐい稀な能力」の実例として、戯曲『風呂』を、演出家や役者たちの前で初めて作者が朗読したときの模様を語る。マヤコフスキーの上手な朗読を聴いて、みんな夢中になり、その場のだれもが、この戯曲を絶賛したが、ただひとり、そのような雰囲気に同調しなかったのは、作者本人だった。あとで、ポロンスカヤに「どうだった？」と心配そうに訊ね、終始、「どっか、ちがうんだよな」と呟いていたという。

それから、ニクーリンという作家の回想記に、マヤコフスキーの孤独や孤立がみごとに描かれていると、ポロンスカヤは絶賛する。そして孤独や孤立を紛らすための賭け事について、親しい者しか知らないマヤコフスキーの癖などを語る。そして突然、詩人の鋭い感覚や、断言の力強さを指摘する。ポロンスカヤがかつて母親と二人で暮らしていた家を訪ねたとき、マヤコフスキーは庭の一隅の妙なかたちの木を見て、こう言った。

「あの木、まるで音叉ですね」

毎日その木を見て暮らしていたが、音叉などということばは全く頭に浮かばなかった母と娘は、驚いてしまう。そしてマヤコフスキーの名だたる誇張法のこと。
《このような誇張は彼の全生活に、全作品に一貫していた。それは彼の本質だった》
一転して、朗読会などでほとんど毎度のように寄せられた質問――「マヤコフスキーさん、あなたはなぜ入党しないのですか」――を取り上げ、ポロンスカヤは本人に成り代って弁明する。党員証こそ持っていなかったが、彼は模範的なコミュニストだったと。ここで筆者は、むかし、文学好きな友人たちと、マヤコフスキーのことを論じていて、しばしば、この「入党問題」が出てきたことを思い出す。そして、ポロンスカヤも時代の枠の中で動いていたひとだったのだと、若干の感慨に耽る。

このあたりから、ポロンスカヤは俄然、「文学者であり、革命家であり、社会運動家であったマヤコフスキーを、思い出してみたい」という「公約」を忘れたかのように振る舞い始める。だいたい、マヤコフスキーは、言葉の狭い意味では「文学者」でもなければ「革命家」でも「社会運動家」でもなかった。自伝の冒頭で明言している通り、マヤコフスキーは単に「詩人」だったのだ。ここでもまた、時代の制約を蒙っているポロンスカヤの姿が、現在の私たちには見える。

彼との個人的関係から「離れて」、詩人マヤコフスキーを論じていた筈のポロンスカヤは、マクシム・ゴーリキーが、「恋ゆえの死というのは今に始まったことではないし、かなり頻繁に起こっていることでもある……恐らく、それは恋の相手に不愉快な思いをさせるための行動なのだろう」と、失恋自殺には復讐あるいは嫌がらせの意図が含まれるという俗説を、マヤコフスキーにも当てはめようとしたとき、断固としてこれを否定する。ヴェロニカ・ポロンスカヤは私の家族の一員ですなどと遺書に書いたのは、これは巧妙に仕組まれた嫌がらせなのではないかという、当時の通説に、文豪ゴーリキーまでが加担したと言って、ポロンスカヤはながながと反駁する。この部分は二冊のノートの中で最も情熱的な場面であり、とり残された女性の悲しみが、あるいは錯乱に近い悔しさが、切々と伝わってくる箇所でもある。

そして最後に、「一番語りたくないことなのだが」と断った上で、詩人の死後のポロンスカヤ自身の立場について、「彼女は家族の一員」と明記したマヤコフスキーの遺志は全く無視されたけれども、この件に関して「もし誰かが悪いのなら、悪いのは他ならぬ私自身だ」と、ポロンスカヤは言う。本書の第三章で筆者がすでに述べておいたことが、ここで初めて語られる。要するに、リーリャ・ブリークに丸め込まれ、手玉にとられた自分は、まだ二十一歳で、恋人の死に打ちのめされて、何が何やらわからなくなっていたとはいえ、あまりにも愚かだったというのだ。

《私はマヤコフスキーを愛していた。彼は私を愛していた。この事実を否定することだけは、私は絶対にできないだろう》。これが回想記全体の締めくくりの言葉だ。堂々たる愛の宣言のようにも見えるが、これでは、せっかく二人の「関係」から離れて一種のマヤコフスキー論を書こうとした二冊目のノートの意図は完全にどこかへ消えてしまって、残ったのは「関係」だけという有様ではないだろうか。ポロンスカヤが、リーリャに（はっきり言って）欺かれたことは、詩人とリーリャとの関係がいうところの「腐れ縁」だったという事実を除けば、マヤコフスキーとは何の関わりもないのだから。

二冊のノートは一九三八年以降、マヤコフスキー文学館にずっと保管され、一九五八年に、ようやく、ソビエト科学アカデミーの「文学遺産」シリーズの第六十六巻（マヤコフスキー新資料第二巻）に収録され、公表される運びとなった。ところが、その前に出版された第六十五巻（マヤコフスキー新資料第一巻）に、詩人とリーリャとの若き日の恋文が収録されていて、それが「革命詩人」マヤコフスキーにふさわしくない、ふざけたものだという抗議の声があがって、結果、第六十六巻の出版は立ち消えになった（前記スコリャーチン亡きあと、二十一世紀の現在、マヤコフスキー謀殺説を最も強力に主張している、ブロニスラフ・ゴルプ氏は、この頃まだ学生だったが、新資料第二巻の出版が成立しなかったことに関連して、こんな情景を記憶している。……なぜか分厚い本を抱えて、よちよち歩いている老婆のうしろを、悪童たちが付けて来て、ヒヒヒと笑いながら、「お尻《けつ》にキッスを三万五千回！　マヤコフスキー新資料！」と囃し立てる。昔の東京の子供たちなら、「えーんがちょ、えんがちょ！」とでも囃したところだろう。そのお婆さんは誰なのかと訊くと、餓鬼どもは一斉に答える。「リーリャ・ブリーク！」ゴルプ青年はつくづく思う。ラブレターというやつは、書くのは勝手だが、保存しておくものじゃないなあ。俺も気を付けなくちゃね）。

ちなみに、そのときの筆者の反応は「又かよ！」と呟いただけだったと記憶している。スターリンの死後、いくらも経っていないその頃には、出版を差し止められたという話がソビエトから伝わってくることは珍しくもなかったのだ。

一九八七年になって、ポロンスカヤの回想記は、ほとんど完全なかたちで、雑誌「文学の諸問題」五月号に掲載された。実に五十年という歳月を、この原稿は文学館の一隅で眠って過ごしたわけだ。舞台関係者のための老人ホームで逼塞していたポロンスカヤは、その後、一九九四年に八十六歳で生涯を終えた。

リーリャ・ブリーク

だが、半世紀の間、舞台や映画で、地味な、というより、つまらない役ばかり与えられつづけた、この女優は、おのれの不遇を託《かこ》っていただけではなかった。六〇年代、フルシチョフ時代の末期に、このひとは、今一度、マヤコフスキーの最期について語ろうとする。この驚くべき発言については、あとの章で詳しく述べなければならない。

ところで、リーリャ・ブリークという人について、これ以上何かを書き連ねる必要があるだろうか。他の研究者の気持は知らず、少なくとも本書の筆者は、この女性の強欲や、自己正当化や、嘘の記述など、要するにでたらめで、いい加減な生き方には、すっかり飽きてしまった。このような人物につきものの、妙に高飛車な「ファン」や擁護者の存在にも。

詩人の死後のリーリャの生涯を簡略に辿って、この方面のことはもうお終いにしよう。次章以降も、話の都合上、名前はまた出てくるかもしれないが、筆者の人間的関心はもはやこの女性にはない。前出スコリャーチン氏は、この女性について、「真実と虚偽の狭間に生きた、実に気の毒な人」というふうに述べていたが、まあ、ヨーロッパ風に礼儀正しく語るなら、そのあたりが人物評としては妥当な線なのだろう。「真実と虚偽の狭間に生きた」には全く異議がないが、「気の毒」だとは筆者は全然思ったことがない。気の毒というなら、マヤコフスキーとポロンスカヤはその最たるものであって、ブリーク夫妻のどこが気の毒なのだろうか。

リーリャと、その夫、オシップが、夫婦揃って、ＯＧＰＵに所属していたことは、勤務証明書まで発見されているので間違いない事実だ。OGPUがまだ「非常委員会」（チェカー）と呼ばれていた二〇年代初め頃から、この二人は秘密工作員、あるいは密告者だった。マヤコフスキーは、このことに気づいていたようだ。一九二五年、アメリカで出会ったエリー・ジョーンズに、俺はどうも、モスクワじゃ、毎日の行動を逐一、当局に報告されているみたいなんだ、と打ち明けている。

詩人が死に、二年後に、プリマコフという年下の軍人と一緒になったリーリャは、マヤコフスキーの排斥と流行の波の中で、比較的おだやかに生活していたと言えるかもしれない。しかし、オシップ・ブリークは、マヤコフスキーの時代と同じように、プリマコフ時代にも、リーリャたちにくっついて、三人の所帯を張っていた。

一九三七年、大粛清に巻き込まれて、プリマコフは逮捕、銃殺される。リーリャの名前も、逮捕者のリストに入っていたが、そのリストをちらと覗いたスターリンが、マヤコフスキーのかみさんはやめておけ、と言ったとか、言わないとか。危機一髪、リーリャは死なずにすんだ。

プリマコフの銃殺から一カ月と経たぬうちに、マヤコフスキー研究家のカタニャンと再婚（再再婚？）したリーリャには、相変らず、オシップがついてきて、三人所帯の形態は変化しない。

戦争の終り近く、一九四五年に、オシップは心筋梗塞で亡くなった。やがて、スターリン体制がフルシチョフ体制に変ると、さまざまな「見直し」があったようで、リーリャ・ブリークにそれまでの三十年近く支給されつづけた遺族年金三百ルーブリと、マヤコフスキーの著書の印税の二分の一は、支払われなくなった。

十数年が経過して、八十代半ばを過ぎたリーリャ・ブリークは、一九七八年、自宅の室内で転倒し、腰を傷めて車椅子生活を余儀なくされていたが、ある日、夫カタニャンの外出中に、かねてから少しずつ貯めてあった多量のネンビュタール（睡眠薬）をのんで自殺した。

一九三八年のポロンスカヤの回想記に戻ろう。

筆者は、この回想記を三度読んだ。一度目は、ペルツォフという文芸学者の大部のマヤコフスキー伝の第三巻『晩年のマヤコフスキー』（一九六五年刊）に引用された、ポロンスカヤの「未公表の回想記」の断片を（四月十四日に銃声が鳴り響く、ほんの半ページ足らずのクライマックス・シーンを）読んだだけだから、これは読んだうちに入らないかもしれない。従って、そのあと、一九八七年の「文学の諸問題」誌よりも六年早く、亡命ロシア人たちがその頃「西側」で出していた雑誌「コンチネント」に一九八一年に掲載されたものを読んだのが、ポロンスカヤの文章との最初の出会いだった。これは一冊目のノートのほとんど全部に（だが、マヤコフスキーの子供を身ごもって堕胎したくだりは削られている）、二冊目のノートがちょっぴり付け加えられている。今回この原稿を書くにあたっては、二〇〇五年に出た『〈ぼくが死ぬのはだれのせいでもありません〉？　マヤコフスキー事件の取り調べ記録文書と、同時代人の回想』に、完全なかたちで収録された二冊のノートを読み返した。

片方に疎漏があったにせよ、同じポロンスカヤの文章を読んで、八一年の読後感と、二十一世紀に入ってからの読後感とが全然異なっていたのは、もちろん、その間にいろんなことがあって、こちらの予備知識というか、受け入れ態勢が一変していたからなのだろう。

一九九三年は、マヤコフスキーの生誕百年にあたる。前記スコリャーチンの担当編集者だったクズネツォフ氏によれば、「一九九三年、わが国の社会各層は遠慮がちに、どことなく極り悪そうに、だが全体としては充分な敬意をこめて、マヤコフスキーの生誕百周年を祝った」のだという。これはなんということもない文章だが、ちょうどこの時期に政変後のロシアを旅した筆者には、よくかる光景である。あのとき出会ったロシア人たちは、人によって程度の差はあっても、おしなべて、なんとなく悪びれていた。ソビエト社会主義共和国連邦（ＳＳＳＲ）は、突然ただのロシア共和国になり、そのロシアには食べ物がない、生活物資がなんにもない。そして凄まじいインフレ。どうしてこんなことになってしまったのだろう。このような現状を外国人に見られるのは、恥ずかしいし、腹立たしい。では、と私たち旅行客は訊ねる、ＳＳＳＲのほうがまだよかったのか。共産党が支配していた昔に戻ればいいのか。すると、ほとんどのロシア人は異口同音に答えた。いや、物がないのは辛いが、共産党の統治に戻るのは嫌だ！

こういう民衆の感情を背景として、九三年前後には、詩人マヤコフスキーに関する新たな解釈や、その死をめぐる新たな調査結果が公表され、国際的な研究者たちのシンポジウムが開かれなどして、従来タブーとされてきたことが次々と私たちの目の前に晒された。

そのなかで目覚ましかったのは、一九八九年から九三年にかけて雑誌「ジャーナリスト」に連載された、ワレンチン・スコリャーチンの八篇の論文だ。この人の仕事については、章を改めて語りたい。スコリャーチンの文章がなければ、そしてまた、九三年四月十日付のイズヴェスチヤ紙に発表された、コンスタンチン・ケドロフの「マヤコフスキーを、自殺に追い込んだのは……」と題する文章がなければ、ポロンスカヤの手記の読後感は全く変化しなかったにちがいない。すなわち、これは結局、恋する男女の心理的経過を丹念に記録したものであって、「恋は盲目」と言われる通り、自分たちの恋愛以外の社会的・政治的な事柄について、ポロンスカヤは何も知らず、何を書く気もなかったのだと、今でも思っていたかもしれない。

二度目に通読して、筆者がまず気づいたのは、ポロンスカヤが「自殺」という名詞を、ほとんど用いていないということだった。「四月十四日の破局」とか「悲劇的な死」とか書いても、「自殺」とは書かない。「それまでに彼が自殺の話をしたことは一度もなかった」「彼がカターエフの家で自殺のことを言い出したとき」というかたちで、この単語を最小限使っているだけだ。

四月十四日の供述調書で、マヤコフスキーがまるでストーカーのように描かれ、ポロンスカヤの側に愛情は全くなかったとか、二人の間に性的関係はなかったとか、のちの回想記とはおよそ異なることが語られている点については、筆者は全然驚かなかった。恐怖で金縛り状態になっていた二十一歳の女優が、事件当日の取調べで、こんなふうに供述したのは、むしろ当然のことではないだろうか。いや、これもまた、回想記を先に読んでいたためかもしれない。そちらの文章に、全面的にでなくともいい、ある程度以上納得した読者なら、調書でポロンスカヤが自己防衛のために嘘をついたことはすぐわかるし、だからといって、このひとを責める気にはなれないこともまた当然だろう。

何よりも筆者を驚かしたのは、当時「どんよりした無関心と、記憶の欠落に襲われた」、このひとが、八年間のうちに回復し、マヤコフスキーの最後の日々をこれほどまでに綿密に再現したことなのだ。すでに指摘した通り、この回想記には（殊に二冊目のノートにおいて）ポロンスカヤの力不足による不揃いな叙述があり、時代的制約があり、感情面を滑り落ちて行くような部分がなきにしもあらずだが、しかし、それがどうだというのか。「恋は盲目」だから、ここには自分たちの恋愛のことしか書かれていないという評は当たっていると思う。しかし、恋愛について語ってもらうこと以外の何を、私たちはこのひとに期待しているのか。ポロンスカヤの他にも、友人知人の回想は数多い。それらはみな断片的で、完了している。つまり、一瞬の印象や、出来事や、発言ばかりで、他の証言との繋がりはきわめて曖昧だ。だが、もしもポロンスカヤの回想記を一つの土台として用いるなら、それらの断片を置くための場所が一つずつ指定され、それぞれの場所に置かれた断片は土台としっくり符合する。こういう土台となり得るような、しっかりした、強靭なものは、ポロンスカヤ以外のだれにも書けなかった。

恋人としてのポロンスカヤの目は、マヤコフスキーの心の動きを精密に追っている。そして、しばしば、理由や経緯がわからぬまま、詩人の不機嫌や奇矯な行動などがぽつんと語られる。そこに理由や経緯を盛り込むのは、私たちの仕事だ。ああ、そうか、あの事件があったのは、ここのところなのだと、私たちは推論し、どんな些細な異変をも見逃さなかったポロンスカヤの感受能力に感嘆することができる。

ポロンスカヤがこの文章を書く際の最大の直接的制約というなら、それはもちろん、四月十四日の破局は自殺であって、自殺以外の事件ではありえないという、十五日のプラウダ紙その他の報道から始まって、その後の小学校教育に至るまでの、徹底した報道管制だった。けれども、ポロンスカヤのように感受能力の強い人間の文章は、文章自体が書き手の畏縮を通り越して、なんらかのやり方で、真相を暗示してしまうことがある。一つだけ、例を挙げよう。マヤコフスキーとポロンスカヤの最後の会話のあと（そのあたりは、よく出来た戯曲の一節のように見えないこともない）、女優はマヤコフスキーからタクシー代を貰った（回想記では二十ルーブリ、供述調書では十ルーブリ、これはどこからどこまでのタクシー代なのだろう。朝、ヤンシンの家まで迎えに行ったとき、運転手が休みをとったのでタクシーで来た、とある。だとすると、ゲンドリコフの塒《ねぐら》からヤンシン家まで、そこで折り返して、ルビャンカの仕事部屋まで南下し、それから更に芸術座まで行くために共同住宅の前で「待っていてもらった」。そこまでのタクシー代は着いたとき払ったのか、まだ払っていなかったのか)。

私は部屋を出て、表玄関に向かって何歩か歩いた。

一発の銃声が鳴り響いた。足に震えが走った。私は悲鳴をあげ、おろおろと廊下を歩きまわった。部屋に入ろうとしたが、どうしても入れない。

ポロンスカヤは部屋を出てから何歩歩いたのだろう。マヤコフスキーの仕事部屋は四階にあった。「表玄関」まで行くには、四階分の階段を下りなければならない。だが、銃声を聞いてから「おろおろと廊下を歩きまわった」とすると、まだ部屋のドアの二、三メートル先の階段にも達していないように見える。どうもへんだ。マヤコフスキーの姉リュドミラも、この文章を読んで、問題は、銃声を聞いたとき、ポロンスカヤがどこにいたかということだ、と書いていた。

直前のタクシー代うんぬんのやりとりが、女優としての会話再生あるいは転写の能力を発揮して、生き生きと書けていたとするなら、この銃声の場が突如として曖昧かつ稀薄になるのはどうしたことか。銃声のショックを劇的に伝えたかったのか。

いや、ここでポロンスカヤは非常にむずかしい立場に立たされたのだと、筆者は見る。本当のことを書くのは憚られるが、かといって嘘は書きたくない、というディレンマ。そのディレンマの圧力が、文体の甚だしい揺れを引き起こした。

だが、他の部分では、むしろ優等生的な文体処理を見せていたポロンスカヤが、この揺れに気づかぬ筈はない。気づいても、そのまま放置したということは、ここにはちょっとばかり嘘がありま す、でもほんとのことは書けないのです、察して下さい、とでも言いたかったのだろうか。

いずれにせよ、このような微妙な箇所も含めて、生身のマヤコフスキーとその周辺を、これほど詳しく描き出したひとは、ポロンスカヤをおいて他にない。女優は、マヤコフスキーに能うかぎり接近する。この息づかい、この表情の変化を忠実に写し取りさえすれば、詩人をめぐる他のもろもろの事情は、いずれ、おのずから明らかになる、と信じているかのように。

どんな人でも、不遇は憂鬱なこと、困ったことだろうが、女優のように一見華やかな種族の場合、不遇の憂鬱はほとんど苦痛にまで近づくと思われる。マヤコフスキーとの恋愛のゆえに不遇の生涯を終えたポロンスカヤは、しかし、この回想の手記によって、私たちマヤコフスキーの読者にすばらしい独演の舞台を見せてくれた。恋人も自分も生きていればとうに百歳を越えた今、改めてスポットライトを浴びているポロンスカヤに、拍手を送りたい。

6　スコリャーチン

今は亡きワレンチン・スコリャーチンの著書、『きみの出番だ、同志モーゼル（詩人マヤコフスキー変死の謎）』（拙訳、一九九九年、草思社）の「訳者あとがき」から。

「……〈雪どけ〉時代以降、数十年の間に、少しずつ、ほんとうに僅かずつだが、詩人の在りし日の私生活の片鱗が明るみに出始めた。例えば、マヤコフスキーのリーリャ・ブリーク宛て書簡の一部や、最後の恋人、ヴェロニカ・ポロンスカヤの回想記が活字になり、やがてアメリカから詩人の実の娘が亡父の国を訪れる。情報公開の波は〈ペレストロイカ〉の時期から〈ソビエト崩壊〉にかけてピークに達し、そこで突如、一介のジャーナリスト、本書の著者のワレンチン・スコリャーチンが躍り出て、従来疑う余地のないもののように見えていた詩人の〈自殺〉という文脈に、巨きな疑問符を書きこむのである。

……スコリャーチンの方法は独特である。あらゆる公文書、私文書、新聞記事、証言、身分証明書、入館記録、気象記録、領収書のたぐいまでも徹底的に調べる、この人の〈文書主義〉は、いってみれば過去という名のテキストに迫る水際立った〈本文批判〉であって、六十年前の真実を洗い出すにはこれ以外の方法はなかったのかもしれないと思わせるだけの、力強さと繊細さを兼ね備えている……」

その本文批判の一例として、一九二八年から二九年にかけての、タチヤーナ・ヤーコヴレワとの恋愛を、スコリャーチンがまっさきに取り上げている部分を見てみよう。これは要するに、一九二八年の秋にパリで出会ったタチヤーナに詩人が熱烈な恋をし、翌二九年の春、再びパリへすっ飛んで行って、二カ月あまりも滞在するけれども、そのあと、秋にはまたそちらへ行くと手紙に何度も書きながら、とうとう行かずじまいになったのは、ソビエト当局が、なぜか、この時に限ってビザを交付しなかったからだというのが、従来の通説だった。これを、スコリャーチンがみごとにひっくりかえし、二九年秋のマヤコフスキーは、パリへ行きたくとも行けなかったのではなく、単に行かなかった、あるいは行くのを思い止まったのだ、と喝破したのだ。そのような主張の根拠として、出入国やビザ発行と関わりのある五つの役所、三つの文書館をまわって、膨大な資料を徹底的に調べた結果、二八年秋と二九年春のパリ行きのビザ発行や出入国の記録はちゃんと残っているのだが、そのあと、一九二九年の年末までに、マヤコフスキーが新たにビザの交付を申請したという記録、または出国を申請し、その出国が不許可になったという記録など、どこにもないことが判明したと述べている。

スコリャーチンの論文を読み始めた人は、だれもが、まず、ここの所で仰天し、感嘆してしまうようだ。なにしろ、ここに出てくる書類の量たるや只事ではない。一つ一つのファイルのページ数が記されているのを合計すると、優に千ページを超える文書また文書。それを一行一行、ゆっくりと辿るのだ。スコリャーチンは言う。

「文書館の書類に目を通すのは退屈な仕事である。しかし、神話を打ち壊すのは容易だなどと、だれが言っただろう！　成立しなかったパリ旅行をめぐって発生したこの神話は、長年の間に形成されたのだった。詩人の死の直後から流れた憶測や、さまざまな噂は、論文から論文へ、本から本へ、せっせと書き写された。人は神話を信じたがるものである……」

では、なぜマヤコフスキーは二九年秋のパリ行きを断念したのだろう。すでに、ヴェロニカ・ポロンスカヤという新しい恋人がモスクワにいたからか。タチヤーナが結局、フランス人の求婚者と結婚したからか。どちらもパリ行きを諦めた理由の一部ではあるだろう。だが、落ち着いて考えれば、当時だれでも知っていた、そして現代の私たちにも容易に推測できる、もっと恐ろしい理由があった。

折しも、一九二九年九月、在パリのソビエトの一外交官が「寝返って」、いうところの「帰国拒否者」になった。同じ頃、ＯＧＰＵの一人が国外に逃亡した。現在の私たちにもわかりやすく言うなら、朝鮮半島でときどき起こっている「脱北」事件のようなものだ。そこで、ソビエトでは早速、新たな法案が採択された。「労働者農民に敵対的な陣営に逃亡し帰国を拒否する在外ソ連邦公務員の市民権剝奪に関する法」。これが二九年十一月のことだ。

タチヤーナ・ヤーコヴレワ

さしあたり、この法律の対象は「在外ソ連邦公務員」つまり外交官ということだが、外交官でなくとも外国で何年か暮らしてきた人間が、一旅行者としてソビエト国内に入った場合、「帰国拒否者」と見なされることは充分に考えられる。
タチヤーナはこういう事情を知っていたからこそ、マヤコフスキーにいくら誘われても、ソビエトに帰国しようとは思わなかった。タチヤーナには母と妹がいて、妹は姉のあとを追ってまもなくパリへ来るけれども、母親はまだロシア中部の町ペンザに住んでいる。マヤコフスキーにしたって、まさか収容所送りの危険が、あるいは最悪の場合には銃殺の危険が充満している場所へ、タチヤーナを呼ぶわけにはいかない。かといって、マヤコフスキーのほうがパリへ移って行って「帰国拒否者」になることは、到底考えられない。この二人が一緒になることは所詮叶わぬ夢でしかなかった。

それでも「神話を信じたがる」人たちは、これが「自殺」の原因だと、少なくとも「遠因」だと考える。面白いのは、マヤコフスキーの「自殺」に疑いを持つ人も、全く疑いを持たぬ人も、当局が詩人の出国を阻《はば》んだという、同じ一つの神話を信じていたことだ。あくまでも自殺説を奉じる人たちは、こうして物理的に恋人に会えなくなったこと、そしてタチヤーナがフランス人と結婚したことのせいで、いわゆる失意のどん底に落ちたマヤコフスキーに、折悪しく他の二つ三つの理由が重なり、翌年四月の悲劇となったのだと主張する。自殺を疑う人は、この出国不許可は当局のマヤコフスキー迫害の早い現れであり、やがて迫害はクライマックスに達して、詩人は謀殺されたのではないかと言う。だが、いずれにせよ、マヤコフスキーはこの時点では出国を断念していたし、当局が詩人の出国を不当に阻んだ事実はなかったということが、スコリャーチンによって証明された。

ここから導き出される結論があるとすれば、それは論理的にはこうなる。すなわち、一九三〇年の詩人の死は、タチヤーナ・ヤーコヴレワとの恋のいきさつとは無関係だったということ（とすれば、当然、ヴェロニカ・ポロンスカヤとの恋の縺れとも無関係だという結論が論理的には考えられる。ポロンスカヤ自身が回想記で、こんなふうに語っていた部分を見よ。「私は今でも確信しているのだが、マヤコフスキーの精神的不安定や悲劇的な死の原因となったのは、私たちの関係ではない。私たちの不和は、いちどきに彼に振りかかってきたさまざまな原因の複合体の中の一つの原因にすぎない……」)。

通説をひっくりかえした、スコリャーチンについて、A・ミハイロフという文芸評論家は、ユネスコによって「マヤコフスキーの年」と命名された一九九三年に、詩人の伝記を出版し、そのなかでこんなふうに評している。

「マヤコフスキー謀殺に関する自説を展開中のワレンチン・スコリャーチンは、さまざまな文書や同時代人の証言によって自説の裏付けに務め、それに伴って、いくつかの重要な事実を発見し、まだ確実な答の出ていない一連の疑問を提出した。惜しむらくは、謀殺説への思い込みのせいだろうか、自説と符合しない証言や証拠を、スコリャーチンは、必ずしも考慮に入れていないようである」

スコリャーチンなる者は、自説に都合の悪い証言や証拠を故意に無視する、偏頗な人間だ、とでも言わんばかりの批評だ。しかし、A・ミハイロフ氏は、果してスコリャーチンの最初の論文、「なぜパリへ行かなかったのか」を、読んだのだろうか。読んで、なおかつ、こんなふうに書いたとしたら、偏頗なのはどちらだろう。そもそも、一九八〇年代の終り近くまで、だれも名前を知らなかった、いうところの無名の新人が、これほど世評を沸騰させたのはなぜかというなら、一九二九年秋の詩人の、実現しなかったパリ行きに関して、誠実きわまる論法と労働によって間違いなく真実が突き止められたさまを、だれもが雑誌の紙面で目撃し、心底から感嘆したためではなかったのか。

前の章で少し触れておいたが、一九九〇年代初めの政変の時代、ほとんどすべてのロシア人たちは悪びれていたけれども、こうしたソビエト時代の崩壊を肌身に感じながら、言葉の世界で苦闘した人たちの一人がこのスコリャーチンだ。
「……自分自身の誤りに気づいたとき、この人はいったん提出した仮説を何十ページか後で率直に否定したり訂正したりする。概して結論よりはプロセスを重んじるこのような態度はむしろ〈文学的〉であり、叙述の道筋は螺旋状に進んで行くので、一度締めくくった話題は少し先で再現するとき、前よりも高いレベルで繰り返されることとなる。このような粘り強い方法によって、スコリャーチンは従来の〈定説〉や〈神話〉からイデオロギーの鎧を剝ぎ取り、スターリン時代に生まれ育った自分がともすれば感情や感傷に流されそうになるのをしっかりと立て直しつつ、あくまでも論理的に〈事実〉の内陣へと突入するのである……」（「訳者あとがき」から）
　スコリャーチンの誤りというのは、例えば、四月十四日、ルビャンカの部屋から銃声が響きわたる直前、国立出版所の集金人あるいは配達人として、マヤコフスキーに新刊の本を届けに来た、ロクチェフと名乗る男は、実は「そちら側の人間」ではなかったのか、と疑った部分だ。いつものように、スコリャーチンは国立出版所の職員名簿その他の資料にあたってみるが、ロクチェフという名前は発見できず、ロクチェフの供述調書に記された自宅の住所にも、該当する人物が居住していた形跡はない。そして十四日の朝、マヤコフスキーとポロンスカヤをルビャンカまで運んできたタクシーの運転手も、その日のうちに名前が判明したのはどう考えても早すぎるので、これもまたOGPUの息のかかった人物ではないのか。あるいは、ポロンスカヤその他の関係者の供述調書に署名している取調官スィルツォフなる者は、ひょっとして実在の人物ではないのではないか、等々、スコリャーチンの疑いは、きりがない。

ちょっとしたなりゆきから、これらの疑いが消え、スコリャーチンは恐縮する。タクシーの運転手は依然として謎めいているが、集金人ロクチェフはOGPUの人間ではなかったし、取調官スィルツォフは間違いなく実在していた。しかし、スコリャーチンは恐縮するだけではなく、ロクチェフが「そちら側の人間」ではなかったことを証明するきっかけとなった二枚の領収書が、どのような経路を辿ってマヤコフスキー文学館という発見場所までやって来たのかを、考えてみる。そこから、リーリャ・ブリークとOGPU高官アグラーノフとの繋がりがいっそう明瞭になり、これは「私の過ちから生まれた最初の好ましい結果だ」という、スコリャーチンの感想が生まれる。

この感想は、ただの負け惜しみに聞こえるが、そうではない、と筆者は思う。なぜなら、スコリャーチンの論理的思考は、このような感想にとどまることなく先へ進み、もっと大きな成果を引き出している。例えば、情報公開の進展によって、クレムリンの奥深くに眠っていた「ヴラジーミル・マヤコフスキーの自殺に関する」一件記録や、OGPUの独自調査の極秘文書などの閲覧が可能になるや、このひとは一番乗りでそれらの文書を読み、「詩人の自殺という公式見解に対する私の疑念はいっそう強まった」と言う。そして、ここで、さきほどのミハイロフ氏の「……ポロンスカヤの回想で、最後の日々におけるマヤコフスキーの神経過敏状態が語られている部分を、スコリャーチンは考慮に入れていない……」という批判をいったん軽く認めた上で、これらのクレムリン内部の情報を知り得たために、詩人の自殺への疑念が強まったのみならず、「それを軽視していると言ってミハイロフが私を非難する例のポロンスカヤの回想記を、新しい視点から見直すことをもまた可能になった……」と語っている。

このたび、この章を書くために、スコリャーチンの本を読み返して、以前は気づかずに読み流していた、この部分にぶつかって、筆者は小膝を打った。ポロンスカヤを三度読んで、三度目の読後感が全く異なると書いたのは、まさしくこういうことだったのだ！　自分の過ちや手落ちを指摘されたとき、率直にそれらの誤りを認め、しかるのちに自分の間違いを踏切り板にして、次へと跳躍すること。これを、スコリャーチンは確実に実行している。そして、ミハイロフ氏の誤解について、こう述べる。

「……私の仕事は、この人（ミハイロフ）には倒立したかたちで受け取られている。詩人の自殺という定説に疑いを抱き、それに対抗する自説を押し出したのは、そもそも文書の存在なくしては始まらなかったことなのだ……」

筆者がスコリャーチンの「文書主義」と言ったのは右のような意味であって、「文書至上主義」と混同しないでいただきたい。昨今の日本では（日本に限ったことではないし、昨今に限ったことでもないが）官僚はますます官僚化し、一般の人たちも官僚の口真似をして、「文言」だの「事案」だのと喋りちらし、もっぱら文書作りを事として、語彙はどんどん少なくなり粗雑になり、手に負えぬ「拝文書主義」とでもいうべき泥沼に陥っている。だが、このスコリャーチンという人は、こう語る。

「……私は、たとえどんなに説得力のある文書でも、文書と名のつくものをすぐさま全面的には信用しないという〈悪癖〉のもちぬしなので……」

「……古い書類を扱う仕事をつづけてきた私は、今までのいくたびもの体験から、一つの行動基準を身につけている。すなわち、どんなに小さくとも、なんらかの裂け目が見つかった書類は、要注意！　そういう書類は縦横十文字に詳しく調べなくてはいけない。光に透かして見ることもあろうし、顕微鏡で観察することも……」

縦横十文字に調べ上げた結果として、読者が思わず目を見張るような、みごとな成果は、スコリャーチンの著書の到る所にあるが、そのなかで特に重要なのは、アグラーノフと、エリベルトという、二人のOGPU職員の経歴を徹底的に掘り出した部分だ。この二人のことは、第二章の初めのほうで少しばかり触れておいた。

二人とも、一九二〇年代の初め頃から、マヤコフスキーに接近し、その後、アグラーノフは、マヤコフスキーたちのLEF（芸術左翼戦線）の同人会にまで出席していたというし、エリベルトのほうは、一九三〇年二月にブリーク夫妻が外国へ旅立ち、詩人が一人残されたゲンドリコフ小路の住居に泊りこんでいたのだから、マヤコフスキーの周辺の人たちがこの二人を知らぬ筈はないのに、例えばポロンスカヤの回想記にはこういうOGPU職員は全然登場しないし、他の誰彼の回想や記録にも、まるでそんな二人は存在しなかったかのように、名前すら出てこない。もちろん、これは、OGPUが世にも恐ろしい存在だったから「触らぬ神に祟りなし」ということで、だれもが沈黙を選んだのにちがいない。こういう沈黙は、スターリンが死んだあとも、かなり永いこと続いたのだった。これもまた、ポロンスカヤの時代的制約の一つだ。

尋問と拷問の専門家、「乙女の笑みと蛇の心」のもちぬし、数え切れないほどの知識人や学者や芸術家や軍人を殺したアグラーノフは、マヤコフスキーの死の八年後には、立場が逆転して、銃殺された。「妙にゆったりと構えて、ぼそぼそと喋るので、スノッブという綽名をつけられていた」エリベルトは、詩人の死後、いろんな職場から職場へ転々として、そのうちに、どこへ行ったのやら、だれにもわからなくなり、戦争末期にソビエト国外での死亡が伝えられた。

乏しい資料を、さまざまな手段によって掻き集め、スコリャーチンはこの二人の生涯を、そしてまた他の秘密工作員やテロ実行犯たちの経歴を、丹念に描き出す。資料が欠落している部分には、独特の洞察力を用いて、心理的な膠《にかわ》のようなものを拵《こしら》え、資料と資料を繋ぎ合せる。こうして描き出された画面は、移動と冒険、野望と挫折の入り交じった、「目がまわるような」せわしない風景だ。スコリャーチンが他の研究者に先んじて纏めた、著書の中のこのような部分は、ある意味では単調な詩人の履歴よりもよほど面白く、政治的悪党や、アバンチュリストや、工作員のたぐいの実像を知りたいひとには、必読の文献となるのではないだろうか。

もう一つ二つ、スコリャーチンの本のハイライトというなら、拳銃の問題と、遺体の「回転」とをあげなければなるまい。拳銃というのは、もちろん、マヤコフスキーに致命傷を負わせた拳銃のことで、その弾丸は左の乳首の三センチ上から体内に入り、背中の右側、肋骨の最下部の皮膚の内側で止まっていた。発射後の空っぽのモーゼル式拳銃は遺体のそばに落ちていて、発射された弾丸の空薬莢は部屋の隅で発見された。拳銃や薬莢はOGPU防諜課のゲンジンという男が押収して行った（以上、民警の当直捜査官シニョーフの捜査報告書による）。スコリャーチンは、クレムリンに保管されていた一件記録に、この拳銃が含まれているのを見て、どきどきしながらケースをあけ、拳銃を取り出す。それはモーゼルではなく、ブローニングだったし、登録番号も捜査官が書き留めておいた番号とは全然違っていた。何者かが拳銃をすり替えたのだ！

同じ捜査報告書に、民警が現場に到着したときの遺体の状況が記されているが、遺体は「……頭を入口のドアに向けて部屋の中央に横たわっていた」とある。ところが、銃声のあと比較的早く駆けつけた人は、みな、入口のドアに足を向けて倒れていた詩人を、比較的遅く来た人は「頭を入口のドアに向け」た遺体を見ている。どこかの時点で、遺体は百八十度「回転した」のだ！

　スコリャーチンは、それならば、押収された拳銃（モーゼル）のありかを突き止めよう、と思い立つ。拳銃のすり替えに係わった人間は、もしかすると殺害の実行犯かもしれないし、少なくとも実行犯の近くにいた人間であることは、この場合、明白なのだから。現場でモーゼルを押収した男、ＯＧＰＵ防諜課のゲンジンは、その後、アグラーノフと同じ道を辿り、一九三八年に逮捕、銃殺されたことはすでに判明している。ゲンジンの逮捕にあたって、ＯＧＰＵがこの男の自宅や勤め先から押収した（押収者の被押収！）二十梃あまりの銃器類の目録を、スコリャーチンは見ることができた。そこには、さまざまなタイプの拳銃があり、軽機関銃さえあった。ちょっとした兵器庫だ！と、スコリャーチンは自分の原稿に感想を書きこむ。それはユネスコのいわゆる「マヤコフスキーの年」の翌年、九四年の夏のことで、夏の夜、睡眠中に、スコリャーチンは心筋梗塞の発作に襲われて他界する。ゲンジンの「兵器庫」のところで中断した、書きかけの第九の論文をあとに残して。

　実にもう、残念ともなんとも言いようのない結末だ。神話ではなく真実を求めての、スコリャーチンの知的労働は、マヤコフスキーの「強いられた死」の全貌を明るみに出す寸前のところまで来ていたのに！

　いや、これはスコリャーチン個人には口惜しい結末であっても、マヤコフスキー変死の真相を知りたい私たちにとっては、結末どころか、新たな展開の始まりでなければならない。この人の、洞察と論理が結びついた緊密な文章と並行して、あるいは雁行して、まちまちな人たちが、マヤコフスキーの最期を新たな目で描き起こそうとしている。次章では、それらの論を読んでみよう。

　今は亡きスコリャーチンの供養のために、筆者はささやかな指摘を付け加えたい。配達集金人ロクチェフが事件の翌日に呼び出され、調書を取られた件について、スコリャーチンは、自分がうっかり見落としていたポロンスカヤの供述調書の一部――「(マヤコフスキーの死亡が確認されたあと、劇場へ行こうとしたポロンスカヤが)通りへ出る前に、ひとりの男の人が私に住所を訊いたので、私は自分の住所をそのひとに教えました」――を持ち出して、この「男の人」は恐らく張込み中のOGPUの人間で、ロクチェフにも同じように住所を訊いたとすれば、翌日、配達人が呼び出されても不思議ではないと言う。だが、翌十六日に供述した、同じ区画に住むミハイル・バリシンという青年は、詩人の死亡確認の現場に居合せて、ポロンスカヤがそっと立ち去ろうとしたのを見咎め、タクシーに乗り込んだ女優に、「あなたは残ってくれませんかと頼んだが、断られたので、ではせめてあなたの住所をと訊ね、彼女から住所を聞き出した」。〈男の人〉は張込み中のOGPUではなくて、マヤコフスキーの隣人だった!

7　混乱

なにぶん、一九九三年（生誕百周年）から遡っても六十余年の昔、二十一世紀の現在からだと、八十年あまりも昔のことなので、このマヤコフスキー事件というものをめぐる証言や回想は、細かい点ではたいそう混乱している。よく新聞記事の大原則などといわれる「いつ、どこで、だれが、何をして、どうなったか」に照らしてみるなら、この場合、「何をして、どうなったか」は大筋で辛うじて一致していても、肝心な「いつ、どこで、だれが」がすでにして混乱していることが多いのだ。

マヤコフスキーの最後の日々に関して、さまざまな人が過去に書いた、さまざまな文書（大上段に振りかぶった論文とか、単なるメモ程度の回想とか）を読み、生誕百周年以降の新たな資料を漁るうちに、筆者は思ったのだった。人間とは、おしなべて、いい加減な、記憶力の弱い、そもそも記憶すべきことを観察する能力が乏しい、それでいて自分の哀れな記憶にあくまでも固執する、ちょっと手に負えない生き物なのか。

いいや、それでも、なおかつ、事件の真相に近づこうとして、懸命に記憶をふりしぼるが、どれほど記憶や記録を総動員しても、なんにも見えてこない場合は、視界ゼロの場所を想像と創造の力で切り拓いて、全く新しい光景を生み出そうとまでする。これは人間のどういう性《さが》なのだろう。私たちにとって、唯一の理解のよすがは人間であり、しかも一番理解し難いもの、朦朧として見極めにくいものもまた、人間なのだ。

新聞記事の大原則に「なぜ」をプラスして、そこから話を始めよう。今のところ、他に手立てはない。

まず、「何をして」「どうなったか」。拳銃の引金が引かれて、詩人マヤコフスキーが死亡した。「だれが」引金を引いたのか。本人が？　他人が？　それが最大の謎で、一九三〇年から現在まで、謎は私たちの心にずっと引っ掛かっている。では、少し視点をずらして、「死亡した」といっても、いろんな死亡のかたちがあろう。マヤコフスキーはどんなふうに死んでいったのか。

ポロンスカヤの一九三八年の回想によるなら、それはほとんど即死だった。女優が芸術座へ行こうと、マヤコフスキーの仕事部屋を出て、まだ数メートル先の四階の踊り場に行き着かぬうちに、部屋からズドンと音が聞こえ、立ちすくんだポロンスカヤは数秒後に部屋に戻り（硝煙がたちこめていた）、倒れていた詩人はポロンスカヤに何か言いたかったのか、しきりに頭をもたげようとしたが、何も言わずにがっくりとのけぞり、少し赤らんでいた顔はみるみる死顔に変っていった……というのが、八年後の女優の回想だ。

ところが、六十年余り経って、一九九三年の文学新聞（六月三十日号）に掲載された、ロマン・ヤコブソンの回想によると、光景は全く違っていた。

第三章の冒頭で、ちょっと名前の出た、このヤコブソンは、知る人ぞ知る、言語学者というか、文献学者というか、文芸学者というか、一九一〇年代に略称「オポヤース」という「詩的言語研究会」なるものをモスクワで立ち上げ、その後、チェコのソビエト大使館に勤務し、戦時中はアメリカに逃れ、スターリンの死後、世界的に有名なスラブ学者として「故郷に錦を飾った」。私事だが、本書に出てくる大勢の人たちのなかで、筆者が直接出逢った人物といえば、この人ひとりだ。一九六〇年代の初め頃、詩人の谷川雁氏がこの人を東京に呼んだ。歓迎パーティに現れたヤコブソンは、もう七十に手の届こうという老人だったが、同伴していた夫人（再婚の相手か）はまだせいぜい三十歳代の女性で、ロシア未来派の研究者だという。同じテーマを抱えた研究者同士ということで、当時の未来派関係の資料の乏しさをお互いに嘆いたりしたものだが、肝心のヤコブソン御大とは握手したくらいで、マヤコフスキーの話なぞ全然しなかった。今思えば実に残念だ。

ロマン・ヤコブソンは、マヤコフスキーとは第一次大戦の頃からの友人だという。当時、この若い言語学者は例のスタヘーエフ・ビルの三階で（のちにマヤコフスキーの住居、兼、仕事部屋となる「ルビャンカの四階の部屋」の一階下で）両親と一緒に暮らしていた。そして、一九一九年に、ペトログラード（サンクト・ペテルブルク）から最終的にモスクワに引っ越して来た詩人は、初め、ルビャンカから程遠からぬヴォドピヤンヌイ小路のブリーク夫妻の部屋に転がり込んだが、そこは三人暮らせるような面積ではなかったので、友人のヤコブソンに相談する。どこか俺一人だけで暮らせるような部屋はないだろうか。ヤコブソンはすでに両親の部屋を出て、一階上の四階で生活し、そこを「詩的言語研究会」の本拠地にしていたので、詩人マヤコフスキーもそこに招こうと、同じ区画に住む、バリシンというおっさん（四月十四日に、ポロンスカヤから住所を聞

ロマン・ヤコブソン

き出した、あのバリシン青年の父親）に、相談を持ちかける。バリシンは典型的な小市民で、マヤコフスキーの何たるかを全然知らなかったが、住宅不足の折から、このままだと見知らぬ居住者をどんどん当局に入れられてしまうことは目に見えていたので、それよりは、下の階の乾物屋の息子、何だか知らないが学者の卵みたいな若者の友達を、さっさと住まわせるほうが利口かもしれない。

バリシン「その人は、おとなしいひとかね？」

ヤコブソン「ああ、もう、あんなおとなしい奴は他にいないんじゃないかな」

おとなしいマヤコフスキー！　こうして、詩人は十二号区画の一番小さな部屋に入居し、さっそく電話のことなどでバリシンさんと揉めたり、いろいろとユーモラスなエピソードが伝えられているが、それはこの際、関係がない。

ヤコブソン家には、革命前からずっと、もう十年余りも住み込んでいたナジェージダ・ガヴリーロワ（通称ナージャ）という家政婦がいて、この人が、新たに階上に入居した「お坊っちゃまのお友達」の食事や、部屋の掃除や、洗濯など、面倒をみることになった。つまり、マヤコフスキーは、生活面では、ヤコブソン家の賄い付き下宿人だったわけだ。このナージャは、ピロシキづくりの名人で、一九二三年の初頭、詩人がリーリャ・ブリークと衝突して、ルビャンカの部屋に閉じこもり、長篇詩『これについて』を書いていたとき、毎日のように得意のピロシキなどの食べ物を階上のマヤコフスキーに運びつづけ、文字通りこの詩人を養っていたという。すでに、ヤコブソンの両親は過密状態の共同住宅（五世帯にトイレと浴室は一カ所ずつ、キッチンは共用）から逃げ出していたが、その後、息子がプラハに移ったあとも、ナージャは元ヤコブソン一家の部屋に（つまりマヤコフスキーの一階下に）留まっていて、例えば、ポロンスカヤが詩人の部屋に来ているときなど、マヤコフスキーに頼まれて、食事を提供したり、必要に応じてワインや煙草を買いに走ったりした。この家政婦（一九三〇年には四十三歳だった）の見たマヤコフスキーは、「気が短くて、疑い深く、それでも、態度は丁重な、同情心の強い、善人だった」（供述調書より）。

そんなわけで、一九三〇年には、ロマン・ヤコブソンはモスクワにはいなかったので、「故郷に錦を飾った」一九五六年に、このナージャに逢って、マヤコフスキーが死んだときの話を聴く。

「自殺したって聞いたとき、すぐ四階へ走って行こうとしたら、行っちゃ駄目よ、ゲーペーウーが来てるから、って言われたの。冗談じゃない、マヤコフスキーさんの死に目に会うのを、邪魔されてたまるもんですか、って言って、走ってったら、あおむけに倒れていて、こわーい顔をして、ライオンみたいに吠えてるの……」

これはたぶん民間伝承的な作り話だろうと、ヤコブソンは反射的に思う。だが、その後、女流画家、Ｅ・Ａ・ラヴィンスカヤが回想記で、詩人の断末魔の苦悶を撮った写真を、例のアグラーノフに見せられたと語っているのを読む。このラヴィンスカヤは、やはり美術家だった夫のラヴィンスキーと共に、マヤコフスキーらのＬＥＦ（芸術左翼戦線）の同人だった。

「……十六日、マヤコフスキーの遺体が安置されていた作家クラブのホールで、アグラーノフのまわりにＬＥＦの同人たちが群がっていた。アグラーノフは、みんなに何かを見せていた。私が近寄って行くと、一枚の写真を渡して、早く見てくださいよ、第三者に見せちゃ駄目だよ、と言った。それは、まるで床の上で磔《はりつけ》にされたようなマヤコフスキーの写真だった。両手両足を拡げ、大きくあけた口で絶望の叫びを叫んでいる。私はぞっとした。それは最初にゲンドリコフ小路の部屋で見た、眠るがごとく穏やかなマヤコフスキーの遺体とは、体の恰好といい、顔の表情といい、全く違っていた。説明によれば、『アグラーノフと、トレチヤコフと、コリツォフの三人が、あの部屋に入って行って、すぐ撮った写真』なのだという。それ以後、この写真を、私は一度も見たことがない……」

ヤコブソンは、そのあと、リーリャ・ブリークに、この話をする。すると、リーリャ曰く、

「そう、その写真なら、うちにあるわよ」

詩人の死が即死ではなかったことを証言している人物は、もう一人いる。救急車のスタッフがマヤコフスキーの死亡を確認したあと、その場から脱け出すように、そうっと出て行ったポロンスカヤを、通りまで追いかけ、走り出そうとしていたタクシーを停めて、ポロンスカヤの住所を聞いたバリシン青年（二十六歳）だ。供述調書によれば、モスクワ大学化学科に勤めていたこの人は、十四日の午前十時十一分ごろ、勤め先から自宅に戻って、マヤコフスキーが自殺未遂をやったと聞き、すぐに詩人の部屋に行く。そこには、

「……ライコフスカヤ（隣の十一号区画の住人。看護師だった。救急車を呼ぶ電話は、この女性の住居から掛けられた）がいただけで、私が行ったとき、他にはだれもいませんでした。マヤコフスキーは、そのあと四分間ほど生きていましたが、もう意識はありませんでした……」

〈そのあと四分間〉というのは何を起点として四分間なのか、はっきりしないが、救急ステーションに救急車出動を要請する電話が入ったのは十時十六分、救急車出動の時刻は十時十七分という記録が残っている。現場到着の時刻は記録されていないが、かりに到着は十時二十分前後だったとすれば、死亡確認の時刻は二十分を少し過ぎた頃で、ライコフスカヤが現場に来ていたということは、救急ステーションに電話した十時十六分以降だったわけだから、「四分間」生きていたという話は、

ほぼ辻褄が合う。

即死説はポロンスカヤ一人。断末魔の苦しみが何分かつづき（ライオンのように吠えて）、やがて意識を失い死んだという説が、家政婦ナージャ、ナージャから話を聞いたヤコブソン、OGPUのアグラーノフ、写真を見せられたラヴィンスカヤ、同じ写真を所有していたリーリャ・ブリーク、そして意識を失った詩人を四分間見ていたバリシン青年と、六人もいるのでは、どう見てもポロンスカヤは不利だと言わなければならない。

だが、この場合、多数決の原則が成立しないこともまた、明白だ。たとえ一人だろうと、論理的な裏付けがありさえすれば、その一人の説を無視することはできないだろう。しかし、ポロンスカヤの回想の、この部分に関する限り、文体がとつぜん変化し、曖昧になり、稀薄になっているという、逆の裏付けがあるだけなので、これはやはり、本当のことが書かれていない、あるいは書かれているすべてが本当のことではない、と判断せざるを得ない。

バリシン青年の「四分間」を検証してみて、わかったように、最大の混乱はといえば、それは「いつ」という問題であって、「だれが」はむしろ単純な謎のようにも思われる。そもそも、モーゼル拳銃の発射音がスタヘーエフ・ビルの四階に響きわたったのは、四月十四日の午前何時何分だったのだろう。

公式発表（翌十五日のプラウダ紙）によるなら、それは午前十時十五分だ。しかし、スコリャーチン氏も指摘している通り、救急ステーションへの電話通報が十時十六分と記録されているので、十時十五分という時刻は、いくらなんでも遅すぎる。現場に居合せたもう一人の青年、クリフツォフが、発射音を聞き、バリシン家の通いの女中と、隣の九歳の少女と、三人でマヤコフスキーの部

ストゥイリン

屋へ行ってみて、倒れている詩人を発見し、すぐ隣の区画まで走って行って、ライコフスカヤ女史の部屋の電話を借りて、救急車を呼ぶ。これだけのことが一分間で行われたというのは、でたらめに決まっている。

　モーゼルの引金が引かれたのは、もう少し早い時刻だったのではないのか。ところが、ここに、ストゥイリン（一九〇三—一九八五）という人がいて、この人は当時、ソビエト作家協会連合の理事を務め、晩年のマヤコフスキーの住居探しの相談に乗ったり、死んだ詩人について、性病に罹っていたのを悲観して自殺したという世間の噂を放置できないとして、火葬の前夜、遺体の解剖を強力に主張して実現させ、噂が事実無根であることを証明したり……という、ごくまじめな、いうなれば堅物だったが、このストゥイリンが年老いて書いた回想記の中で、驚いたことには、拳銃発射の時刻は、今まで言われてきた「……十時ではなくて、もっとずっと早い、九時前後だった」と書いている。その根拠としては、月曜の朝、「重役出勤」をしたら、職場のみんなはもうマヤコフスキーの自殺を知っていたとか、そんな程度のことしかなく、しかも時間的な細かい説明がほとんどないので、これはどうも、老いのなせる悪戯《いたずら》ではないかという印象が強い。例えば、詩人の死の前日に、映画館で、ポロンスカヤとマヤコフスキーにばったり出会ったというくだりもあるが、これは恐らく死の二日前、十二日のことだろう。次の章で、このことは検討したい。

　いったい、私たちは回想記をいつ書いたらよいのか。回想すべきことがたくさんある老年には記憶は弱く不確かで、正確な記憶を誇れる青春には、回想すべきことはそう多くない。この矛盾をどうしたらいい？

さて、問題の拳銃発射時刻だが、それが四月十四日の朝、マヤコフスキーがポロンスカヤを伴って仕事部屋に現れた時刻と、救急車が来て詩人の死亡が確認された時刻との、中間にあることだけは、動かしがたい事実だろう。死亡確認の時刻は十時二十分を少し過ぎた頃としか言えないが（救急ステーションに死亡確認の書類は残っていないようだ）、マヤコフスキーとポロンスカヤの現場到着時刻は、

① ポロンスカヤの供述調書では「十時頃」（詩人がヤンシン家にポロンスカヤを迎えに来たのは、九時十五分となっている）。

② ポロンスカヤの回想記には、到着時刻の記載はない。ヤンシン家にマヤコフスキーが迎えに来た時刻は、八時半となっている。

③ マヤコフスキーの隣の部屋の住人、タタリースカヤの供述調書によると、詩人とポロンスカヤが連れ立って部屋に現れたのは、タタリースカヤの時計で九時四十分だった。

④ 同じく隣人バリシン家の通いの女中、ナターリヤ・スコービナの供述調書では、マヤコフスキーとポロンスカヤのカップルが、タクシーでやって来て、詩人の部屋に入ったのは「十時頃」で、それから十分か十五分ほど経って銃声が聞こえた。

それでは、ポロンスカヤが暮らしていた夫ヤンシンの家から、ルビャンカのマヤコフスキーの部屋まで、どれくらいの時間をかけて来たのだろう。ヤンシンの実家があったカランチェフ通りは、ルビャンカの北北東、直線距離で二・四キロメートル、実際に道を辿っての最短距離は三・二キロのあたりだ。一九三〇年当時のモスクワのタクシーは、どれくらいのスピードで走っていたのか。

筆者の一九九〇年代の体験では、かの地のタクシー運転手はかなり飛ばす人たちだった。三〇年当時は、モスクワの車の数は今より少なかったに違いないが、だからといって、場所により、状況により、渋滞が全然なかったとは言えないだろう。まあ、現在の東京で、一般道路を走行する場合の平均時速三十五キロから四十五キロ程度のスピードで、当時のモスクワの車も走っていたと仮定するなら、ヤンシンの実家にタクシーで迎えに行ったマヤコフスキーは、せいぜい六分か七分でルビャンカの自分の部屋まで来たことになる。朝の渋滞にひっかかって、あるいは他車の事故にでも遭遇して、その六、七分が、十五分とか二十分とかになった可能性はなきにしもあらず。その幅をたっぷり取って、三十分としておくなら（ポロンスカヤの供述調書では、その「幅」は約四十五分まで広がっている）、前記の到着時刻は次のようになる。

① 九時四十五分。
② 九時。
③ 九時四十分。
④ 十時頃。

ポロンスカヤの回想記の「九時」という時刻は、詩人がヤンシン家に迎えに行った時刻「八時半」に三十分を機械的に加えた値なので、これは大して頼りにならない。「マヤコフスキーは八時半に迎えに来た」とあるだけで、「八時半にタクシーに乗って、一緒にルビャンカの部屋へ向かった」とは、どこにも書いてないからだ。女優が朝、仕事に出掛けるときの化粧や身支度に要する時間は、三十分と見積もっても決して長過ぎないと思う。夫の父親などに気を遣って、あまり支度に時間をかけなかっただろうということも、充分に考えられるのだが。

とすると、②は九時半となる。

そして④の証言者、二十三歳の通いの女中は、二十一歳の芸術座の女優を、羨望と嫉妬の目で眺めていただけで、到着の時刻など、どうでもよかったことは明らかだ。

「サマーコートを着て、青い帽子をかぶっちゃって、まるっきりパリ・モードよ。二人で仲良さそうに腕なんか組んじゃってさ……」（クリフツォフ青年の供述に出てくるスコービナの言葉）。してみれば、④の十時頃という証言は、ほとんど問題にもならず、これは無視することができよう。

つまり、マヤコフスキーとポロンスカヤが、タクシーでルビャンカの住居にやって来たのは、九時半すぎ、九時四十分前後のことだったと思われる。

ずばり九時四十分と言い切っている③のタタリースカヤの証言は、筆者が見るところでは非常に重要な証言なのだが、なぜか、この人物の供述調書を特に取り上げて論じる人は、いない。スコリャーチン氏でさえ、十四日の銃声の少し前、国立出版所の配達集金人から領収書を受け取った人間として、この女性を紹介しているのみだ。さほど長くはない調書を読んでみよう。

メリ（マリヤ）・セミョーノヴナ・タタリースカヤ。二十六歳。イルクーツク出身。住所は、モスクワ市ルビャンスキー横丁三番の十二号区画。職業は、児童遊園地の指導員。学歴は中等程度、高等教育は中退。非党員。前科なし。

マヤコフスキーについて。

マヤコフスキーとは、一九二五年以来の知り合いです。同じ区画で生活していますので。隣人として良好な関係を保っております。妹はタイピストで、マヤコフスキーに頼まれ、最近の二つの戯曲を含め、いろんな作品をタイプで清書しました。そのほかにも、マヤコフスキー宛の郵便物はすべて、うちで預かりますし、頼まれれば、いろんな人へのお金や本やチケットの受け渡しまで引き受けています！　四月十二日には、お姉さんに渡して欲しいと言われて、お金の入った封筒を預かりました（これは毎月していることです）。十二日には、国立出版所の人に渡す現金五十ルーブリを預かりました。この二日間、マヤコフスキーはなんだかイライラしていたみたいで、何べんも急ぎ足で出て行ったり、戻って来たりしていました。その間、女性が来ていたようでしたが、姿は見ていません。声を聞いただけです。十三日の夜は、マヤコフスキーは壁の向こうで「おお！」と言ったり、呻いたりしていました。何時頃出かけて行ったのかは、わかりません。たぶん真夜中だったと思いますが。十四日の朝は、私の時計で九時四十分に（私の時計は遅れていたようですが）、ポロンスカヤと一緒にやって来ました（この女性は冬の頃からよく来ていました）。まもなく国立出版所の集金人が現れ、マヤコフスキーは、隣で金を受け取ってくれと乱暴に言いました。私は集金人にお金を払い、領収書と五コペイカのお釣りを受け取りました。十時三分頃、マヤコフスキーが私の部屋のドアをノックしました。とても冷静に、煙草を吸うのでマッチを貸してくれと言います。私は国立出版所の領収書とお釣りを渡しました。それを受け取り、ドアから離れて行きながら、マヤコフスキーは、ぽつんと言いました。「今晩、話があるのでまた来ます」。そして自分の部屋に戻りました。この間、壁の向こうは、しんと静まりかえっていました。十時八分に、私も勤めに出ました。ポロンスカヤと、マヤコフスキーは、関係があったかどうかですか？　私は、あったと思います。うちでは、みんなそう思っていました。

〔署名〕

この供述調書を初めて読んだとき、（私の時計は遅れていたようですが）という箇所は、取調官スィルツォフに言われて、証人タタリースカヤが書き加えたに違いないと、直観的に思ったのだった。今、落ち着いて考えても、この言葉はタタリースカヤの本意ではないと、ますます思う。もし、自分の時計が（置時計か、腕時計か）遅れていると、自分で気づいたのなら、そのあとの十時三分とか、十時八分とか、妙に細かい時刻の記載は、いったい何なのだろう。遅れている時計の時刻を細かく書きつづけて何になるのか。これは自分の時計は決して遅れていない、少なくとも朝の慌ただしい出勤の次元では正確に機能していると本人が思っていることを、証《あか》していないだろうか。

ほかの証人にはない、この女性の時刻へのこだわりは、サラリーマンの朝の出勤時の慌ただしさそのものだ。九時四十分か、まだ時間の余裕はあるな、おや、もう十時三分、あと五分で身支度を整えて出ないと、バスは行ってしまう、市電に乗り遅れる、八分だ、出勤時刻です、行って来まーす！

ということで、この証人の時刻の記載は信頼できると思う。つまり、九時四十分頃、マヤコフスキーと一緒にルビャンカの部屋へやって来たポロンスカヤは、今日は十時半から、芸術座の重鎮の一人、ネミロヴィチ＝ダンチェンコが観にくる芝居の稽古に出なければならないので、ここに長くはいられないと言い、乗ってきたタクシーに待っていてもらうことにした。マヤコフスキーはみるみる不機嫌になり、二人で四階まで階段を上って行くときから、すでに、ちょっとした諍いは始まっていたのだろう（バリシン家の通いの女中には仲睦まじく見えたのかもしれないが）。部屋に入ってからは、回想記に書かれたような場面があり、集金人の短い来訪を挟んで、それが約十五分ほど続いた（これがドラマの台本だとして、普通のスピードで読んで約十五分かかる）。詩人はオール・オア・ナッシング的なわがままを通そうとして通らず、結局、不承不承、ポロンスカヤの現実路線に従う様子を見せる。そして、どうしても芝居の稽古に行くのなら、今すぐ行きなさいと言う。

まだ稽古に行くのは早すぎる、と私は言った。あと二十分ぐらいは大丈夫……

こう、ポロンスカヤが言ったときは何時何分だったのか。ルビャンカから芸術座までは、西へちょうど一キロの直線距離で、実際の距離も大差ない。タクシーなら、五分とかからず、あっというまに着くだろうし、歩いたとしても、健康な若い女優の足では十分か十五分しか、かかるまい。稽古開始の十分前に到着する積もりでいたとすると、「あと二十分ぐらいは大丈夫」という時刻を逆算するなら、それは十時ちょうど、乃至は十時数分前ということになる。今すぐ稽古に行きなさいというマヤコフスキーの言葉通り、女優はタクシー代を貰って出かけて行った。すなわち、十時三分に、マヤコフスキーが隣のタタリースカヤのドアを叩き、領収書を受け取って、「今晩、話があるのでまた来ます」と言ったとき、マヤコフスキーの部屋が静まりかえっていたのは、ポロンスカヤが、今夜この部屋へ最終的に移ってくることを約束して、芸術座へ行ってしまったあとだからだ。タクシーが本当に待っていてくれたのなら、ちょうど芸術座に着いた頃だったかもしれない。マヤコフスキーは隣人に十四日の夜、何の話があったのだろう。ひょっとして、今晩、妻がここへ越して来ますので、今後どうかよろしく、とでも言うつもりだったのか。これは、もちろん、筆者の空想だ。

こうして、拳銃発射時刻の幅はぐんぐん狭まる。今のところ、発射時刻は十時八分（タタリースカヤの出勤）から十五分（発射時刻の公式発表）までの間だが、次の救急ステーションへの電話（十時十六分）までの間隔は、前述のように、あまりにも詰まりすぎている。クリフツォフ青年が瀕死の詩人を見てから隣の区画で電話を借りるまでの所要時間を、かりに五分とすると、発射時刻は十時八分から十一分までとなる。ほぼ三分間！　これ以上、幅を狭める必要はないだろう。

厚くはない壁一枚を隔てて、タタリースカヤ姉妹はマヤコフスキーの隣人だった。姉はメリ、一九三〇年当時二十八歳（供述調書では二歳、鯖を読んでいる）、妹リュドミラは二十三歳。父親のセミョン・タタリースキーは、ミネラル・ウォーターの工場に勤める労働者だった。母親は専業主婦だったのかもしれないが、隣の部屋で変事が起こったとき、だれの話にもこの母親のことは出てこないので、どこかへアルバイトに行っていたのか、あるいは夫と娘たちを残して先立ったあとだったのか、そのあたりは不明だ。

姉妹は、まさしく、マヤコフスキーの「良き隣人」だった。姉の供述調書を読み、その三十数年後に書かれた妹の短い回想記を読めば、そのことはこちらの胸にしみてくる。同じ区画の他の住人たちは、有名詩人とは挨拶を交し、立ち話などして、つまるところ、マヤコフスキーの芝居のチケットなどをねだり、詩人は律儀にそれに応じていた。けれども、タタリースカヤ姉妹と詩人とは、もっと日常的に緊密で、友好と信頼に満ちた絆で結ばれていた。「マヤコフスキー宛の郵便物はすべて、うちで預かりますし、頼まれれば、いろんな人へのお金や本やチケットの引き渡しまで引き受けて……」。そして、タイピストの妹は、詩人の手書きの生原稿をタイプで清書する仕事を、アルバイトとして十代のうちから続けていた。初め、リュドミラは生原稿をなかなか判読できず、タイプの打ち間違いも多かったが、マヤコフスキーは怒らずに辛抱強く、リュドミラの技術の向上を待った。やがて、詩人が冗談に「きみは私の共同執筆者だ」と言うほど、タイプ原稿はきれいに仕上がるようになり、マヤコフスキーの晩年の作品は何から何まで、この娘がタイプで清書したのだった。特に重要な作品、例えば、あの『声を限りに』のタイプ原稿をつくるときは、マヤコフスキーは初めから終りまで、タイプライターのそばに付き添って、リュドミラの仕事を見守った。仕事の報酬は取り決めた通り、毎度きちんと払ってくれたが、たまに「ただいまオケラでね」と、払いが遅れたことがあり、そんなときのマヤコフスキーの恐縮するさまといったら、リュドミラのほうがびっくりするほどだった。微笑ましいエピソードをひとつ。戯曲『南京虫』のタイプ原稿を打っていたとき、滑稽な台詞にぶつかって、リュドミラがタイプを打ちながらアハハと笑うと、途端にマヤコフスキーが隣の部屋から飛んできて、「どこ？　どこがそんなに面白かった？」と、嬉しそうに訊ねたという。

妹も、姉も、壁の向こうに住む詩人に好感を抱いていたことは確かだ。だからこそ、せわしない朝の出勤のひとときにも、姉のメリは隣の部屋の模様を気にしていた。供述調書の一節を見よ。「十時八分に、私も勤めに出ました」。この「も」は重大だ。まず、女優ポロンスカヤが職場である芸術座へ行き、それから、メリ・タタリースカヤも、自分の職場へ勤めに出たということ。

8　混乱（続き）

ポロンスカヤの回想の中で、肝心の場面に悲しい嘘があった。実は、ルビャンカの詩人の部屋から拳銃の発射音が鳴り響く十数分前に、女優はすでに芸術座に向かって出発していたということは、事件当時の何人かの供述、そしてポロンスカヤ自身の回想記、その後のヤコブソンの回想などを、突き合せてみるだけで、ほとんど証明できたと思う。というわけで、部屋を出て何歩か歩くと、ズドン！　すぐ引き返すと、部屋には硝煙がたちこめていて、うんぬんというところだけは、残念ながら本当のことではなかった。もちろん、私たちは、ポロンスカヤの今ひとたびの、三度目の告白を待っている。マヤコフスキーとの一年間をあれほどしっかりと描いてみせたひとが、肝心の場面の偽りをそのまま放置して他界する筈がない。そう、ポロンスカヤは私たちの期待に応えるだろう。たとえ、三十年経ってからであろうと。

だが、証言した隣人たちが、みな、発射音のすぐあと、現場でポロンスカヤの姿を見ているのは、どうしたわけか。これすなわち、女優は芸術座からルビャンカへ戻ってきたのだ。そうとしか考えられない。このことも、ポロンスカヤは、いずれ、はっきりと語るだろう。

さて、問題は、ＯＧＰＵが撮ったという、マヤコフスキーが床に両手と両足を拡げ、「ライオンのように吠えて」いる写真だ。その写真なら「うちにある」と、リーリャ・ブリークが言ったそうだが、リーリャはとうに亡くなり、二十一世紀になっても依然、この写真は公表されていない。む

ラヴート（中央）

ろん、筆者も見たことがない。これは、「だれが」「いつ」撮ったのか。

「だれが」の問題は簡単なように見えるが、簡単ではない。前出の画家、ラヴィンスカヤは、この写真を、詩人の葬式の前日に見せられ、これはアグラーノフ、トレチヤコフ、コリツォフの三人が「部屋に入って行って、すぐ」撮ったものだと説明された。だが、その朝、十時半に、ゲンドリコフの住居で詩人と会う約束があった几帳面なマネジャーのラヴートは、ちょうど十時半にゲンドリコフへ行ったが、マヤコフスキーはいなかったので、そこを出て歩き出したとき、家政婦が追いかけてきて、たった今、電話で悲しい知らせがあったことを伝えた。ラヴートはルビャンカへ急行し、「手足を大きく拡げた遺体が床に斜めに横たわって」いるのを見る。そこで、ラヴートは共産党中央委員会に電話をかけ、まもなく、中央委員会の職員、ケルジェンツェフと、ジャーナリストのコリツォフが、現場に現れたという（以上、スコリャーチンのインタビューによる）。

しかし、これは前章で私たちが推定した拳銃の発射時刻（十時八分―十一分）等々とは、若干矛盾している。六九年に出版されたラヴートの改訂版回想記によれば、このマネジャーは、家政婦からマヤコフスキー自殺の知らせを聞くや否や、近くのタガンカ広場まで走った。広場には客待ちのタクシーが一台とまっていたが、すでに先客が乗りこみ、走り出そうとしていた。ラヴートの切羽詰まった表情と声に恐れをなし、先客がタクシーを譲ってくれたので、マネジャーは六、七分でルビャンカに着いたという。とすると、ラヴートの到着は十時四十分頃で、それから共産党中央委員会に電話して、前記の二人あるいは三人が現れたというのか。ラヴートの見た遺体は、「手足を大きく拡げ、目は細めに開いていて、額にはまだぬくもりがあった」。つまり、これは問題の写真が撮られて何分か経過し、もはや「ライオンのように吠えて」はいない、死亡を確認されたあとの死体なのだ。ヤコブソン家の家政婦、ピロシキづくりの名人のナージャは、異変を聞いてすぐ階上へ行こうとすると、だれかに「行っちゃ駄目よ、ゲーペーウーが来てるから」と言われ、それを振り切って四階へ行ったのではなかったか。そして、「ライオンのように吠えている」マヤコフスキーを目撃したのではなかったか。

もう一つ、同じ区画の住人、バリシン青年は十時十一分に勤め先から自宅に帰ってきて、詩人の「自殺未遂」のことを聞き、すぐにマヤコフスキーの部屋に行くと、そこには隣の区画の住人、クリフツォフ青年が電話を借りに行った家のライコフスカヤがいたけれども、「……他にはだれもいませんでした」（供述調書）。もちろん、こういう騒ぎの真っ最中、隣の区画から様子を見に来たライコフスカヤと、たまたま勤め先から帰ってきたバリシン青年とが、遺体のある現場で二人きりになった瞬間はあったかもしれない（このとき、看護師だったライコフスカヤは、走って自分の部屋から注射器とカンフルを取って来て、マヤコフスキーにカンフル注射をしたという、当時九歳の娘、マーシャの証言がある）。だが、その間にも、何やら忙しげに写真撮影をしたり、長持に封印をしたり、詩人のデスクをひっかきまわして何かを探したりしていた官憲の姿はあった筈だ。でないと、時間的矛盾は収拾がつかなくなるだろう。

（今、気がついた！　バリシン青年の時計が正確で、十時十一分に帰宅したこの人物が、もしも発射音を聞かなかったのなら、私たちの拳銃発射推定時刻は、いっそう確実に限定される。すなわち、十時八分〔タタリースカヤの出勤〕から十時十一分〔バリシン帰宅〕までの、きっちり三分間！）

ここで突然思い出したのは、イギリス推理小説の古典として並びない、あのG・K・チェスタトンの『見えざる男』という有名な短編（『ブラウン神父の童心』の中の一編）だ。探偵役をつとめるブラウン神父は、人が見ていても見ていないのと同様の「見えざる男」について、こんなふうに語る。

「……かりに一人のご婦人が、田舎の別荘にいる友人にこう訊くとする――《どなたか、ごいっしょにご滞在ですか？》ですが相手は――《ええ、執事が一人に、馬丁が三人、それから小間使などがいっしょにおりますわ》とは答えませんでしょう。同じ部屋に小間使もおり、自分の椅子のすぐうしろに執事がいたとしても、《どなたもここにはおりません》と答えますよ。あなたがおっしゃるような人はおりません、という意味でな。だが、伝染病のことで医者が、《この家には誰がおりますかね》とたずねた場合はどうでしょう。その婦人は執事や小間使などをそっくり念頭に置いて答えるでしょうな。言葉というものはすべてこんなふうに使われておる……」（中村保男訳）

ソビエト時代のチェカー（非常委員会）や、その後身のOGPU、KGBなどの連中は、イギリスの階級社会の馬丁や執事たちとは違った意味で、一種の「見えざる男」たちだったのではないだろうか。少なくとも《どなたもおりません》という言葉を誘発する点で、両者は似ている。マヤコフスキーが死んだあとの一九三〇年代から四〇年代にかけて、つまり、スターリン崇拝の時代には、生殺与奪の権を握った独裁者の手先たちは、世間に恐怖を撒き散らすことによって、自分たちはある種の透明人間と化していた。ヴェロニカ・ポロンスカヤの回想記や、同時代の文章には、秘密警察のアグラーノフやエリベルトらが全く存在しなかったかのような、がらんとした空間が、確かに繁く見受けられる。例えば、リーリャ・ブリークの夫だったV・A・カタニャンの『マヤコフスキー文学年代記』と題された本は、詩人の誕生から死まで、ほとんど一日刻みに、マヤコフスキーの創作活動や、地理的移動のあとを追った大部の著作だが、驚いたことには、アグラーノフの名前は終始、ただの一度も出てこない。こんなふうに、慣習化したかのような、恐怖と侮蔑とが入り交じった秘密警察無視の態度は、スターリン批判ののちも、暫くの間、ざらに見られたのだった。

しかし、拳銃発射や死亡確認の時刻がかなりの精度で明らかになった今、十時十一分に帰宅して、異変を知り、すぐ詩人の部屋へ行ったバリシン青年に、ライコフスカヤ以外には「……だれもいませんでした」と言われても困る。本当にだれもいなかったのなら、例の恐ろしい断末魔の写真は存在していないことになるだろう。その写真を撮るためには、撮影者は十時十分プラスマイナス約一分という拳銃発射時刻から少なくとも五分以内に現場に到着していなければならない。そのあと「四分」乃至五分は、すでに「ライオンのように吠えて」いた状態を通りすぎて、死へとまっしぐらに突き進んだ時間だ。なのに、十時二十分頃の死亡確認のあと、さらに二十分近くも経って現れたマネジャーが、アグラーノフたちを電話で呼んだのだという。それならば、ある筈のない写真を、画家ラヴィンスカヤはアグラーノフに見せられてぞっとしたのだし、ありもしない写真について、その写真なら「うちにある」と、リーリャ・ブリークは事もなげに言ったのだろうか。

だれかの記憶が不確かだし、だれかが無意識的に（あるいは意識的に）嘘をついている。

バリシン青年はどうして、なんのために「……他にはだれもいませんでした」と供述したのか。捜査官スィルツォフに「そのとき、あなたとライコフスカヤさんの他に、現場にだれかいましたか」と質問されたからではないのか。青年は、撮影や捜索に余念がなかったアグラーノフらの姿をちらと思い浮かべ、「あなたがおっしゃるような人はおりませんでした、という意味で」、だれもいなかったと答えたのではないのか。それは、たぶん、スィルツォフにすれば期待通りの返答だったのだろう。

何よりも驚くべきは、拳銃発射から五分以内に、恐らくは発射の二、三分後に（でないと、撮影その他の仕事をする時間がなくなるから）詩人の断末魔の写真を撮影する人たち（あるいは個人）が、まだなんの通報もなかったのにもかかわらず、現場に現れたという事実だ。常識的には、これは撮影者たちが事件の発生をあらかじめ知っていたということだろう。モーゼル拳銃を携行した男が先発としてマヤコフスキーの部屋に行き、そのうしろから撮影者たちがついて行ったのかもしれないし、現場確認のための三人と、拳銃発射のための男とは、スタヘーエフ・ビルの前まで一緒に来たのかもしれない。どちらにせよ、驚くべき便宜主義的な行動ではないだろうか（そう言えば、共同住宅の住人で、一番早く現場に行って、倒れているマヤコフスキーを見た、青年と通いの女中と九歳の女児の三人組は〔第一章を見よ〕、当然、アグラーノフらを見ている筈だが、この三人組にも、ポロンスカヤや、ライコフスカヤの姿は見えたが、ＯＧＰＵの姿は全く見えていない）。

もちろん、これは、私たちの割り出した拳銃発射時刻その他の時刻が正しかったとした場合の話であって、時刻についてのそれ以上の確証を、筆者が握っているわけではない。筆者は、スコリャーチン、ゴルプ、ポロンスカヤ、タタリースカヤ、その他の信頼できる人たちの証言や調査や回想を手元に並べて、混乱と矛盾の中から、一貫した筋道を発見しようと努めただけなのだ。その結果、従来の事件解明のポイントとなる幾つかの時刻が誤りだったとわかり、それなら、私たちの割り出した時刻のほうがより正確だろうと思っただけのことだ。他が誤りだという理由によって、これは正しいと思うのは、私たち一般の癖というべきか。他が誤りなら、これもまた誤りかもしれないのに。

　理想的なのは、スタヘーエフ・ビルの中にいた第三者が、ズドンと鳴った瞬間に時計を見て、「何時何分ズドン」という記録を残してくれることなのだが、そういうひとはいなかったようだ。スコリャーチンの本には、マヤコフスキーの一階下に住んでいた、レギーナ・グレーヴィチという女性が、スコリャーチンに直接語った回想があるが、もう一つ、ゴルプ氏の本には、やはり一階下の住人で、当時、小学生だった女性が出てくる。筆者は初め、この両者は同一人物かと思ったが、いいや、レギーナ・グレーヴィチは一九〇二年生まれで、当時二十八歳だったのだから、これは別人。この小学生は四月十四日、体具合が悪くて学校を休み、寝ていた。十時すぎ、階上から取っ組み合いのような音が聞こえ、つづいて銃声が二発。ゴルプ氏は一九九三年にこのひとにもっと詳しい話を聞こうとしたが、かつての小学生、現在の老女は、この件についてはひどく怯《おび》えていて、しかも、本人は盲目（年をとって目が悪くなったのか、それとも昔から盲人だったのかは、不明）だそうで、絶対にゴルプ氏に会おうとはしなかった。

　この証言の中の「二発の銃声」という点に、ゴルプ氏は注目する。氏によれば、一発撃ち込んで、倒れた相手に更に「とどめの一発」を撃ち込むのが、現代の殺し屋のやり方だそうで、これだけでも、マヤコフスキーが殺されたことは間違いないという。しかし、弾丸の入った跡が左胸の一カ所だけだったことは、血に汚れた死者のシャツを清潔なシャツに着替えさせるという大変な作業を任された友人の一人も、はたまた、ポロンスカヤも、その他の知人や、検死官も、みんなが見ているから、これはもう動かすべからざる事実であって、なのに、ゴルプ氏がなぜ「とどめの一発」を強力に主張するのか、筆者にはわからない。撃ち込まれた弾丸は貫通せず、右の背中の皮膚の内側にとどまったけれども、空の薬莢は部屋の片隅で見つかった。二発発射されたのなら、もう一発の弾丸や薬莢はどこへ消えたのだろう。もう一発は空砲だったと言いたいのだろうか。

概して、ゴルプ氏は、例の「スコマロッホ」ふうの道化役が芸術家マヤコフスキーの本質であるという卓越した論以外の場では、動かすべからざる事実を平気で動かし、というか、多くの証言や目撃談を無視し、自分の思いつきや小さな発見にこだわりつづける傾向があるようだ。その一例として、マヤコフスキーとの最後の会話のあと、ポロンスカヤが芸術座へ、さっさと行ってしまったという事実を、ゴルプ氏は強調したかったからだろうか、女優は十時半から始まった芝居の稽古にちゃんと出て、稽古が全部終るまで芸術座にいたが、どうも胸騒ぎが納まらず、徒歩でルビャンカの部屋に戻ると、スタヘーエフ・ビルの入口で、四階あたりから伝わってきた銃声を聞き、あわてて階段を駆け上り……あとは回想記に書かれた通りで、事件の真相はこんなふうだったのだと主張する。

これは戴けない。芝居の稽古はどのような段階まで進んでいたのか知らないが、ネミロヴィチ＝ダンチェンコが観に来るからには、もう本番に近い、ちゃんとした稽古だったと思う。とすれば、それが三十分や一時間で終ることは考えられない。十時半から始まるということは、終りは早くとも十二時半か一時になり、大雑把に言って午前中はこの稽古で潰れますよ、という意味だろう。もしもそのあとで起こった事件だとすれば、銃声を含めてすべては三時間近くも午後に向かってずれることになる。午前十時すぎに銃声を実際に聞いた人はせいぜい十人足らずかもしれないが、午前中にこの事件の話を伝え聞いた人は何百人、ひょっとすると何千人もいたかもしれない。これは悪事というより変事だが、この場合まさしく千里を走ったのだ。古典的な推理小説では、関係者全員の口裏合せというのは、よくあることだけれども、どんな意図があったにせよ、これだけの人数の口裏を合せることなど全く不可能であり、そんなことは到底考えられない。

さはさりながら、ほんとうに考えられないだろうか。いや、この場合、拳銃発射は実は午後一時すぎのことだった、などというのは、デマゴギー以外の何ものでもない。それは百パーセント、嘘だと言っても差し支えないだろう。けれども、事件の翌日のプラウダ紙に、マヤコフスキーの変事は失恋自殺であるという意味の記事が載ってからというもの、ソビエト国内のみならず、私たちのような外国人まで、何千人、何万人もが、数十年もの間、それを信じつづけたのは、超大規模な口裏合せのようなものだと言えないだろうか。こんな単純な騙しの手口にひっかかって、詩人の自殺がどうのこうのと論じたりしたのは、なんともはや恥ずかしい次第だ。

「なぜ」に移ろう。

なぜ、マヤコフスキーは、ＯＧＰＵに付け狙われたのか。

スターリンが、トロツキーをソビエト国外に追放したのは、一九二九年二月のことだった。レーニンが死んで（この死は毒殺だったという説もある）、ちょうど五年後だ。その間、トロツキーとスターリンの確執は続いていた。党内でのスターリンの多数派工作は実に巧みで、トロツキー派の人間は排除され、ときには殺された。

そんな殺しの一つが、一九二五年の夏、マヤコフスキーの目の前で起こった。詩人がはるばる大西洋を横断して、メキシコに入り、そこでビザの交付を待ってから、七月末日にニューヨークに到着する。出迎えたのは、「アムトルグ」というソビエトの貿易商社の社長で、詩人と顔見知りだったフールギンという人物だ。到着の日、マヤコフスキーは、フィフス・アベニューのフールギンの住居に泊めてもらう。そして、まもなく、エリー・ジョーンズと知り合い、マンハッタンでの恋が始まる。

八月に、ソビエトから、内戦中トロツキーの副官を務め、その後、経済団体の役員になっていたスクリャンスキーという人が、ニューヨークへ出張してくる。この人と連れ立って、フールギンは八月二十七日、ニューヨーク州アディロンダック山地のロング湖へ遊びに行く。そして、二度と戻って来なかった。湖でボートが転覆し、溺れかけた友人スクリャンスキーを救助しようとして、フールギンも溺死したという。その日の天候は穏やかで、ボートがなぜ転覆したのか、わからない。しかも、フールギンは泳ぎが上手だった。この知らせを聞いて、ニューヨーク滞在中のマヤコフスキーが真っ青になったのを、エリー・ジョーンズを始めとして、多くの人が目撃している。六十数年後、かつてスターリンの私設秘書だったバジャノフが、これはスターリンに命じられて、OGPUの手先が、トロツキストのスクリャンスキーとその友人を溺死させたのだと、回想している。事故ではなく、謀殺事件だったのだ、と。マヤコフスキーは恐らく、直観的に真相を感じ取ったのだろう。エリー・ジョーンズに、自分の行動は、オシップとリーリャのブリーク夫妻が逐一、当局に報告しているらしいと語り、このたびのロング湖での事件は他人事ではない、俺だって、もしかして……と不安をぶちまけたという。

こうして、トロツキー支持者をつぎつぎと葬り去り、トロツキー支持者でなくとも、権力掌握の邪魔になる者には「トロツキスト」のレッテルを貼って迫害し、結局、この最大の政敵を国外に追放した一九二九年も暮れかけて、満五十歳の誕生日を迎えた書記長スターリンは、ソビエト国家の権力をほとんど完全に摑み取っていた。それでも、どんなメロドラマ的執念に憑かれていたのか、トロツキスト狩りはまだまだ続く。どこまでも追いかけて殺すという恐るべき謀殺事件の一つ、もっとも有名なのが、十年後のメキシコ市コヨアカンで、トロツキーそのひとがピッケルで殴り殺された、あの出来事だろう。だが、これでもまだ、独裁者は安心できない。

滑稽なのは、死後五年間の排斥の期間が終り、「最良最高の詩人」という独裁者の「お声」があって、その後、マヤコフスキーの「自殺」を説明するのに、「トロツキスト」という言葉が用いられたことだ。トロツキストやファシストの「阻害分子」が晩年のマヤコフスキーを攻撃し、「瑣末な追及の網を組織的に張りめぐらした」という具合に。まるで、昔の小学生が映画を観ながら、あれは「いいほう」か「わるいほう」かと一々訊かずにはいられなかったように、当時のソビエトでは、スターリンはつねに正義で、「わるいほう」はトロツキー、トロツキーは「わるいほう」と相場が決まっていて、どんな現象にもその判断基準を適用せずにはいられないのだった。スターリンが最良最高の詩人と言ったのなら、マヤコフスキーは「いいほう」なので、そのマヤコフスキーを追い詰めたのは、トロツキストか、ファシストに決まっているというわけだ。

トロツキーは早くから、いろんな意味で、マヤコフスキーに注目し、その詩作品について感想を述べたり、論評を加えたりしていた。詩や芸術文学一般に対するそのような接し方は、例えば一九二二年に、マヤコフスキーの『会議にふける人々』という詩について、「詩のことはよくわからないが、政治的な点については全くこの詩の言う通り……」だと発言したレーニンとは、対照的だった（この発言の直前に、十月政変後最初の反マヤコフスキー・キャンペーンが大新聞などを舞台に繰り広げられ、そのままではちょっと「やばい」ところまで行っていたのだが、レーニンの一言で、ここは一応納まったのだった）。マヤコフスキーが死んだときも、三〇年五月に、トロツキーはだれよりも早く、短いが内容の詰まったマヤコフスキー論を書いた。まず「自殺」について。この詩人の巨大な才能には、いくぶん、調和の欠けた部分があったが、しかし、古い時代も新しい時代も共に傷つかぬわけにはいかなかった、この大変動の十数年に、芸術の調和など、どこを探したら見つかっただろう。そして、四月十五日のプラウダ紙の記事を、トロツキーはばっさり切り捨てる。「この自殺が詩人の社会的・文学的活動とは全く無関係の、純粋に個人的な理由から惹起されたものの……」とは、一体どういう寝言なのか。詩人の「社会的・文学的活動」とは詩人の人生そのものだから、これは人生とは全く無関係の自殺ということになる。なんという馬鹿げた非論理だろう。短い論文の最後は、こんなふうに締めくくられる。「一国で社会主義を建設するのが不可能であるのと同じ理由で、マヤコフスキーはいわゆる〈プロレタリア文学〉の直接の創始者にはならなかったし、なれなかった。だが、移行期の戦いにおいて、彼はだれよりも勇敢な言葉の戦士であり、未来社会の文学の疑う余地なき先駆者の一人となったのである」

一方、スターリンはもともと文学や芸術にはなんの関心もなく、『椿姫』の舞台を観て泣いた男だから、マヤコフスキーの詩など読んだこともなかったにちがいない。しかしマヤコフスキーの詩について、褒めたり、注文をつけたりする、トロツキーやレーニンの発言は、知っていたに決まっている。また、戯曲『風呂』の中に自分そっくりの人物が登場することを、側近や通報者からでも聞いていたことは確実だ。だが、概して、この詩人はスターリンの目には、なんとなくトロツキーらの側の人間と見え、あるいはトロツキーらの側に人気のある奴と見えたにせよ、それ以上のものではなく、ちょっと目障りな野郎だなあという程度の感慨しか呼び起こさなかったようだ。なにしろ、マヤコフスキーとスターリンでは、およそ人間のタイプが異なる。元未来派の暴れん坊などというものは、この権力者には、存在そのものが不可解だったろうと思う。

ところが、不可解な存在が突如として危険な存在に変貌する瞬間というのが、だれにでもある。一九三〇年一月二十一日、亡きレーニンの六年目の、日本風にいうなら祥月命日に、モスクワのボリショイ劇場で追悼集会が開かれ、スターリン以下共産党のお歴々が居並ぶ前で、マヤコフスキーが長篇詩『ヴラジーミル・イリイチ・レーニン』の第三部を朗読したのだ。観客席は、全国各地から来た労働者代表や、党組織の幹部ら五千人で、ぎっしりと埋められ、この朗読その他の「アトラクション」はラジオで生中継された。

この『ヴラジーミル・イリイチ・レーニン』という長い長い詩は、途中、第二部の冬宮攻撃の所で、トロツキーとスターリンの名前が、三行を隔てて同じ場面に出て来る。もちろん、トロツキーの名前は現実の出版物では永いことカットされていたのだが、このようなカットは行数を減らすのみならず、脚韻の構造をこわしてしまうから、耳のよい、詩に馴れた読者なら、これはへんだとすぐ気づいた筈なのに、全然気づかずに読んでいた私たち外国の読者など、いい面の皮だ。ちなみに、一九八七年に出版された小型でハンディなマヤコフスキー詩集でも、トロツキーの名前はカットされたままだ。詩を改竄するという醜い行為をやめさせるためには、単なる建て直し（ペレストロイカ）だけではなく、ひとつの国家の崩壊が必要だった。

トロツキスト迫害の真っ最中に、「トロツキー」という人名を高らかに朗誦するほど、マヤコフスキーは馬鹿ではなかったから、その人名がもはや出てこない第三部を読むことによって、うまく逃げたつもりだった。しかし、権力者の心の中では、ある種の化学変化のようなことが起こったにちがいない。

「革命ばんざい、嬉しい革命、速い革命！　これぞ開闢以来の数ある戦《いくさ》で、ただひとたびの偉大な戦だ」と、結びの詩句がボリショイ劇場の客席に響きわたると、スターリンは立ち上がって、いかにも鷹揚に、ゆっくりと拍手し、劇場中がそれに倣って、いうところのスタンディング・オヴェーションが始まった。

スターリンは、このとき何を考えていたのだろう。自分とは段違いに演説が上手だったトロツキーが、同じようなオヴェーションを浴びた場面を思い出していたのだろうか。それとも、こんなに韻律的なアジテーションの言葉を初めて聴いて、案外素直に、第一部、第二部を読んでみなきゃ、と思い、クレムリンに帰ってから実際に読んだのだろうか。いずれにせよ、これは、それまで漠としていたマヤコフスキーなる存在が、突然、独裁者の頭の中でくっきりと認識された瞬間だった。こいつは、いろんな点で凄い。放っておくと何をやり出すやら、知れたもんじゃない。あぶない、あぶない。

前出ゴルプ氏は、この一九三〇年一月二十一日に、マヤコフスキーの運命が決まったと、断じている。

9　最後の一週間

「では、四月八日頃から始めて、彼の生涯の最後の日々を、より詳細に辿ってみよう」……

これは、ヴェロニカ・ポロンスカヤが回想記（一冊目のノート）の中途で、多少とも叙述が飛び飛びになり、時系列の流れが曖昧になりかけたとき、本人がそれに気づいて思い直したように、「では……」と改まった部分の言葉だ。

一九三〇年四月八日といえば、マヤコフスキーの人生はもう七日しか残っていない。正確には、八日の朝から数えて、六日と二、三時間しか。

私たちもこの辺で、より詳細な六日間の記録を纏めてみよう。


八日。だが、ここでポロンスカヤが提供するのは、何事かがあったらしいという気配だけであって、具体的な情報ではない。この日、マヤコフスキーは「数えきれないほど、いくたびもぶりかえしたインフルエンザの、このたびもぶりかえしの一つ」で、「もう治りかけてはいるのだが、大事を取って」、ゲンドリコフ小路の住居で静養していた。ポロンスカヤは朝、見舞いに行く。

（しかし、インフルエンザはこんなにしつっこく、何年にもわたって、「ぶりかえす」ものだろうか。現在のようなインフルエンザ・ワクチンの接種は、一九三〇年当時、行われておらず、特効薬なども、まだなかったと思うが、それにしても、この症状は何だったのか。レーニンの例もあることだし、毒物専門家が大勢いたOGPUの間近な存在が何やら不気味だ。）

だが、陽の燦々とふりそそぐ室内で、マヤコフスキーも、犬のブーリカも、ポロンスカヤを迎えて上機嫌だった。友人のグリンクルークも見舞いに来て、マヤコフスキーに用事を頼まれる。ルビヤンカの部屋とデスクの鍵を預けられて、机の中の現金二五〇〇ルーブリのうち、五〇〇を、入居を申し込んだ「作家の家」の手付金として払い込むという用事だ。

新しい住居の話などして、マヤコフスキーとポロンスカヤはたいそう和やかな一時を過ごす。

……私は、いったん劇場へ行く。ヤンシンを交えて、三人でお昼を食べようということで、マヤコフスキーの部屋に戻ったときは、約束の時刻に一時間あまり遅れていた。異様に暗い彼の表情。マヤコフスキーはなんにも食べず、沈黙している（何かに腹を立てていたのか）。突然、みるみるうちに涙がこみあげ、泣き顔を見せまいとして、彼は別の部屋へ行く。……

この涙は何なのか。まさか、昼食が一時間あまり遅れたから泣いたのではあるまい。

同じ日（あるいは一、二日のずれがあるかもしれないと、ポロンスカヤは書いているが）、ヤンシンと三人でどこかへ出かけ、その帰りにヤンシン宅まで自分の車で二人を送ったマヤコフスキーは、だしぬけにこう言った。

「ノーラさん、ヤンシンくん、お願いだ、ぼくを見放さないでくれ。わるいけど、ゲンドリコフまで送って来てくれないか」

送って行って、マヤコフスキーの部屋でワインを飲み、そこに十五分ほど、いた。それから、犬のブーリカを散歩させるというので、一緒に外へ出ると、マヤコフスキーはヤンシンと握手して、言った。

「ヤンシンくん、こうして、うちまで来てくれて、どんなに感謝しているか、わかってくれ。きみらが今、ぼくを何から救ってくれたか、わかってもらえたらなあ」

（その日、三人の間には、なんの気まずいこともなかったのだが、どういう意味で、マヤコフスキーはこんなことを言ったのか、よくわからないと、ポロンスカヤは書いている。）

これは、八日の夜、映画監督ドヴジェンコの新作『大地』の試写会に行った帰りのことだろうと、筆者は推理する。ほかの日には、このエピソードが入るような場所はないので。

やはり問題は、昼食の際に見せた涙だろう。ポロンスカヤが戻って来るまでの間に、何かがあったのだ。というか、もっと重大な、マヤコフスキーの一身に係わる事件が発生したのだ。でなければ、ヤンシンのいる前で涙ぐんだりするだろうか。つまり、その事件は、ポロンスカヤとの恋愛感情や、ヤンシンに対する嫉妬や意地とは、ほとんど無関係な事柄だったのではないだろうか。

外部からいきなりやって来た、そのような重大事件の残酷さを見せつけられて、それに引き換え、目の前のポロンスカヤのやさしさ、ヤンシンの気のよさは、どうだろう、俺はもう生きてるうちにこういうやさしさには二度と遭遇できないかもしれない……と思った途端に、つい落涙しそうになったのではないのか。

こんな推測を述べるのは、筆者にいくばくかの思い当たる節というか、情報があるからなのだ。しかし、その詳細は最後の章で検討しよう。

「きみらが今、ぼくを何から救ってくれたか、わかってもらえたらなあ」――もちろん、ポロンスカヤとヤンシンは、この夜、マヤコフスキーを素直にゲンドリコフ小路まで送り届け、ちょっぴりワインを付き合うなどして、詩人を孤独から救ったのだ。だが、救われた本人は、いや、そんな表面的なことじゃない、孤独は孤独だが、もっと恐ろしい、悲惨な……と言いたげだ。

そしてポロンスカヤは、マヤコフスキーの最後の一週間を語るにあたって、この、なんだかよくわからない奇妙なエピソードから始める。それは、この日の、出来事とも呼べないような出来事が、実は、詩人の人生の最終段階の重大な始まりだったことを、直観していたからではないだろうか。

九日。この日はプレハーノフ記念経済大学で、マヤコフスキーの詩の朗読会があり、この会が荒れに荒れた。「マヤコフスキー作業班」と称するファン・クラブのようなものの世話係だった、スラヴィンスキーという二十四歳の青年が、この会の記録をとっていたが、この青年も啞然とするほど、聴衆の野次や私語や無意味な叫びなどの騒ぎは収まらず、詩人はしばしば「静かに！」と制止し、立ち上がって野次りつづける聴衆には「すわんなさい！」と、いくたびも繰り返す。マヤコフスキーの開会の挨拶は、こうだ。

詩の朗読会

「みなさん！　今日のこの集まりには、説得されて、仕方なくやって参りました。出たくなかったんです。舞台に出るのは飽きてしまった」

そして皮肉な、攻撃的な調子で喋るかと思えば、妙にまじめになったりした。

「あなた方にはまじめに言いましょう（笑い）。私が死んだら、私の詩を読み返して、感涙にむせぶ人たちなんだから（何人かの笑い）。しかし今、生きてる私には、馬鹿げた噂話や、悪口ばっかり浴びせかけられます。まあ、詩人には、馬鹿げた噂話は付きものなのかもしれない。しかし現在生きてる詩人の中で、馬鹿げた噂が世間に広まってる点じゃ、私が一番じゃないのかな。例えば、最近聞いたんですが、この私、マヤコフスキーがですよ、《羞恥心を捨てろ！》というスローガンを掲げて、モスクワの町中を素っ裸でドライブしたんですと。これが多少とも文学的な馬鹿話となると、もう枚挙にいとまがないというか……」

それから、詩人や作家を評価するのに、どんな物差しを使ったらよいのかという話になって、

「エセーニンが読まれる、それは結構。ブロークが読まれる、それも結構。ベズィメンスキーが読まれる、それもまた結構。私にしてみれば、自分以外の詩人が読まれるのは、すべて結構なんだ。

というわけで、世間が詩人の評価に使う物差しは、一つしかありません。

今までに存在したすべての詩人、今生きているすべての詩人は、過去においても現在においても、万人が結構と言うような、みんなに気に入られるような作品を書いている。すなわち、優美な抒情詩をね。

ところが、私が生涯にわたってやってきたのは、過去においても現在においても、だれにも気に入られないような作品を書くことなんです（聴衆の一部がげらげら笑う。野次、『今は気に入られ

てるぜ！』）……」

このへんまでは、まだよかった。頃合やよしとばかりに、マヤコフスキーは自信作『声を限りに』を読み始めるが、この詩の初めのほうには、こんな部分がある。

広場では
　肺病やみが喀血し、
売女《ばいた》と与太者、
　　それに梅毒。

聴衆はざわめく。なんてひどい言葉を使うんだろう。下品な言葉を使わないで下さい、という抗議を書いた紙切れが、舞台にたくさん投げ込まれる。マヤコフスキーは朗読を中断する。読み手と聞き手の相互関係がうまくいっていない、と呟きながら。

「だれか、自分の意見を言いたい人はいますか。そういう人と話をしたいな」

なかなか、そういう聴衆は現れないが、やっと一人の学生が出てきて、〈二十世紀文学〉というアンソロジーに載っていた詩は全然わからなかったと言う。

「わからなかったというのは、どんな詩が？」

するとと客席から野次が飛ぶ。

「『ズボンをはいた雲』！」

客席から、のこのこ出てきた別の学生が、直接マヤコフスキーに紙切れを手渡し、詩人はそれを読み上げる。

「フレーブニコフは天才的な詩人で、それに比べれば、あなた、マヤコフスキーは屑みたいなもんだ、というのは本当ですか」

客席は、笑いと怒りの声が入り乱れ、騒がしくなる。

マヤコフスキーは断固として答える。

「私は他の詩人たちと競争をしているわけじゃない。詩人とは、こちらの一方的な基準で測るものじゃありません。そんなことは馬鹿げている。……残念ながら、わが国には詩人が少なすぎます。人口一億五千万なら、最低限、百五十人の詩人がいてもいいのに、実際はほんの二、三人しかいない」

客席からの叫び声。

「二、三人というと、だれとだれ。名前を言ってちょうだい！」

マヤコフスキー。

「スヴェトロフは、いい詩人です。セリヴィンスキーも、わるくない。アセーエフも、いい詩人です」

客席からの声。

「それで三人ですよ。自分は入れないの？」

マヤコフスキーの皮肉な口調。

「もちろん、私は例外」

次第に事情が知れてくる。ここで進んで発言している何人かの学生は、マヤコフスキー排斥の風潮を代表しているのだ。マヤコフスキーの詩は労働者大衆には理解できないとか、この詩人には何事においても極端に走る傾向があり、例えば一ページ半にわたってチクタク・チクタク・チクタクとしか書いてない詩があるとか、議論の仕方や内容があまりにも幼稚なので、どうやら、あらかじめ示し合せて来たのでもないようだが、こんどマヤコフスキーが学校に来るぜ、じゃ俺たちでやっつけて追い返してやろうじゃねえか、ようし、やるべえ、という程度の申し合せはしていたのかもしれない。評論家ふうのやたらにむずかしい言葉で喋る一人の学生は、明らかに一杯ひっかけてきたらしく、呂律《ろれつ》がちょっと変だし、ヒステリックに意味不明のことばかり叫び続ける女子学生もいる。チクタク・チクタクの話には、さすがのマヤコフスキーもかっとなって、「そんな作品はわたしにはありません。わかりましたか？　ありません！」と、やりかえす。

するど、マヤコフスキーの詩は労働者にはわからないと言った先ほどの学生が、再び立って、用意してきた革命前のマヤコフスキーの未来派ふうの詩をほんの数行読み上げ、「こんなものは革命とはなんの関係もない。自分のことを語っているだけだ。ちんぷんかんぷんだ」と言う。

マヤコフスキーは丁寧に説明する。「それは一九一〇年か一一年頃に書いた作品の断片で、そういう文脈から引き離された断片を持ち出して、こんな詩はわからないなどと言うのは、デマゴギーというものだ。文脈から引き離された断片など、きみの言う通り、プロレタリアと資本との戦いとは何の関係もない。だからそんなことは、しちゃいけないんだ、詩の何行かをコンテクストから引き離して論じるようなことはね」

それでも、まだ、何やら「わからない」と呟きながら演壇に寄って来る学生がいた。マヤコフスキーはその学生に身をかがめて訊ねる。わからないって、どんな詩のこと？　どこで読んだ詩？　雑誌か何かで？　学生は低い声で答える。マヤコフスキーは顔を上げる。

「みなさん！　わかりました！　この人がわからなかった詩は、私の作品じゃなくて、フレーブニコフの作品でした！（みんな大笑い、拍手）」

　客席の最後列から、女の叫び声が伝わってくる。マヤコフスキーは顔を顰めて、

「なんですか、あれは。すげえ発声だなあ（笑い）」

　女子学生が立ち上がり、客席の騒ぎに負けじと声を張り上げるが、あんまり早口なので何も聞きとれない。だれかが怒鳴る。女子学生はそれに抗議するように手を振り回す。と、マヤコフスキーが、

「そんなにお手々を振り回したって、梨の実は落ちゃしませんよ。私は梨じゃなくて人間なんだし」

　こういう、からかい方というか、凹ませ方は、マヤコフスキーの得意とするところだった。ここで、人気のある『左翼行進曲』などを朗誦して、やっと会場の秩序は回復したかに見えたが、詩人本人の締め括りの言葉で、又もや騒ぎが再燃する。

「私は、今夜は、ただただ驚いています。聴衆の皆さんの無知無学にね。最高学府の学生さんたちの文化的水準がこんなに低いとは、思いもしなかった」

　大騒ぎ。あまりの騒音に、もう記録をとることもできなくなったスラヴィンスキー青年の、すぐうしろの席で、眼鏡をかけた学生が叫んでいる。

「デマゴギー！」

マヤコフスキーはその学生に向かって、「デマゴギー？」

「デマゴギー？」そして聴衆全体に、「みなさん！　これが、デマゴギー！」

眼鏡をかけた学生は静まらず、立ち上がって叫びつづける。

「そうだよ、デマゴギーだ！　デマゴギー！」

マヤコフスキー作業班の世話係は、思わずテーブルの上の空っぽの水差しを手に取り、その学生に殴りかかろうとして、マネジャーのラヴートに止められる。マヤコフスキーの朗読会じゃ、こういうことは珍しくないんだ。大丈夫、いつだって最後に勝ちを収めるのはマヤコフスキーなんだから。


けれども、詩人と一緒に会場から立ち去ろうとしたマネジャーは、あたふたと戻ってきた。マヤコフスキーが、愛用のステッキを演壇に置き忘れたのだ。こんなことは今まで一度もなかった、と、マネジャーのラヴートは思う。


ポロンスカヤは、次の芝居であまり自分に合わない大役を与えられて、この芝居の稽古が辛くなる一方だった。役のことで悩んでいるポロンスカヤを見て、マヤコフスキーは、もう芝居はやめろ、ヤンシンと別れろの一点張りで、女優はますます苦しくなり、マヤコフスキーと会うのが鬱陶しくなって、とうとう、芝居の稽古があると言って、デートを断り、息抜きのように、ヤンシンやリヴァノフと映画を観に行った。これが九日のことと推定される。デートを断られたのは、たぶん経済大学での朗読会が始まる前だろう。

マヤコフスキーは直ちに芸術座に電話し、ポロンスカヤが稽古に出ていないことを突き止める。

そして夜遅くヤンシン宅へ行って、ポロンスカヤの部屋の窓を見上げてうろついている。近所の手前、そんなところをうろうろされても困るから、中に入って下さいと言われ、入りはするが、暗い顔をして、無言で坐っているだけで、やがて、もう遅いからと帰って行く。

十日。嘘がばれてしまった、と、ポロンスカヤは後悔する。どうして、あんな嘘をついたのだろう。しかしヤンシンたちと映画を観に行くと正直に言ったら、これまた収拾のつかない事態に陥っていたかもしれない。正直に言っても、嘘をついても、どちらにせよ、マヤコフスキーがあんなに臍を曲げるのなら、もうどうでもいいのではないか。いや、やっぱり、嘘は彼を余計に傷つけてしまったようだ。こんな簡単なこともわからずに、どうしてつまらない嘘をついたりしたのか。しかし、ゆうべのうちならともかく、きょうになって、ごめんなさいとこちらから詫びを入れるのは、なんだか癪だ。こちらの嘘に関しては、近頃とみに神経症的になっているマヤコフスキーのほうにも責任がないわけじゃないのだから。いえ、やっぱり、そんなことを言うべきじゃない。神経症だろうとなんだろうと、愛しているのなら、もしもまだ愛しているのなら、ここはやはり真っ正面から弁明した上で、謝るべきことは謝るのが筋だろう。そのきっかけを、どうやってつくろうか。あまりわざとらしいことはしたくないし

ポロンスカヤ

……

とつおいつ思案するうちに、マヤコフスキーから電話で連絡があった。今度ぼくの書いたサーカスの台本を上演することは、話したよね。今晩、真夜中からリハーサルなんだけれども、よかったら、ヤンシンくんと観に来ないか。

行きます、と、ポロンスカヤは応じた。

このサーカスの台本というのは、マヤコフスキーが国立モスクワ第一サーカスから依頼されて、三〇年の二月に書き上げた『英雄的メロマイム――モスクワ炎上（一九〇五）』のことだ。メロマイムとは、マヤコフスキーの造語で、メロドラマの「メロ」＋パントマイムの「マイム」、つまり「歌入り道化芝居」とでも訳したらいいだろうか。普通の科白劇と区別して、こういうジャンルの芝居は「パントマイム」と呼ばれることがしばしばで、マヤコフスキーのこの作品も上演契約書には「パントマイム」と記されていたのだが、作者が異議を唱えたのだった。そりゃあ、サーカスの道化はちょこちょこ走ったり、あげくにすっ転んだり、泣きまねをしたり、だしぬけに笑顔になったりと、科白ぬきで、しぐさだけで芝居をするだろうさ。パントマイムの専門家というわけだが、だったら今回、俺がこんなにたくさん書いた歌の文句や、科白はどうなるんだ。これを「パントマイム」というのは、あんまりじゃないか。

サーカス側は、マヤコフスキーの新ジャンル「メロマイム」を面白がり、通常のサーカス芸人たちのほかに、演劇学校やサーカス学校の生徒たち、地元の青年団の若者たち、それに騎兵隊の人や馬まで動員して、大々的なスペクタクルを成立させるべく、張り切って仕事を始めた。「パントマイムの専門家」たちは、初め、マヤコフスキーの書いた科白を与えられて尻込みしたが、詩人自らが稽古に出て来て強力に指導すると、まもなく、だいぶ積極的に科白を喋るようになった。この上演の美術を担当したのは、マヤコフスキーと同世代の女流画家、ワレンチーナ・ホダセーヴィチで、この人は、マヤコフスキーとは犬猿もただならぬ仲だった詩人、ヴラジスラフ・ホダセーヴィチの姪にあたり、レニングラードの住人だ。べつだんマヤコフスキーのファンというわけではなかったが、叔父さんの意見に全面的に同調することもなく、同世代の詩人の新作上演に美術担当者として冷静に、能動的に付き合っていた。

（一九〇五年。それは年明け早々にペテルブルクで流血のデモがあり、年の暮にはモスクワで武装蜂起が起きた動乱の年だ。あるじを失ったマヤコフスキー家がグルジアからモスクワへ引き移ったのは、翌一九〇六年だった。なりわいとしてマヤコフスキー家が始めた下宿屋は、武装蜂起を経験した若者や学生たちの溜まり場となったので、まだ十代の血気盛んなマヤコフスキー少年がまもなくＲＳＤＲＰ（ロシア社会民主労働党）に入党するだろうことは、必然のなりゆきだったとも言えるだろう。その頃の経験を、マヤコフスキーは自分の作品にまだ生かしてはいない。）

サーカスふうの戯曲はすでにいくつか書いている。例えば、十月革命直後の『ミステリヤ・ブッフ』（演出メイエルホリド）とか。あるいは、三〇年に入って舞台にかけられた『風呂』の副題は、「サーカスと花火のある六幕のドラマ」だ（これも演出はメイエルホリド）。だが、今回ほど全面的にサーカスの世界に入り込み、サーカス芸人たちと組んで仕事をするのは初めてなので、マヤコフスキーは道化たちに科白の喋り方を教えるだけではなく、全体の演出や美術の面でも作者として協力を惜しまず、夜の公演がすんだあと、サーカス小屋で深夜から始まる稽古には、ほとんど毎回、顔を出していた。

サーカスの初日はこの月の十四日と一応決まったが、なにしろ百人近い出演者の出入りを整理するだけでも大変で、その上、ホダセーヴィチが作らせた大道具はなかなか満足のいく出来にはならなかったし、普通の舞台ではなくサーカスの演技場に、芝居の進行に合せてタイミングよく大道具を出し入れするのは、ちょっとやそっとの稽古では到底できることではない。十四日の初日は無理ということで、この作品の蓋開けはすでに十四日の一週間先、二十一日まで延期されていた。

この日、ポロンスカヤとヤンシンに、深夜、サーカスの稽古場で落ち合う約束をしたマヤコフスキーは、その前に、自分の芝居『風呂』を上演中のメイエルホリド劇場へ出向いた。『風呂』の初日は、三月十六日にモスクワのメイエルホリド劇場で、十七日にはレニングラードで、それぞれ蓋を開けたが、どちらも華々しい成功とはとても言えない状況で、殊にレニングラードのほうが惨憺たるものだったという。前年に、書き上げた原稿を作者が初めて朗読したときの、みんなの熱狂ぶりはどこへ消えてしまったのだろう。レニングラードの観客は、終始、ほとんど笑わず、舞台上のサーカスや花火にも全然反応しなかった。これについて、マヤコフスキーは旅行中のリーリャ・ブリークにこんな手紙を書いている。「……客の反応は面白いように二分されました。こんな退屈な芝居、観たことない、と言う人がいるかと思えば、こんな愉快な芝居、観たことない、と言う人がいます。さて、これから、どんな批評が現れるやら、見当もつきません」

現れたのはおおむね否定的な批評ばかりで、この戯曲は書き直したほうがいいだろうとか、労働者大衆はこういうものは理解できないとか、そんな論調に終始していた。客の反応は「面白いように二分され」たと、マヤコフスキーは書いているが、これは作者にはきわめて面白くないことだったに相違ない。マヤコフスキーの車のお抱え運転手、ガマジン氏が、詩人の死後にこんな思い出を語っている。

「……『風呂』の稽古は終りに近づいていました。いろんな人を招待して見せる通し稽古、いわゆるゲネプロの日が決まりました。その何日か前に、マヤコフスキーさんは、私にも招待券を一枚くれて、『ガマジンくん、これで二人入れるから、奥さんと一緒に来るといい』と言いました。……ゲネプロの日に、マヤコフスキーさんは昼間から劇場に行っていて、いったん帰宅することになり、その帰り道で、私は妙なことに気づきました。車の中で、マヤコフスキーさんの荒い息づかいや、深い溜息が聞こえ、これは何かよほど不愉快なことがあったに違いありません。ストラスナヤ広場にさしかかっても、沈黙したままなので、わたしは訊ねてみました。『マヤコフスキーさん、何か不愉快なことでもありましたか』。すると、また短い溜息をついて、『いや、べつに』と言いましたが、何秒か間をおいて、言葉を足しました。『あのね、ガマジンくん、今夜は劇場に来ないでくれないか。ゲネプロはやめになったんだ。いつやるかは、また言うから』……次には、『モスクワ炎上』の稽古のために、毎日サーカスへ通うようになりました。もう機嫌が直ることは滅多になかったですね。機嫌よくしているのは、友達や知り合いと一緒のときだけでした……」

この日のメイエルホリド劇場でも、マヤコフスキーは終始暗い顔で、芝居関係のフェブラリスキーという人物が、「ようやく、プラウダに劇評が出ましたね。あの劇評は『風呂』を客観的に評価しているんじゃないでしょうか」と話しかけると、詩人は「いずれにしろ、もう手遅れですね」と答えたという。

そして、それからサーカスへ直行し、まもなく現れたポロンスカヤとヤンシンと三人でボックス席に入り、稽古を見物するが、マヤコフスキーはそわそわと落ちつかず、とつぜんヤンシンに、ノーラと話したいことがあるので、ちょっとそのへんを二人でドライブしてきていいだろうかと言い

アセーエフ

出す。
驚いたことには、ヤンシンは妻とマヤコフスキーとの「ドライブ」をあっさり承知し、二人はまっすぐルビャンカの部屋に行く。そこで初めてマヤコフスキーは、ポロンスカヤの前日の嘘を詰《なじ》り、二人の関係の象徴のようなものだった二つのワイングラスの片方が割れてしまった、だから残り一個はこうするんだ、と言って、最後のワイングラスを壁に叩きつける。ポロンスカヤは泣き、結局、この場で二人は和解する。そして白々と明けてきた頃、サーカスへ戻る車の中で、ヤンシンを置いてきたことを二人同時に思い出し、慌ててボックス席に行ってみると、稽古はすでに終了し、ヤンシンは手摺に頭をのせて、すやすや眠っていたという。なんとも形容しようのない青春の一齣とでもいうべきか。とにもかくにも、ヤンシンは疲れていたのだろう。連日の夜更かしと睡眠不足で、くたびれきっていたのは、マヤコフスキーだけではなかった。

十一日。この年の二月に、マヤコフスキーが単独でラップ（ロシア・プロレタリア作家協会）に加入したのは、昔のLEFやREF（芸術革命戦線）の仲間にしてみれば、一種の裏切り行為だというわけで、激しい諍いがあり、それからというもの、マヤコフスキーとの連絡が途絶えていたアセーエフに、めずらしや、マヤコフスキーのほうから電話をかけてきて、今夜、ゲンドリコフの部屋でポーカーをやるから来ないかと言う。アセーエフが、諍いについて弁明しかけると、「そんなこと、ぐだぐだ言ってないで、とにかくポーカーをやろうや！」と繰り返し、今夜のメンバーは他にヤンシン、ポロンスカヤ、それに、グリンクルークが来るかもしれないと言う。ほんとうは、マヤコフスキーに会いたくてたまらないアセーエフは、そのメンバーに加わることを約束する。

それにしても、マヤコフスキーを交えてポーカーをするのは、そう楽なことではなかった。トランプ遊びをしていて、負けると口惜しがって泣く子供というのは珍しくないが、まさか泣きはしなくとも、異様に口惜しがる大人も、ときたま見かける。まもなく三十七歳になろうとしているマヤコフスキーは、ゲームをすれば勝つか負けるか、どちらかだという大真理を、決して認めなかった。自分の敗北は、すなわち相手方から自分に加えられた侮辱であり、それは不当なこと、ほとんど不正に等しいことなのだ。確率や偶然は、この人物にとって存在しないも同然だった。何がどうあろうと勝つのが当然というふうにしか思考回路が働かない男は、ゲームの世界では、まことに厄介な相手ではないか。

このような、ゲームや賭に関する限り、少々常軌を逸した、かたくなな内面を、多少なりと覆い隠すためか、あるいは、これは単なる内面の発露なのか、普段のマヤコフスキーは、賭け事に熱中しているときはきわめて陽気で、口数が多く、ポーカーの「役」をねたにした駄洒落などを連発したという。ところが、この四月十一日のゲンドリコフ小路では、部屋の主は奇妙に静かだった。そして負けつづけた。

筆者はむかしポーカーに熱中したことがあるので、この場の雰囲気はよくわかる。「静かに負けつづける」奴がいる席では、時間の経過がものすごく速いのだ。捨て鉢になって負けつづける人物のニヒリズムのようなものがその場に立ちこめ、ニヒリズムを伝染《うつ》された他の三人は、大勝ちしていようと、「とんとん」であろうと、自分の損得にも、ゲーム自体にも、全く興味を失い、面白くもなんともなくなる。あとは、「負け男」がすっからかんになるまで、まるで何かの労働のようにゲームをつづけるだけだ。

マヤコフスキーはすっからかんになった。始めてから、まだ二時間そこそこしか経っていなかっただろうと、筆者は類推する。アセーエフと、ヤンシンと、ポロンスカヤは、帰り支度を始めた。それを見ていたマヤコフスキーが、ぽつんと言った。

「朝市で買い物をしなきゃならないから、だれか三ルーブリ札一枚貸してくれないかな」

アセーエフはその瞬間、ぴんとくる。問題は朝市でも買い物でもない。だれが一番早く、マヤコフスキーの言葉に反応するかなのだ。アセーエフは直ちにポケットを探って、何ルーブリか摑み出し、マヤコフスキーに手渡す。これが「長年にわたる友情の然らしめるところ」ということだろうか。

この日、「私たちは物凄い衝突をした」と、ポロンスカヤは回想記に書いている。だとすると、ポーカーのあと、マヤコフスキーとポロンスカヤは二人だけにならなければならない。まさか、ヤンシンや、アセーエフの前で、「物凄い衝突」は起こらないだろうから。二人はどうやって、どこで、二人だけになったのか。恐らくは、マヤコフスキーが、例によって、「ヤンシンくん、わるいけど、ノーラに話があるので、ドライブに誘っても構わないかな」とでも言い、前日のようにヤンシンがあっさり承知したのだろう。二度あることは三度ある。ヤンシンのこういう応答パターンは、十三日にも、もう一度繰り返されるだろう。

二人が、ヤンシン、アセーエフらと別れて、行く先はルビャンカの部屋しかないだろう。お抱え運転手ガマジン氏の運転する車は、安全第一でゆっくりと走り出した（このひとは数日前、夏のバカンスに四十キロ先の別荘まで車で行ったら、時間はどれくらいかかるだろうと、マヤコフスキーに訊かれて、そうですね、道路の状態にもよりますが、普通の道なら、まあ、一時間半といったところでしょうか、と答えている。なかなか慎重な運転手だ。この「外車」は、もともと、リーリャ・ブリークにさんざせがまれて買った物だが、モスクワ市内を走っているだけで、タイヤが相当すり減ってしまった。夏までには、ちょっと危ない状態になりそうだから、リーリャさんに頼んでフランスから取り寄せてもらえないだろうか、と、ガマジン氏は言う。ロシアじゃ、こんなでかいタイヤは売ってませんのでね）。

走り出してまもなく、一台の車が猛烈なスピードでマヤコフスキーの車を追い越し、前へ回って、こちらの走行を阻止するように停車した。ガマジン氏はあわてて車を停める。むこうの車から、一人の男が出てくる。見るからに興奮している。

「見つけた、見つけた。やっと捕まえた。さあ、こちらの車に乗って下さい。お客さんは、もう、一時間も待ってるんだから」

それは、この夜、マヤコフスキーが出演することになっていた、モスクワ大学での「マヤコフスキーの夕べ」を主催する興行師だった。この会のことを、マヤコフスキーは忘れていたのか、あるいは無視していたのか、ちょうど会が始まる時刻にはポーカーをやっていたのだから、これはもう弁明のしようがない。だが、興行師の口調はあまりにも高飛車だったので、マヤコフスキーはたちまち腹を立てて、おもむろに車のドアをあけ、そんな会に出演する約束をした覚えはないと言い放った。興行師は呆れる。冗談じゃない、今、マネジャーのラヴートさんに電話したら、びっくりしていましたよ。約束をすっぽかす人じゃないのにな、ってね。とにかく、今すぐ来てくれなくちゃ困る。お客はみんなじりじりしてるんだから。

高飛車に出る相手には、こちらはもっと高飛車に出ること。この瞬間、マヤコフスキーの頭には、それしかない。声量で、生意気な興行師を圧倒し、マヤコフスキーはこの場を切り抜けようとする。

「約束があろうが、なかろうが、病気だから、行けないの！　わかった？」

そして車のドアをばたんと閉め、早く車を出せと、ガマジン氏を促す。

走り出した車の中で、ポロンスカヤが冷やかす。

「凄い声量ね。シャリアピンと、いい勝負よ」

この頃すでに六十に手が届きかけていた、あのバス歌手シャリアピンは、盛りは過ぎていたものの、まだまだ世界的名声を恣《ほしいまま》にしていた。戦前の日本でも、筆者の兄たちは、よくムソルグスキーの「蚤の歌」のレコードをかけて、真似していたものだった。

照れ笑いをしていたマヤコフスキーは、そのあと、真顔になったポロンスカヤに、さきほどのあしらい方は、やはりちょっとまずいのではないかと窘《たしな》められて、素直に頷く。あの興行師は確かにあまり感じのいい人ではなかったけれど、ポロンスカヤが言うには、芝居の世界では、ああいうのはざらにいる。お金になっても、ならなくても、主催者がいやな奴だろうと、いい人だろうと、仕事は仕事、こちらはそんなこととは関係なく、精一杯、自分の仕事をするだけよ。さっきのことは、やはり電話ででも諒解をとりつけておいたほうがいいと思う。いいえ、どなり合いになったことをこちらから謝るんじゃなくて、病気で伺えなくなってすみませんでしたの一言でいいの。そして、またの機会にぜひ伺いたいと思いますので、その節はよろしく、とでもね。

午後十一時、マヤコフスキーは今夜の会の主催者側に電話し、右のポロンスカヤの言葉をほとんどそのまま伝えて、一応の諒承を得る。

それから、深夜の「物凄い衝突」が始まる。

その始まりは「今となってはもう、詳細を正確には思い出せないほど些細な、下らないことだった」と、ポロンスカヤは書いている。二人はお互いに自分を抑えられなくなって、相手を侮辱し合い、酷い言葉で罵り合った。「もう、ほっといてよ！」と、ポロンスカヤは叫び、これで二人の関係はとうとう限界にまで来てしまったと思いつつ、「お互いに敵意を抱」きながらそれぞれの塒《ねぐら》に帰った。


十二日。この朝、宵っ張りの朝寝坊が習慣化しているマヤコフスキーらの世界では、かなり早いと言える時刻に、アセーエフ家の電話が鳴った。受話器の奥から、マヤコフスキーが哀願するように、あのね、きのうと同じメンバーで、きみんちで、今日もういっぺんポーカーをやりたいんだ。わるいけど、きみが招集をかけてくれないかな。

アセーエフは答える。うん、俺は構わないけど、あとの二人はどうかな。ヤンシンに電話をかけてみてもいいけれども、俺はなにしろ、あのひととはそんなに親しくないだろう。ちょっと電話はかけづらくて……

そこをなんとか、頼む。一生のお願いだ。ヤンシンの都合を聞くだけでいいんだから。

わかった、とにかく電話してみるよ。結果はすぐ報告する。

それに、きみには、ゆうべ、借金をしちゃったしな。

ああ、あんな金、気にするな。

「一生のお願い」と言われて、親友アセーエフたるもの、電話くらいかけてやらないわけにはいかない。だが、結果は予想した通り、今日は芝居の稽古があるので、ヤンシンは無理だという。ポロンスカヤも、今日はマチネーがあったりして、いろいろ忙しいらしい。

折り返し、ゲンドリコフ小路に電話して結果を伝えると、さきほどは、今日ポーカーをするかしないかが天下の一大事のようだったのに、マヤコフスキーは案外けろっとした感じで、そうか、それじゃ仕方ないね、またメンバーが揃ったときに勝負しよう、と言った。しかし、その声は完全に風邪引きの濁声《だみごえ》だったから、大丈夫かい、体調のほうは、とアセーエフは訊ねた。相手は又もやけろっとした感じで、どうもインフルエンザがすっきり治らなくってさ、参ったよ、と応じた。


その頃、マネジャーのラヴートは、昨夜の顚末を知り、急ぎ足でゲンドリコフの住居に向かっていた。マヤコフスキーが出演の約束をすっぽかしたのは、これが初めてではないけれども、会の主催者側と喧嘩をするのは、やはり、まずかろう。会場に行けないほどの病気だったというのは問題だが、喧嘩をするだけの元気があったというのは、どうも……しかし、こんなふうに、時にスキャンダルすれすれの行動に出るのは、マヤコフスキーの持ち味みたいなもので、それが好きだからこそ、五歳年下の私、パーヴェル・ラヴートは、彼のマネジャーをやっているのではなかったか。喧嘩や口論の気配が、マヤコフスキーからきれいさっぱり洗い流されて、この詩人がいつでも約束を守り、待ち合せの時刻に遅れない几帳面な人間、そう、例えば私、ラヴートみたいな人間になったら、もうお終いじゃないか。

　ゲンドリコフの住居に着いて、部屋のドアをノックすると、思いのほか大きな声で応答があり、入って行くと、マヤコフスキーはまだベッドの中だった。ベッドで何かを書いていたようで、鉛筆や紙片がベッドの脇の椅子の上に散らばっていた。どうもインフルエンザがすっきり治らなくってさ、とマヤコフスキーは言う。こんな恰好で、ごめん。あ、そばに寄っちゃ駄目だ、病気がうつるから！

　昨夜の話になり、マヤコフスキーは面倒そうに、いや、その件は電話で謝罪して、むこうも了承したから大丈夫なんだ、と言う。じゃ、きょうの集まりはどうしますか。ああ、それは休ましてもらいたいな。わかりました。じゃ、そういうことで。ラヴートは、いつもの通り、てきぱきと用件を片づけていく。

　あしたは日曜ですから、一日ゆっくり休んでもらうとして、あさって以降のことは、月曜の朝、また話し合って決めましょう。いつもの時刻でいいでしょうか。朝、十時半に、こちらへ伺うということで？

　マヤコフスキーは、わかったというように頷き、ふたたびベッドにもぐりこんだ。


　再び、アセーエフ家の電話が鳴った。

　また、ワロージャのわがままか、と、ぶつぶつ言いながら、アセーエフは受話器を取る。

「もしもし、ワロージャ？」

「あんた、詩人のアセーエフ？　マヤコフスキーの電話を待ってたのかい？」それは全く聞き覚えのない声だった。

「はい、アセーエフですが、どちら様？」

「どちら様というほどの者じゃないがね。あんた、まだ生きててよかった。ひょっとして、もう死んだんじゃねえかと……」

「もしもし、ご用件は？」

「なに、大した用じゃねえんだ。お前さんの首を縊るロープは、こっちでちゃんと用意してあるからさ。それを伝えたかっただけ。じゃ、切るぜ」

「もしもし、もしもし……」

アセーエフは直ちに家人に申し渡す。嫌がらせみたいな、へんな電話があったから、きょう、あす、そして月曜の午前中くらいまでは、電話が鳴っても出ないことにしよう。この電話はいったん壊れたと思ってくれ。必要な通話には、公衆電話を使うこと。


（マネジャーが帰ったあと、マヤコフスキーは俄然、こうしちゃいられないというように、むくむくと起き上がり、身支度をして、外出する。トヴェルスコイ遊歩道に、ゲルツェン会館という建物があり、その中のソビエト作家協会連合での午前中の会議に、マヤコフスキーは姿を現す。議題は、著作権に関する法案の審議ということで、それがまもなく終ると、同じ法案を審議する人民委員会議に出席し、法案支持の発言をする。それから、ゲルツェン会館へ戻り、昼めしどき、レストランに入って、そこに居合せた旧知の文芸評論家シクロフスキーや、パリ滞在中から親交のあった作家ニクーリン、その他何人かと顔を合せる。次いで、例のラップ（ロシア・プロレタリア作家協会）の会議にも出席したようだが、そのあたりの詳細は不明。なんということだろう、死の二日前に、マヤコフスキーはかつての自分の作品『会議にふける人々』を地で行くような振舞いをしている！いや、これは、マヤコフスキー自体が官僚化して、「会議大好き人間」に化してしまったということではなく、恐らくは家で寝てはいられない何らかの事情があったのではないだろうか。早い話が、一人で家にこもっていて身の危険のようなものを感じ――ひょっとして、嫌がらせの電話でもあったか――人中に身を置きさえすれば安全と思ったのかもしれない。著作権に関する法律に興味をもつマヤコフスキーなど、馬鹿げてはいないか。八日の夜、試写会で観た映画『大地』の監督ドヴジェンコとも、この十二日の昼めしどき、ゲルツェン会館のどこかで出くわし、短時間の立ち話で意気投合して、マヤコフスキーは映画監督を自分の住居に呼んだのだった。「月曜の朝でも、うちに来ませんか。相談しましょう。われわれが中核になって、芸術を守る創造的なグループをつくることは可能だと思う。だって、今の情勢たるや我慢できないからな。ひどいもんだ！」と、マヤコフスキーは言い、ドヴジェンコは月曜の午前十一時に伺いますと約束して、詩人の大きな手を握った〔ドヴジェンコの回想記から〕。そのあとは、まるでポロンスカヤのマチネーの幕間の刻限を計ったように、ルビャンカの部屋へ帰り、恋人に電話する。）

芸術座のマチネーの舞台の袖。そこで待っていたスタッフの一人が、退場してきたポロンスカヤに、ノーラ、きみに電話だ、と知らせる。受話器の奥のマヤコフスキーの声は、昂っているようでもあり、完璧に打《う》ち拉《ひし》がれているようでもあり、どちらにしても尋常ではない。

今、ルビャンカだけれども、具合が悪いんだ。体具合だけじゃなくて、もう人生がめちゃめちゃだ。こんな状態から俺を救い出せるのは、きみだけだ。こうして、デスクに向かっていると、インク壺や、スタンドや、鉛筆や、本や、その他もろもろがある。きみがここにいれば、これはみんな必要だけれども、きみがいないと、何もかも消えてしまう。

マヤコフスキーを落ち着かせようと、ポロンスカヤは言った。わたしだって、あなたなしでは生きていけない。どうしても会いたいから、舞台がすんだら、すぐそちらへ行きます。

すると、ここでマヤコフスキーは、「政府に宛てて書いた手紙に、きみを家族の一員と書いておいた」という例の件を突拍子もなく喋りだし、構わないだろうと同意を求める。このひとはまた何を言い出すのやら、と思いながら、ポロンスカヤは疲れた声で、私の名前なんか、どこに、どう、お出しになっても構いませんけど、と答える。

マチネーの舞台がすみ、ゆうべの「物凄い衝突」の残骸がきれいに回収されるのならば、それに越したことはないのだから、と内心呟きつつ、ルビャンカの部屋に直行すると、マヤコフスキーがいきなり見せたのは、昨夜の「衝突」のあと、和解の話し合いのためのプランを書き綴ったメモだった。メモは(1)から(16)までの箇条書きで、書いた本人の説明なしでは何のことやらわからぬ項目もあるが、おおむね、当事者には切実な問題とその解決のヒントが列挙されている。

(1)　愛されているのなら――話のやりとりは楽しい。
(2)　でなかったら――早ければ早いほどよし。
(3)　ぼくは生まれて初めて過去を悔いない。もう一度こんな状況になったらもう一度同じ行動に出るだろう。
(4)　ぼくは滑稽ではない、ぼくらの関係がわかっている人が見れば。

(5)　ぼくの悲しみの本質はどこにあるか。
(6)　嫉妬ではない。

……………

(11)　ぼくは自殺しない、そんなことで芸術座を喜ばせたくない。
(12)　噂になるだろう。
(13)　ぼくが間違っている場合の、二人が逢うための策略または方策。
(14)　自動車旅行。
(15)　話し合いなど、やめなければならないこと。
(16)　今直ちに別れる（?）こと、でなければ、何がどうなっているのかを把握すること。

これは読み取りにくい鉛筆書きのメモだが、こんなものも書いてみたんだと言って、同じく鉛筆書きの「政府に宛てた手紙」なるものも見せられる。話し合いのためのメモのほうは、マヤコフスキーの説明を聞いていると、隅々までよくわかったという気持になり、書き手が一番言いたかったのは、(16)の「何がどうなっているのかを把握すること」なのだということも、よくわかった。

ポロンスカヤは言う。要するに、あなたが「把握」したいのは私の心の中がどうなっているのか、なのね。ゆうべのような衝突があって、私の最終的な気持がどう変ったか変らないか、それを知りたいわけでしょう。でも、口喧嘩くらいで私の気持が変ったと思う?　『リゴレット』のアリアじゃないけど、そんなに気持の変りやすい女だと、私のことを思ってるわけ?　「考えたり、実行したり」という私たちの合言葉ができてから、まだ一カ月、二カ月?　あの「考えたり、実行したり」を、もう忘れちゃったの?　私は忘れてないわ。ああいう大事なことについて、忘れたとか、変ったとか言われるのだったら、私ほんとに怒るわよ。ゆうべみたいな怒鳴り合いを、また、しましょうか。

（マヤコフスキーは自分の思惑がはずれたことを、むしろ喜ばしく感じる。それにしても、「政府への手紙」を読んで、末尾のギャグにポロンスカヤが全く反応しなかったのは、驚きだ。読み終えたポロンスカヤは、「何これ？」と呟き、こんなこと私は全然信じていないとでも言わんばかりの表情で、笑いも怒りも驚きもせず、冷やかに、「今日の日付になってるのね。あなた、今日、自殺するの？」と言ったものだ。マヤコフスキーはあわてて弁明する。「もし自殺するなら、こんな遺書が必要かなと思っただけさ。やっぱり、きみの生活を保障してもらうのが第一だからね。メモのほうに書いた通り、ぼくは自殺はしない。芸術座の、きみの友人たちが、マヤコフスキーともあろうものが、ノーラに惚れて大騒ぎをしたあげくに、自殺だってさ、なんて囃し立てるのが目に見えているからね。これは冗談というか、文体練習みたいなもんだ。きみだって、そこのデスクに二千ルーブリ入れてある男と一緒になったら、さしあたって食うに困らないだろう」

ポロンスカヤは微笑し、そんなちょっとした笑みや、言葉のはしばしから、お互いの気持がほぐれていくのを感じる。しかし、初めのうち、せっかく和みかけている雰囲気をこわすまいとして、ポロンスカヤはヤンシンの名を決して出さず、マヤコフスキーはリーリャの名を口にせず、そのことをお互いに密かに意識している。ポロンスカヤのほうは、最大の問題は、いかにヤンシンと平和的に別れるかということだし、マヤコフスキーのほうはこの日、旅行中のリーリャから、もうじき帰りますという便りを受け取ったばかりなのだ。）

ドアをノックする音。マヤコフスキーは細めに開けたドアの隙間から、女の手が差し出した二本のワインを受け取る。そして、「ああ、わるいけど、もう一つだけ頼まれてくれないかな。シガレットを買ってきてほしいんだ」

「銘柄は？　何箱？」と中年女性の声が訊ねる。

「なんでもいい。何箱でも。適当に」

「わかりました」

　女性の立ち去る気配。

「三階のナージャ小母さん」と、マヤコフスキーは説明する。「ぼくがここに越して来た頃は、三階のヤコブソン家の家政婦さんでね。お坊っちゃまのロマン・ヤコブソンと一緒に、ぼくも、もっぱら、ナージャのつくっためしで生きてきたんだ。めしのほかには、掃除や洗濯もやってもらったし。ゲンドリコフの住居ができるまでは、賄い付きの下宿にいたようなもんさ。今じゃ、ヤコブソン家はもう引っ越してしまって、だれもいないんだが、ナージャは残っていて、必要に応じて、食べ物や飲み物を持ってきてくれる。ナージャのピロシキというのがまた絶品でね、あれを一度食べたら、もう……」

「あ、思い出した。いつでしたっけ、そのピロシキ、ここで頂いたわ。おいしかった……」

「そう、そう、それだよ……」

　まもなく、ドアの隙間から、再び女の手が二箱のシガレットを差し出した。

　二人とも全く気持がほぐれて、マヤコフスキーは「優しさの化身のようになった」。ポロンスカヤは、このとき初めて結婚のことを口に出した。

「私のことで不安になったりしないで。まちがいなく、あなたの妻になりますから」

しかし、ヤンシンと、「不必要な波風を立てずに」別れるにはどうしたらよいか、慎重に考えなくては。

ともあれ、健康がすぐれず、とかくいらいらしたりするのは、精神的にもよくない。二日間でいいから、休養してください。できれば医者に診てもらって。

マヤコフスキーの返事は曖昧だった。休養するとも、しないとも言わない。だが、不機嫌にはならず、普段の冗談好きな、陽気なマヤコフスキーが、この日は持続していた。

ガマジン氏の運転する車が迎えに来た。ポロンスカヤは夕食の時間までに家に帰りたいと言い、マヤコフスキーは車で送ることになった。車が走り出してまもなく、自分の住居に向かって歩いている友人グリンクルークの姿が遠くに見えた。

あれはグリンクルークだとポロンスカヤは言い、マヤコフスキーは違うだろうと言った。じゃ、と、ポロンスカヤ。あれがグリンクルークだったら、あなたは、あす、あさって、十三、十四の両日、休養する。その間、デートはなし。グリンクルークじゃなかったら、休養なんかしなくていい。どう、賭ける？

賭け事好きなマヤコフスキーは、すぐさま誘いに乗った。よし、賭けよう！　ガマジンさん、ちょっと、停めて！

二人は車から降りて、全速力で遠くの人影に向かって走った。まもなく、自分の家に入ろうとしていたグリンクルークは、突然、マヤコフスキーとポロンスカヤが、はあはあいいながら現れたので、びっくりする。

「わかった。ぼくの負けだ。日、月と、二日間休養する。デートはなし。約束するよ。でも、電話くらい、してもいいだろう」

「それはあなたの自由よ。でも、電話もなしにしたほうがいいとは思うけど」

「じゃ、その代りというわけでもないけど、今から映画を観に行かないか。ドミトロフカ通りの外国映画専門館に。一時間半くらいの映画だから、すんだら、お宅までこの車で送るよ。わりと早いうちに帰れるだろう？」

「交換条件の連続ね」

映画館では、ストゥイリンに、ばったり出会った。作家協会連合の理事を務め、二月頃にはマヤコフスキーの住居探しの相談に乗ってくれた、あの堅物、第七章でちらと触れたストゥイリンが、この土曜日の夕べ、かみさんづれで映画を観に来ていた。マヤコフスキーは、ポロンスカヤを「妻です」と、ストゥイリン夫妻に引き合せ、映画がすんだら、夕食をご一緒にいかがでしょうと誘った（可笑しいのは、このとき二組のカップルが観た映画の題名を、数十年後の回想の時点で、ストゥイリンも、ポロンスカヤも覚えていないことだ。場所が外国映画専門館だったから、外国映画だったことは間違いないというが、どんな内容の映画で、どんな役者が出演していたか、自分もすでに映画の仕事を少しはしていたポロンスカヤなら、記憶していてもいいと思うのだが）。ストゥイリンは、恐縮しいしい、この誘いを断った。つまり、ストゥイリンの住居は、市電を乗り継いで小一時間行ってから、更に徒歩で十五分余りという、モスクワ市の外れにあり、その辺は現在では住宅密集地だが、三〇年当時はきわめて辺鄙な、タクシーも行きたがらない場所で、市電の最終が出たあとは交通途絶状態になるという。わが家に連絡しようにも、まだ電話は引かれてなく、公衆電話さえほとんど見当たらないのだそうな。だから、あなた方とご一緒したいのは山々だが、ぐずぐずしていると帰れなくなってしまうので、云々。

その晩、マヤコフスキーは、やはりポロンスカヤに電話してきたが、それは前日までの電話とは全く違う、明るく楽しい会話だった。かなりの長時間にわたる会話で、マヤコフスキーは、さっき帰ってから、とてもいい気分で仕事をしたのだと言った。いろんな点で、自分の間違いにようやく気づいた。二日間、離れているのも、わるくないと思う、と。


十三日。日曜日。昼近く、マヤコフスキーが電話してきて、どうしても電話してしまう、ごめん、ごめん、と言い、これから競馬に行かないかと、ポロンスカヤを誘った。

「競馬には、もう、ヤンシンや芸術座の他の連中と、行く約束をしちゃったのよ。お願いですから、私たちは、きのうの約束通り会わないでいましょう。迎えにも来ないで」

「じゃ、夜はどうするの」

「夜は、カターエフの家に呼ばれているけれども、たぶん行かないと思う。今夜の予定はまだ立ってないのよ」

マヤコフスキーは諦めたような声を出して、電話を切った。しつこくしてはいけないと思っているらしく、マヤコフスキーにしては珍しい、さっぱりとした、聞き分けのよい電話の切り方だった。

こんなとき、こちらからも、むこうの今日一日の予定など、訊いてあげるべきだったのだろうか、と、ポロンスカヤは思う。ときどき私は十代の女の子みたいに自己中心的になり、無愛想になってしまう。歳にふさわしく、もっと成長しなくちゃいけない。それとも、これは女優という職業にありがちな、驕《おご》りだろうか。世の女優なるものは、多かれ少なかれ、みんな「お高くとまって」いるけれども、私にはそういうところが全然ないから、好きなんだ、と、いつだったか、マヤコフスキーは告白しなかったか。ああ、だったら、マヤコフスキー流に言おう。驕りよ、くたばれ！

午前十一時、雑誌「無神論者」の編集者が、ルビャンカの部屋を訪れた。翌月号に、読者宛のマヤコフスキー自筆の挨拶文を複写して掲載する予定があり、その文章を貰いに来たのだった。ドアをあけたのはマヤコフスキー自身で、顔を洗っていたらしく、毛足の長いタオルを肩に掛けていた。

「ちょっと待っててね、いま清書するから」

デスクに向かって、マヤコフスキーは小さな紙に読者への挨拶文を清書した。RやTなどはかなり癖が強いけれども、文字の傾斜の角度はきれいに揃っていて、なかなか達筆な筆記体だ。清書を終えると、それを編集者に渡しながら、冗談を言った。現在のように、コピーが誰にでも簡単にできる時代ではなかったから、もしも「複写」の技術を持つ者が偽造という行為に走ったりすれば、それは出版関係者などの間では、新型の犯罪として、さぞかし話題になっていたに違いない。

「複写はいいけど、手形の偽造だけはしなさんなよ！」

編集者がお礼を言って帰ろうとすると、ペチカの上の、果物を盛った鉢から蜜柑を二個取って、遠慮する編集者の手に押しつけた。いいから、持って行きなさい。

「果物は身体にいいんだよ！」

（編集者が帰ったあと、自分も蜜柑を食べながら、マヤコフスキーはふと思い出す。マリヤから手紙が来ていたっけ。むかし、オデッサで知り合ったマリヤ・デニーソワ、『ズボンをはいた雲』のマリヤのプロトタイプだ。少し前に借金を申し込まれ、直ちに言われた通りの額を送ってやったのだった。その礼状だろう。きのう受け取ったのだが、きのうはとても読む余裕がなかった。

マリヤ・デニーソワ、今は、結婚して苗字はシャージェンコだ。エフィム・シャージェンコという亭主は、あのヴォロシーロフ元帥の友達だとかで、政界じゃ相当に幅をきかせているらしい。政界で幅をきかせている男のかみさんが、どうして俺に借金を申し込むほど金に困っているのだろう。

封を切り、手紙を読み始めたマヤコフスキーの顔が、みるみる曇る。マリヤの礼状は、すぐに窮状を訴える手紙へと変貌していった。夫は横暴で、専制的で、暴力的で、どうしようもないの、とマリヤは嘆いていた。おまけに、けちだから、私は彫刻の仕事をつづけることができない。大理石はないし、モデルはいないし、アトリエもありません。これでは、精神的に殺されたも同然。

美術学校で彫刻を学んだこの女性は、オデッサでマヤコフスキーと知り合ったあと、結婚してジュネーブに住んでいたが、同じ頃ジュネーブにいたレーニンの影響を受けて著しく左傾し、非政治的だった結婚相手と別れて、一人娘を連れてロシアへ帰り、国内戦時代、幼い娘を預けて、自分は赤軍の騎兵隊の美術宣伝部に入った。馬に乗って戦ったわけではないが、何度か危ない目に遭い、一度ならず二度までも敵のサーベルに斬られて重傷を負ったりするけれども、回復して騎兵隊の幹部と再婚する。

ああ、こんなに英雄的で勇敢だったマリヤ、マヤコフスキーがジョコンダに準《なぞら》えた美女マリヤが、ここまで惨めな人妻になってしまうとは！　俺より一つ年上だった筈だから、今年はもう三十八か！　十年ぶりに再会したときは、俺をモデルにして彫像を二点作ったっけ。あの像は今どこにあるんだろう。

いいか、ワロージャ、忘れるなよ、なんらかのかたちで、今後もマリヤを援助すること。彫刻の才能だけ考えても、マリヤをこのまま腐れさせてしまうわけにはいかない。

ここで突然思い出した。「政治的な女性」からの連想だろう。もう一人の女性のこと。リーリャよりも、マリヤよりも前、青年マヤコフスキーが未来派の一人として暴れ始めた頃、白ロシアのミンスクからモスクワに出てきた文学少女。紹介されて、すぐ付き合いが始まり、マヤコフスキーのこどもを孕んで、堕ろした。べつに堕ろしたくもなかったのだが、周りのみんなに、あいつは遊び人だからどんな病気を持っているか知れたもんじゃないと脅かされ、「奇形児を産みたくない一心で」堕胎したのだそうな。マヤコフスキーはこの堕胎のことも、妊娠のことさえ、全然知らなかったという。

この女性の名は、ソフィア・シャマルディーナ、愛称ソンカ。まもなく故郷ミンスクに帰ったソンカは、十月政変後、結婚し、共産党に入党し、党機関の職員から市会議員へと、政治家の経歴を経て、一九八〇年に他界している。二〇年代のソンカは、古い友人として、マヤコフスキーとは、つかず離れずという感じで、付き合っていた。

そうだ、ソンカなら頭のいい女だから、今の俺の不安と恐怖を理解してくれるだろう。もしかしたら、この窮状をどう切り抜けたらいいか、具体策を教えてくれるかもしれない。善は急げ。ミンスクに電話しろ。

呼出し音が永いこと鳴っていた。それから、女の声が答えた。「もしもし、アダモーヴィチでございます」。ソンカじゃない。留守番の者だと言った。女中だろう。奥様と旦那様は昨日から別荘のほうに……しまった、今日は日曜だ。マヤコフスキーは、しょうことなしに、アセーエフに電話する。アセーエフも不在だった。

時計を見る。もう二時半をまわっている。今日のサーカスの稽古は何時からだろう。あすは初日の蓋が開く筈だったが、それが延期になって、あすはただのゲネプロだと言っていたようだったが。マヤコフスキーは空腹だ。どこかで何かちょこっと食べて、サーカスのほうに出向いてみるか。）

ツヴェトノイ遊歩道の、モスクワ第一サーカス。

午後四時、科白のある道化や役者たちの稽古が終り、六時にはこの日の一般公演の準備が始まるので、その間の二時間が、美術担当のワレンチーナ・ホダセーヴィチ女史に与えられた、大道具の出し入れの稽古の時間だ。ほんとうは、あす十四日が初日となる筈だったが、とてもじゃないが間に合わないので、あすは一応ゲネプロということになっていた。しかし二時間では、ろくな稽古はできないだろう。今夜、一般公演が終ってから、またもや真夜中の、ひょっとすると徹夜の稽古になるだろう。ホダセーヴィチは焦っていた。

広いサーカスの空間は静まり返って、ホダセーヴィチと大道具方とが議論している声だけが妙に響きわたっている。と、とつぜ

ワレンチーナ・ホダセーヴィチ（右から２人目）

ん、その声にかぶさって、神経を逆撫でするような、乾いた、コトコトコトコトという連続的な音が近づいてくる。振り向くと、マヤコフスキーが、客席の最前列に沿って、まるで子供が棒の先を、音楽でいうところの「グリッサンド奏法」のように金属の柵に当てて滑らせ、カタカタカタカタと連続的な音を立てながら道を行く伝で、繋がっている客席の椅子の背にステッキをグリッサンドさせ、コトコトコトコトという音を発しながら、やって来る。ホダセーヴィチ女史と視線が合い、新作サーカスの作者と美術担当者は、どちらも、にこりともせずに挨拶した。

マヤコフスキーは黒いコートに黒い帽子という出で立ちで、顔は蒼ざめ、見るからに意地の悪そうな表情だ。あすのゲネプロは何時からなのか、それを聞きに立ち寄ったが、事務所にだれもいなかったという。十二時からですという返事をもらうと、マヤコフスキーはとつぜん言った。

「あのさ、いま車で来たんだけど、ちょっと一緒にドライブしない？　そのへんをひとまわり……」

「いえ、それはできません」と、ホダセーヴィチは即答した。「これから、大道具の出し入れの稽古で、私がいないと話になりません」

「できない？」と、詩人は声を張り上げた。「ドライブには行けない？　断るんだね？」

蒼白な顔が歪み、腫れぼったい目がぎらぎら光り、イコンに描かれた殉教者そっくりに、白目が褐色になっている。それから、忘れていたというように、再びステッキを客席の椅子の背に滑らして、いやな音を聞かせ、それからまた訊ねた。

「行けない？」

ホダセーヴィチは断固として答える。

「行けません」

と、だしぬけに、悲鳴とも嗚咽ともつかぬ声。

「行けない？　みんな俺には〈行けない〉だと！　〈行けない〉ばっかりだ！　〈行けない〉だらけだ……」

そう叫びながら、もう歩き出している。いや、正確に言うと、走るような足どりで、客席の周囲をまわり、出口に向かっている。またもや、ステッキが客席の椅子の背をグリッサンドして、腹立たしげな音を立てる。出口に辿り着いたときには、もう完全に走っていた。すぐに姿が見えなくなった。

ほとんど狂気に近い何かが感じられた。ホダセーヴィチはどきどきしながら、呆然と立ちつくす。何が何やら、わけがわからない。今の詩人の振舞いは何なのだろう。子供が駄々をこねているようなものなのか。ホダセーヴィチは、ほかならぬマヤコフスキーの新作の上演のために働いているのに……マヤコフスキーだって、芝居やサーカスの仕事を全然知らない素人じゃないのに！　どうしたらいいんだろう、どうしたらいいんだろう、と、ホダセーヴィチ女史は心の中で呟く。スタッフの声が聞こえる。

「ホダセーヴィチさん、どうします、稽古をつづけますか」

「ちょっと待って」と、ホダセーヴィチは言い、マヤコフスキーの姿が消えた出口をめざして走った。

通りまで走って出ると、マヤコフスキーは自分の車に乗りこもうとしているところだった（外国で買ってきた「ルノー」の小型車だ）。自分でも思いがけない言葉が、ホダセーヴィチの口から出てきた。

「マヤコフスキーさん、落ち着いて下さい！　今、スタッフと話してきますから、二、三分待って下さいませんか。ドライブには、ご一緒します。でも、スタッフの了承を得ないと――私がいなくても稽古を続けられるように、段取りをつけておかなきゃなりません」

　そう言って、また走って現場に戻り、早口で段取りをつけてから、再び出口に向かう。見ると、車の脇に立っているマヤコフスキーは、もはや穏やかな、さっぱりした感じで、顔色こそ蒼いけれども、意地悪な表情は消えて、むしろ殉教者のように痛々しげだ。ホダセーヴィチは思う。駄々っ子でもいい、これがマヤコフスキーなのよ！　一緒にドライブすると言ってあげた私は正しかった！

　マヤコフスキーは、なんにも言わずに、ホダセーヴィチを車に乗せ、自分はその横に坐って、運転手に言う。

「ストレーシニコフを通って行って」

　ストレーシニコフ小路は、芸術座横丁の一本北側の道だ。ポロンスカヤが芸術座の仲間と競馬に行っていることはわかっていたのに、マヤコフスキーは一体どこへ行くつもりだったのだろう。

　車が走り出した。初めは重苦しい沈黙が続いた。まもなく、詩人は振り向いて、ホダセーヴィチを見つめ、申し訳なさそうに微笑しながら、優しい声で言った（だが、その目は別のことを考えている、と、ホダセーヴィチは思う）。

「今夜は、ルビャンカの部屋に泊るんで、寝過ごしてゲネプロに遅れやしないか、心配なんだ。わるいけど、朝の十時頃に電話で起こしてくれないかな」

　その言葉とは全く裏腹な、うつろな目。

車はゆっくりと、ストレーシニコフ小路に入って行く。日曜の夕方近いこの時刻には、たいへんな人出だ。小路の入口から三つめの建物の前をやっと通りすぎたとき、突然マヤコフスキーが運転手に声をかける。

「とめて！」

運転手はちょっとハンドルを切り、車を歩道のきわにつける。車がまだ停まらないうちから、マヤコフスキーはドアをあけて、発条《ばね》のように歩道に飛び出し、ステッキをふりまわす。通りかかった人は驚いて、飛び退く。大声で、マヤコフスキーはホダセーヴィチに言う。

「運転手に言って、どこでも好きなところに行って下さい！　ぼくは、ちょっと歩きたくなったんで！」

そして、もうホダセーヴィチのほうを振り向きもせず、のっしのっしと、人混みをかきわけるように（みんな、こわがって飛び退いたり、立ち止まってこの大男を眺めたりしている）、ドミトロフカ通りに向かって進んで行く。

ホダセーヴィチは、あたまにきて、車の窓から、マヤコフスキーの後ろ姿に罵声を浴びせる。

「最低、最悪！」

この声がマヤコフスキーに届いたかどうかは、わからない（今となっては、聞こえなかったことを祈るのみ、と、ホダセーヴィチは書いている）。

運転手が訊ねる。

「どちらへ？」

「サーカスに戻って下さい」と、半ば気が遠くなったような感じで、ホダセーヴィチは言う。

「何もかもが忌まわしく、かつ全く不可解で、したがって恐ろしかった」と、ホダセーヴィチは書いている。車はすぐマヤコフスキーに追いつき、その脇を通りすぎた。詩人は足早に、人混みのなかを通り抜けていた。誰よりも背が高く、昂然と頭をもたげて、視線を人々の頭上に据えていた。顔は蒼白だが、顔以外は着ているもののせいで真っ黒だった。ステッキが空中で鞭のように急速に回転し、まるで、やわらかな、弾力性のあるステッキが、空中で曲がったり、伸びたりしているようだった。やがて人混みに紛れて、マヤコフスキーの姿は見えなくなった。

この日の夕方、いったん、モスクワの仮住居に帰るとき、ホダセーヴィチは悲しみに打ちひしがれ、訝しさで一杯だった。なぜマヤコフスキーはあんな意地悪をしたのだろう。このたびのメロドラマは、果してうまくいくのかどうか、たいそう心許ない。思えば、舞台の仕事というのは、程度の差こそあれ、いつもこうだった。舞台装置や衣装など、自分のイメージ通りに実現した例《ためし》がないのだ。だれのせいなのか、わからないが、そんなふうに思い始めたときは、もう時間も予算も残り少ない状態で、あとは悔いだけがどんどん増幅し、二進《にっち》も三進《さっち》も行かなくなってしまう。

くたびれて、腹ぺこで、夕方、アセーエフは競馬から帰って来た。留守番をしていた夫人の妹が、マヤコフスキーから電話があったと言う。

「なんだ、電話に出たのか」

「ごめんなさい、嫌がらせ電話のことはわかってたんだけど、呼び出し音を聞いたら、つい受話器を取っちゃって、取ってから、しまった、と思ったの。仕方がないから、もしもし、アセーエフです、って言ったら、マヤコフスキーからの電話で……」

「へえ、なんだって」

「それが、へんなのよ」と、義妹が言う。「マヤコフスキーだってことは声ですぐわかったんだけど、ものすごく無愛想なの。私が出ると、いつもなら、すごく優しい声で、お愛想を言う人なのにね。挨拶も抜きで、いきなり、アセーエフ、いる？　でしょ。これ、やっぱり、嫌がらせ電話なのかな、って一瞬思ったくらいよ。今、出かけてまして、って言うと、暫く受話器のむこうで黙っていてから、そうか、いないんじゃ仕方ないね、って、それだけでいきなりガチャンでしょう。虫の居所が悪かったのかなんだか知らないけど、失礼しちゃうわ」


その頃、ゲンドリコフの住居では、ブリーク夫妻が旅行中であることを知らずに、夫妻を訪ねてレニングラードから来た、マラホーフスカヤという婦人が、初対面の、病人めいたマヤコフスキーに引き止められ（これは初対面ではなく、二、三年前にちょっとした関係があった相手だという説もある）、例の「遺書」など見せられて、たいそう困惑していた。マヤコフスキーは、今夜はここに一泊すればいいと言い募るが、婦人は今夜のレニングラード行きの列車の切符を買ってあるので、そういうわけにはいかないと断り、それにしても、「遺書」というのは穏やかではない、どうしたのですかと訊ねる。と、（アセーエフから後に聞いた話として、前出の画家ラヴィンスカヤが書き残した回想記によれば）、マヤコフスキー曰く、「私はソビエト共和国連邦で一番の幸せ者だから、自殺しなきゃならないんです」

このあと、ほどなく、マヤコフスキーは、カターエフの家へ行き、その家での小さなパーティで、ポロンスカヤや、ヤンシンをも交えて、人生最後の一夜を過ごすこととなるのだが、その直前の名科白「共和国連邦一の幸せ者」云々が出て来るマラホーフスカヤとの話し合いについて、詳細を知りたいのは筆者だけではないと思う。しかし、それは無理だ。つまり、婦人は、この夜はもちろんレニングラード行きの汽車に乗り、帰宅してからもマヤコフスキーのことが気にかかって、朝一番、アセーエフに電話したりするが、嫌がらせ電話と間違えられ、アセーエフの家ではだれも受話器を取らない。そして詩人は死に、数年後、大粛清時代に、ご亭主が逮捕され、婦人は暫くのあいだ身を隠すけれども、捜し出されて、強制収容所に送られ、収容所で病死するのだ。

右の名科白は、文学的に、レトリックとして解釈するなら、何通りかの解釈が可能だろう。しかし、飾らずに、素直に、すんなりと、その意味を受け止めた場合、解釈は一つしかない。すなわち、「ソビエト一の幸せ者である私、マヤコフスキーは、自殺を強制されている」。前出のスコリャーチンは、マヤコフスキーの死は「強いられた死」だと喝破した。詩人は、偶然に出会ったこの婦人に本音を漏らしたのだ。身近な人や、愛している相手には、決して言わないようなことでも、偶然に出会った人間には、ついぽろりと喋ってしまう――これはままあることではないだろうか。「〈俺〉は、俺には窮屈だ。だれかが俺からしきりに脱け出そうとしている」（『ズボンをはいた雲』）ように感じている者の場合は、なおのこと。

連中は私に死ねと言っているんです。なぜ？　そりゃあ、理由はどうとでも言えるでしょう。連中とは？　それは、お察しの通り。死ねと言われて、遺書みたいなものを、ふざけて書きはしましたがね。連中に睨まれたからって、詰め腹を切らされるのは真っ平御免。私がこう言ったのを、ようく覚えておいて下さいよ。

この十三日の夜のパーティでは、関係者たちの記憶は混乱の極致に達している。みんなの記憶が完全に一致しているのは、パーティが、作家カターエフの家――スレチェンカ通りマールイ・ゴロヴィン小路一二番――で開かれたということくらいで、ほかの細部はことごとく食い違っているように見える。

この集まりのメンバーの回想を綜合してみるなら、経過はこんな具合だ。

まず、夜の八時頃、画家のロスキンが、カターエフの家にやって来た。この画家は美術学校時代、マヤコフスキーと同窓で、詩人が一九一九年から二一年頃まで働いていた、ロスタ（ロシア通信社）の「ロスタ諷刺の窓」の同僚でもあり、友達付き合いはずっとつづいていた。この頃、ロスキンは、すでに三年越し、カターエフ夫人に惚れこんでいたようで、何かにつけ、この家に現れたのだという（のちにカターエフ夫人は離婚し、この画家と一緒になる）。

ロスキンの来訪から程なく、カターエフ夫妻は何かの用事で出かけて行った。と、そこに、突然、マヤコフスキーが訪ねて来た。一人ぽつんと留守番をしているロスキンを見て、面白くなさそうな顔をしている。ロスキンのほうから誘いをかけて、二人は麻雀を始めた（二人で、どんなふうに麻雀をやったのだろう）。ロスキンは勝ち、十ルーブリ儲けた。マヤコフスキーは、十ルーブリ払い、もうやめたと言った。おや、珍しい、今夜のマヤコフスキーはどうかしている、と、ロスキンは思う。ふだんなら、賭け事をやって、自分が負けたままで終ることは、まず、ない。相手に金がなくなれば、貸してやってでも、自分の勝ちがめぐってくるまで、ゲームをつづけようとするのに……。

九時半頃、カターエフ夫妻が、オレーシャを伴って帰ってきた。このあたりから、食い違いが見えてくる。確かに、作家オレーシャは、ゾシチェンコらと並んで、カターエフ家に集う常連の一人だったが、この四月十三日から十四日にかけての夜、オレーシャが来ていたと書いているのは、ロスキンとポロンスカヤだけで、ほかのメンバーの回想にはオレーシャの名前は出て来ないし、マヤコフスキーの思い出を語ったオレーシャ自身の長めの文章（これは回想記としてのレベルの高い、すてきな文章だ）でも、この晩のカターエフ家のパーティのことは全く触れられていない。これはどういうことか。

カターエフ夫人は、さっそくキッチンで食卓の用意をし始め、カターエフは、ワインとシャンパンを買いに行く。

十時頃、その日連れ立って競馬に行った芸術座の俳優たち、リヴァノフ、ヤンシン、ポロンスカヤの三人が、やって来る。「マヤコフスキーの目の前で、カターエフが電話をかけて呼び寄せた」と、ロスキンは書き、カターエフも後年の『忘却の草』という作品の中で、そう語っているが、これがまた奇妙だ。ポロンスカヤの回想記を見よ。昼少し前に、電話でマヤコフスキーに今夜の予定を訊ねられたとき、今夜はカターエフの家に呼ばれて

カターエフとオレーシャ（左）

いるが、たぶん行かないと思うと、ポロンスカヤは答えていた。この「呼ばれて」に注目せよ、と、スコリャーチンも記している。だいたい、マヤコフスキーがなんの予告もなしにカターエフ家に現れたのは、ポロンスカヤがきっと来ていると思ったからではないのか。そして留守番をしているロスキンを見て、面白くなさそうな顔をしたのではなかったか。

ポロンスカヤが夫や劇団仲間と一緒に来たので、そのせいで、あまり愉快ではなさそうなマヤコフスキーに気づき、オレーシャとカターエフは、外題を『円と面積の等しい正方形を描け』という、大ヒットしたカターエフの芝居の科白を引いて、しきりにマヤコフスキーをからかった。だが、ふだんならば、そんなふうにからかわれた場合、頓智で切り返すマヤコフスキーが、この夜は沈黙を守り、乾杯となっても、ちょっと口をグラスに触れただけで、全く飲まなかったと、ロスキンは書いている。

しかし、ポロンスカヤは、先に来ていたマヤコフスキーはすでに酔っぱらっていた、と書いていなかったか。だが、芸術座の俳優、リヴァノフは、「マヤコフスキーは全く冷静で、新しい雑誌を出す計画を語ったりして、翌朝の悲劇の前兆のようなものは、全然感じられなかった」と回想している。

そのあと、食卓で始まったメモのやりとりのことは、広く知られている。マヤコフスキーと、ポロンスカヤは、間にロスキンと、もう一人を中に挟んで、ロスキン経由でメモをやりとりした。メモ用紙には、初めのうち、愛用の創作手帳のページを詩人は破いて用い、そのさまを見た画家ロスキンは驚き、かつ呆れる。そもそも、この詩人は品質の良い物を愛し、大事に用いるひとだった筈だ。丈夫な靴とか、書きやすいペンとか、そういうものはマヤコフスキーにとって重大な品々で、いつだったか、博打のかたに取られた万年筆を、どうか返して下さいと跪いて哀願しているのを見たことがある。なのに、今、あんな綺麗な装丁（天金で、黒革の表紙には模様が型押しされ、各ページはぜんぶ方眼紙）の手帳のページを裂いてメモに使うとは、何事だろう。もったいない。

やがて、メモのやりとりにも飽きたのか、詩人はキッチンの隣の部屋へ行き、そこに呼びこんだポロンスカヤの前で、拳銃を抜いて、これでお前を殺して、俺も死ぬんだと、銃口をポロンスカヤに向けた、というのがポロンスカヤの回想記の中で最も凄まじい一節だ。その一節について、スコリャーチンは言う。「ポロンスカヤは詩人の死の数年後に、ありもしなかったことを夢に見ただけではないのだろうか」。広くもない住居で、ドア一枚隔てたむこうで、とんでもない異変が起これば、パーティ参加者のだれかが、少なくとも客の動きに気を配っているこの家の主婦が、気づいた筈だから、と言う。その通り。画家ロスキンの回想では、マヤコフスキーが隣の部屋に消えたことを気に病んでいるカターエフ夫人に、カターエフは大きな声でこう言ったという。

「何をそんなにびくびくしてるんだ、マヤコフスキーは自殺なんかしねえよ。この節のカップルは、ピストルなんか使わねえんだ」

ドアのむこうのマヤコフスキーに聞こえたら、どうなるだろう、と、ロスキンは、はらはらする。いや、カターエフの大声は、マヤコフスキーに聞かせるための大声なのかもしれない。詩人の動きを牽制しているんだ。

すると、やっぱり、何もかも聞こえたよ、という顔つきで、マヤコフスキーが隣室から出てきた。ポロンスカヤも。それにしても、カターエフは、どうして自殺とかピストルとか言ったのだろう。マヤコフスキーがこの夜、拳銃を携行していたことを、知っていたのか（カターエフの『忘却の草』によれば、マヤコフスキーはカターエフの家に来るなり、徹底的に手を洗い、その際、ポケットの中の物を出し入れして、手を拭くためのハンカチを取り出し、その拍子に拳銃がちらと見えたという）。

帰り支度が始まった。一番遅く、カターエフに電話で呼ばれて、夜半すぎにこの集まりに加わった新聞記者のレギーニンの回想によれば、芸術座の三人とマヤコフスキーは、歩いて帰る年上のレギーニンを送ってきてくれた。ポロンスカヤの記憶だと、その時刻は午前三時すぎ。だが、ロスキンの記憶だと、もう五時すぎで、すっかり明るくなっていた。

最後に、ヤンシン夫妻を家まで徒歩で送って行ったマヤコフスキーは、翌朝（というか、すでにその日の朝まで二、三時間しかない）、車でポロンスカヤを迎えに来る許可をヤンシンに求め、ヤンシンは応答パターンの三度目の繰り返しで、どうぞと言う。

ところが、画家ロスキンの回想では、明け方までつづいたパーティの終り方は全く異なる。まず、芸術座の三人、ポロンスカヤ、ヤンシン、リヴァノフは、さっさと帰ってしまった。新聞記者レギーニンがどのようにして帰ったのか、ロスキンは書いていない。マヤコフスキーは、カターエフ夫人の老母を、次いでカターエフを、ハグし、ロスキンと二人で最後にカターエフ家を出た。そして街路でロスキンと別れの挨拶をし、迎えにきた車でゲンドリコフ小路へと帰って行った。

これらの食い違いは、もはや食い違いとは呼べない類のものなのかもしれない。画家ロスキンも、ポロンスカヤも、ほかの人々も、みんな本当のことを語っているつもりなのだろう。だれも嘘をつこうとは思っていないに決まっている。ただ、日々衰えていく記憶のフィルターをかけられた結果として、残ったものは「ありもしなかったことを夢に見ただけ」であったり、十三日ではなく、別の日の似たような場面であったり、ということなのか。これらの一見全く異なる証言を少しずつ削り取って、うまく貼り合せ、筋道の通った経路として仕上げることは、それほど難しいこととは思われない。

問題は、証言ではなくて非証言、回想ではなくて非回想、すなわち、意図的な沈黙なのだ。当事者たちに黙りこまれては、こちらは手の施しようがない。けれども、こんぐらかった糸をほどくための糸口の発見は、論理よりも偶然に頼るところが大きい。何かの拍子に、ひょっくりと、偶然が糸口をもたげてくれるのを、私たちは実人生において、たとえ片手の指で数えられる程度でも、経験してきた。

第二章にちらと出たミハイル・プレゼント、OGPUに殺されたエッセイストが、この四月十三日のカターエフ家の集まりに関心を示し、「レギーニンは多くのことを知っているが、沈黙を守っている」「蛇のようにぬらりくらりと言い抜けるが、肝心なことは何も言わない」と書いている。十四日の前夜、そこで一体何があったのか、直接カターエフに訊いてみるに如《し》くはないと、このひとは思い立ち、ゴロヴィン小路を訪ねようと、バスに乗ったら、アセーエフと出くわした。「どちらへ」「カターエフの所に行くんです。一緒に行きませんか」するとアセーエフ曰く、「いや、あそこは泥沼だからね。あの連中は自分じゃ人を撃ったりはしないけれども、代りにだれかに撃たせるだろう……」

ブロニスラフ・ゴルプの『革命の玉座に侍る道化』では、この四月十三日のことに関して、「死の前夜、マヤコフスキーは、なぜか、密告者たちのパーティで一夜を過ごした……」とあるが、カターエフらを密告者と断じる根拠は示されていない。

しからば、マヤコフスキー自身は、このパーティのことを、どう思っていたのだろう。故人の心の中を「把握する」ための糸口の一つが、例の創作手帳に残されている。これは破り取られなかったメモの残骸なのかどうか、最後の手帳（一九三〇年一月—四月、手帳番号七一、マヤコフスキー文学館所蔵）の一つのページに、マヤコフスキーの筆跡が、その隣のページに、ポロンスカヤの筆跡が、はっきり残っている。マヤコフスキーのほうは、

ノーラくんへ、
きょうはまた、どいつもこいつも悪党ばかりで、エトセトラ、エトセトラ

ポロンスカヤのほうは、ページの半分強を占める大きな二つの文字——ДA……

そうよ

ポロンスカヤの筆跡が残されているページには、ポロンスカヤが書く前に書かれたと思《おぼ》しき、マヤコフスキーの短い書き込みがある。薄い鉛筆の文字だ。

十四日　1—　ノーラへ

下線を伴う1とは何か。悪党（複数）とは、だれとだれを指すのか。エトセトラとは？　わからぬことだらけだが、マヤコフスキー文学館の館長、ストリジニョーワ女史は、「エトセトラ」は恐らく、ポロンスカヤに精神的負担をかけることを恐れて、マヤコフスキーが話を中断したしるしであろうと言う。

詩人の生は、あと数時間しか、ない。

10　ポロンスカヤ三度目の正直

四月十四日の朝、ヤンシンの家まで、タクシーでポロンスカヤを迎えに行ったのが、八時半頃だったのならば、その二時間後、マヤコフスキーはもうこの世の人ではなかった。それから、排斥と流行の期間があり、死後の詩人マヤコフスキーは貶《けな》されたり、持ち上げられたり、評価はぐらぐらと変化したが、かつての婚約者、ヴェロニカ・ポロンスカヤの身辺にはさしたる変化もなく、舞台や映画に出演する単調な日々が続いていた。もちろん、マヤコフスキー事件のせいで詩人との関係が世に知れ渡って、結局ヤンシンとは離婚し、その後どちらも再婚した。そのヤンシンが幹部だったモスクワ芸術座にはなんとなく居づらくなったのかどうか、やがて別の劇場に移りもしたが、どこにいようと、もはや「華」のある人気役者といった雰囲気は消し飛び、ちょっとした「わけあり」の女優として、舞台には欠くべからざる脇役や端役をこなしつづけたこのひとには、ちょうどチェーホフの『かもめ』の終幕に登場する女優ニーナのように、「肝心なのは名誉とか成功とかじゃなくて、ただひとつ、耐え忍ぶこと……」といった灰色の時間が流れていたに相違ない。

その間、三八年には回想記を書くが、それは何年経っても活字になる気配はなく、スターリンの死後、五八年にようやく「マヤコフスキー新資料」の第二巻に収められることとなったけれども、これまた実現せずに終る。二十年も経って依然、公表の見込みがないとすれば、ブルガーコフの言うように「原稿は燃えない」のかもしれないが、長年月のうちには、ひょっとすると、少しずつ腐っていくのではないのか。

いや、燃えもせず腐りもせぬ原稿というものを、ポロンスカヤと同じようにノート何冊にもわけて書き残し、一九四〇年に死んだミハイル・ブルガーコフは、あの大長篇『マスターとマルガリータ』や、数多くの戯曲を、すこぶる新鮮な果実のように私たちに贈ってくれた。戯曲の一つに『プーシキン』というのがあり、これは三〇年代半ばに書かれたものだが、作者の死後、戦争中の四三年にモスクワ芸術座によって初演され、その後は『最後の日々』という外題で、さかんに方々で上演されている。

一九五九年、この芝居が、ポロンスカヤの属するエルモーロワ劇場の舞台にかけられ、ポロンスカヤはプーシキン夫人ナターリヤの姉の役を演じた。この役はもちろん脇役だが、決して端役ではない。開幕劈頭から、ナターリヤの姉は、ピアノで、プーシキンの『冬の夕べ』という詩につけた歌を弾き歌いしなければならない。

これは、プーシキンが決闘で死ぬまでの数日間を描いた芝居で、プーシキン本人は全然というか、ほとんど舞台に現れず（決闘で斃《たお》れた詩人が担架で運ばれて来て、舞台の奥を通過するだけ）、周辺の人々のみ登場して、がっちりしたドラマをかたちづくる（筆者は空想するのだが、こんなふうに、「そっくりさん」を使うことなく、マヤコフスキーの最後の日々を描き出す芝居を、だれか書いてくれないものだろうか。そのためには、ブルガーコフのような力量が必要とされることは、いうまでもない）。

さて、エルモーロワ劇場では、スタニスラフ・ロマノフスキーという文学者が、暗い客席から舞台の上のポロンスカヤを見つめていた。永いこと編集者として働き、児童文学関係の著書がある、一九三一年生まれのこのひとは、ヴェロニカ・ポロンスカヤという名前はもちろん知っていたが、実物を見るのは初めてだった。

これが、マヤコフスキーの最後の恋人だったポロンスカヤか。今はもう五十の坂にさしかかっている筈だが、メーキャップされた顔は、ちょうどプーシキンが死んだ年のプーシキン夫人の姉の年齢、つまり二十五、六歳より上には見えない。役者というのは、どうも、大したもんだ！

いや、予想した通り、この女優が、いうなれば永遠の脇役の世界に追いやられていることは、はっきりと見て取れる。ほんとうは、このたびの舞台でも、自分がプーシキン夫人を演じたいところだろうが、そんな事態には決してなりはしないのだと、すでに諦めているようだ。どれほど演技の実力があるにせよ、こんな小さな役では力を発揮する余地はないも同然で、役の小ささと本人の諦めとが相俟って、何もかも控えめに、控えめにと流れている。

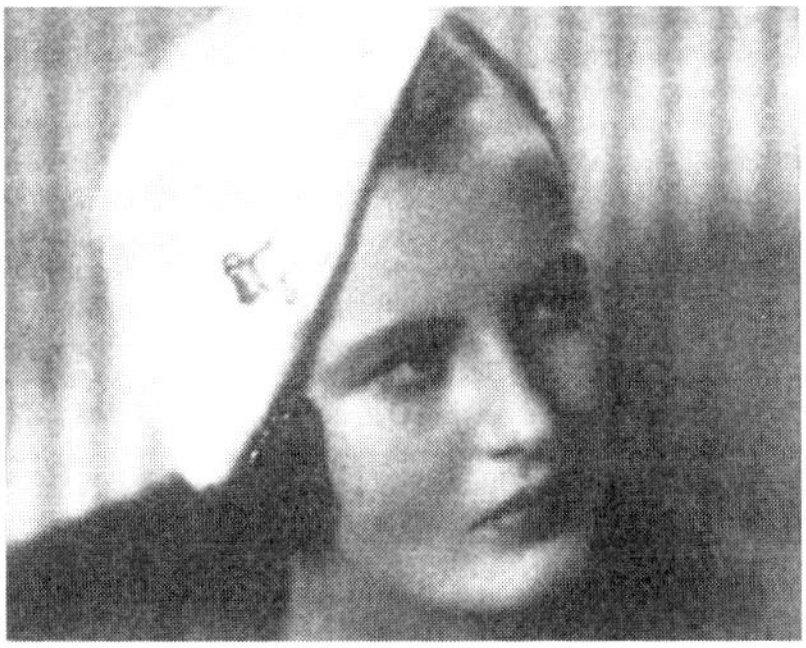
ポロンスカヤ（1954年、映画のスチール）

だが、この舞台で、ポロンスカヤに関して記憶に残ったのは、控えめな声だった。役柄のせいで、大きな声は出せないけれども、控えめで、なおかつ圧倒的な声と言えるだろう。そして若い頃から芸術座で鍛えられた科白の歯切れの良さと、抑揚のみごとなことよ！

その観劇から五年経ち、一九六四年九月下旬の、ある晴れた日のこと、スタニスラフ・ロマノフスキーの当時の職場、「コルホーズの若者」という雑誌の編集部で、ちょっとした騒ぎが沸き起こった。掃き溜めに鶴というと少々大袈裟だが、普段はなんの華やかさもなければ、話題になるようなことも出来せぬ職場に、突然、ヴェロニカ・ポロンスカヤが現れたのだ。九月下旬のモスクワは、「女の夏」などと呼ばれる穏やかな小春日和に恵まれて、たいそう過ごしやすい。その好天を寿《ことほ》ぐような、明るいクリーム色の外出着姿のポロンスカヤは、近くで見ると大柄で、若々しかった。そのかみの、注目を浴びずにはいられなかった美貌は、五十すぎの今もしっかりと保たれているように思われた。

いつか、エルモーロワ劇場で『プーシキン』を観ました、と、応対したロマノフスキーは言った。プーシキン夫人のお姉さんの役を、すてきに演じていらっしゃいましたね。

ああ、あの役は……と、ポロンスカヤは答えた。演じるもなにも、ほんのちょい役ですから……

これがきっかけになって、緊張がほどけたように、ポロンスカヤは用件を語り始めた。今や「雪どけ」という言葉はなんとなく影が薄くなりかけているみたいですけれど、でも、以前はとても発表できなかったことも少しずつ明るみに出ているようで、それならばと思いまして、こんなものを書いてみました。実は、こちらに伺う前に、いくつか出版社や雑誌社に「飛び込み」で当たってみましたが、どこでも断られて……

そう言って取り出したのは、七、八枚のタイプ原稿だった。ポロンスカヤが自ら語った原稿の中身は、マヤコフスキーの自殺を信じきっていた当時の読者の一人にとって（かく言う筆者もそんな多数に属していた）、驚天動地の一大ニュースだった。

現在の私たちにしてみれば、三〇年四月十四日の供述調書、三八年の回想記に次ぐ、これはポロンスカヤの三度目の告白だ。

このたびは半ば以上予想していた通り、回想記の叙述がぐらついたところから、話は始まる。十四日の朝、芝居の稽古に行く行かないで揉めたあげく、マヤコフスキーが若干譲歩したかたちになり、ポロンスカヤはその晩ヤンシンにすっかり事情を打ち明けて、最終的にここへ越して来ることを約束し、稽古に行くべく部屋を出る。だが、何歩か歩いたところで、ズドンときた……というのは嘘で、そのときは何事もなく、ポロンスカヤは階段を下り、待たせてあったタクシーで芸術座へ向かう。

（この話を聞いた編集者ロマノフスキーの友人で、ロマノフスキーから一部始終を伝え聞いた、前出『革命の玉座に侍る道化』の著者、ブロニスラフ・ゴルプ氏によれば、ポロンスカヤは十時半からの芝居の稽古が全部終るまで芸術座にいたが、どうも胸騒ぎが納まらず、今度は徒歩でルビャンカへ戻ったのだという。この説は、第八章に理由を記しておいたように、だいぶ真相から遠ざかっていると思う。）

そもそも、ポロンスカヤが、待たせてあったタクシーに乗りこんだ時刻は、私たちが割り出した通り、十時、あるいはむしろ十時少し前だった。ルビャンカと芸術座との距離は約一キロ。道が混んでいなければ、タクシーは五分とかからずに着いてしまう。その短い時間に、ポロンスカヤは何を考えていたのだろう。今し方の別れ際のマヤコフスキーの様子が、胃凭れのように心に残っていたのかもしれない。

（この別れ際に、マヤコフスキーが、出て行く女優の背中に「俺、自殺するよ」という、聞き間違えようのない、はっきりした言葉を投げかけ、一瞬、このひとったら、まだあんなことを言ってる、私をあくまでも脅かす気なんだ、と、苛立ったポロンスカヤが咄嗟に、「そう？　すれば？」と言い返した、という説がある。実際にこういうやりとりがあったかどうかは、もちろん突き止めようがない。だが、ポロンスカヤから直接この話を打ち明けられたと主張している人たちの顔ぶれは、リーリャ・ブリークを初めとして、詩人の昔の恋人たちとか、リーリャと結婚する以前のカタニャンの最初の妻とか、ほとんどが曰くつきの女性ばかり……どうも眉に唾をつけたくなる。いや、こういうやりとりは、いかにもありそうで、実際にあったかもしれないとは思う。どんな言葉でも会話の流れの中に納まるものと、とうてい納まりそうもないものとに分けられるが、この場合のやりとりは明らかに、ポロンスカヤが回想記に記録した二人の最後の会話の流れに納まるのだ。タクシーで芸術座に向かう途中、今し方の会話の谺がポロンスカヤの胸騒ぎの原因となっていたのかもしれない。しかし、たとい、そんなやりとりがなかったとしても、胸騒ぎに悩まされる理由が他にたくさんあったこともまた、事実だろう。）

たまりかねて、芸術座のずっと手前で、ポロンスカヤがタクシーを乗り捨てたとしたら、どういうことになるか。前述の通り、芝居の稽古が始まるまでに、まだ三十分近くの余裕がある。タクシーを降りた地点からルビャンカまで、一キロに満たない道のりを、二十一歳の健康な女優なら十分足らずで歩いてしまうだろう。ポロンスカヤは歩き出す。考えながら、胸騒ぎと戦いながら。だが、歩けば歩くほど、ルビャンカに近づけば近づくほど、動悸は早くなり、足取りも早くなる。私としたことが情けない、まるで初めて舞台に立つ少女のように、どきどきしたりして、と思いながら、スタヘーエフ・ビルの入口に着いたときは、ほとんど小走り状態だった。四階で今まさに何かが起こったのではないかという第六感は、もう抑えがたい。階段を駆け上り始めると、上から雪崩のように、どどどどッと、だれかが駆け下りて来て、あっというまに擦れ違った。ポロンスカヤは駆け上るのに夢中で、足元に注意を集中していたから、その人物の顔を見る暇はなかったが、はいていた軍靴と、膝から上がだぶだぶの、ガリフェと呼ばれていた乗馬ズボンとが、印象に残っている。凄い勢いで下りてきて、ポロンスカヤと危うく衝突しそうになった、その人物は、若い男だったという気がする。あのスピード、あの勢いは、年配の男ではあり得ない。

この「乗馬ズボン」には、曰く因縁がある。一八七一年のパリ・コミューンを残虐に弾圧したフランス政府軍の司令官から、やがて陸軍大臣にまで昇りつめた、「フランス軍国主義」の代表のような軍人、ガストン・ガリフェの名をかぶせられたズボンは、なぜか、一九二〇年代のソビエト国家の上層部分で流行していた。軍ではもちろんのこと、政府や官庁、OGPUなどの「機関」でも、幾分か高位の人間はみな争って、膝から上がだぶだぶの、このガリフェを穿いていたという。そして、二〇年代には住宅事情が極端に悪化して、例えばルビャンカのスタヘーエフ・ビルのように人間が鮨詰め状態で生活していたが、そんな場所にも容赦なく、住居を必要とする人たちが送りこまれ、さなきだに窮屈な住居に住む住民は悲鳴をあげていた。そのような場合、ガリフェを穿いている共産党のお偉方や、部課長クラスの役人、あるいはOGPUの職員や、軍の幹部などを、一人でも間借人として住まわせておけば、その威光によって、べらぼうな人口の流入を防ぐことができた。これは「ガリフェの間借人」という流行語となっていて、マヤコフスキーの一九二三年の大作『これについて』の中にも、この言葉が使われている。

この長大な詩の主人公はマヤコフスキー自身で、時はクリスマス・イブ。詩人は熊に変身して、流氷に乗り、ネヴァ河を下って行って、とある橋をくぐるとき、その欄干に「詩の大綱で縛りつけられ」、流れを見つめている、七年前の自分自身を見る。その若いマヤコフスキーが七年後の現在のマヤコフスキーに呪いの言葉を投げる。「止まれ！　行くな！　俺は七年間、この河の水に魅入られている。俺の苦しみを没収できるなら、してみろ。この河を下って、上流から救い主の愛が現れない限り、お前はだれにも愛されず、彷徨《さまよ》いつづけるがいい。ネヴァのきらめきを忘れるつもりか。ネヴァを見変える？　代りはいないぞ！」詩人は熊の姿のまま、クリスマス・イブの街に出て、実家や、友人知人の家を訪ね、あそこ、ネヴァの橋に立っている、あの男を、なんとかしてやらなければと説くが、だれにも相手にされない。クリスマスに浮かれる町びとたちは、自分らの「けちくさいメンドリの愛」を守るのに汲々としているだけで、どの家庭でも、「赤い額縁に嵌め込まれたマルクスさえ、俗物の仕事を始めている」という体たらく。「こうして、みんな昔のままで何百年もつづくのか」。どこの家でも、「精霊や聖人の代りには、乗馬ズボンの下宿人、これすなわち守護天使……」

というわけで、階上から駆け下りてきて、ポロンスカヤと衝突しそうになった人物は、ガリフェを穿いていたというだけで、当時の読者なら、ははあ、その筋の人間だな、とわかるわけだ（犯人の逃走経路として、かつての「裏口」の存在を確認したスコリャーチン氏には、まことに申し訳ないが、事実はこんなふうに単純だった。月曜日の朝、住民のほとんどが勤めに出ている共同住宅では、裏口など通らずとも、普段使っている階段を駆け下りるだけで、だれにも見られずに逃げおおせる可能性は決して小さくはないのだ。言い換えるなら、ポロンスカヤが右のような状況下で出くわした、この人物が、マヤコフスキー殺しの犯人である可能性もまた、決して小さくはない）。

あとのなりゆきは、三八年の回想記に書かれた通りだ。「ずいぶん時間が経ってから、ようやく入ったような気もするが、すぐに入ったのかもしれない」以下。僅かな相違点としては、例えば、

「部屋には、まだ硝煙がたちこめていた」の部分が、「まだ硝煙が……あるいは煙草の煙がたちこめていた」となっている（！）。そしてポロンスカヤは、これは自殺ではなくて、明らかに殺人事件だと、文章を結んでいた。

これは凄いスクープだと張り切った編集者ロマノフスキーは、女優をその場に待たせ、「コルホーズの若者」の編集長にポロンスカヤの原稿を見せに行く。全ソビエトで誰知らぬ者なき大詩人の「自殺」の真相を語った最後の恋人の手記だもの、編集長はさぞかし喜んで雑誌に載せるだろうと予想しながら。ロマノフスキーの上司は共産党員で、ロマノフスキーの描写によれば、やたらと張り切っている部下の顔など見もせず、すぐそこまで近づいている社会主義の光り輝く未来を見つめていた。そして、部下が訥々と並べる推薦の言葉など聴きもせず、迫り来る「時代の足音」に耳を傾けていたという。

「今の今、この国で何が起ころうとしているか、お前さん、全然知らんのか」と、編集長は言った。「知らなきゃ教えてやろう。フルシチョフの解任は、KGBじゃ、もう既定の事実なんだと。発表は今日か明日かと、ジャーナリストたるもの、みんな待ち構えている。だのに、なんだ！」編集長はデスクを拳で打った。「こんな個人崇拝時代の暴露ネタを持って来て、スクープたあ、呆れてものが言えねえや！　俺の党員証は一枚こっきりだ。こいつを万一失くしたら、もう、それっきりなんだ！」少し口調を和らげて、「愛人だか、許嫁《いいなずけ》だか知らんが、その小母さんにこいつを返しな。こんなもん、もう二度と持ちこまないこと。わかった？」

編集者は、待っていたポロンスカヤの所に戻り、残念ですが、この原稿は検閲を通りませんでした、と言う。「その、検閲というのを、しているのは、どんな方なのかしら、見かけは？」と、ポロンスカヤが訊ねた。

「まあ、見かけはさまざまですが、どうしてですか、そんなことお訊ねになるのは」

「どこの出版社でも言われたんです。『検閲を通りませんでした』って。それで私は言いました。『会わせて下さいませんか』『だれに』『その検閲さんに』。そうすると、どこでも言われました。『会えません』『どうしてでしょう』。返事はなかったわ。あなたなら、説明して下さるわね、なぜ会えないのか」

　編集者は肩をすくめる。

「さあ、私にはわかりません」

　そして相手を慰めようとする。

「でも、こんなことが永久に続きはしないでしょう！」

「そうお思いになる？」

「思います」（以上、スタニスラフ・ロマノフスキーの手記《二度の出会い》（一九九五）から）。


右の話を、ロマノフスキーから聞いていたゴルプ氏は、その後付き合った女友達から同じ話を聞いて驚く。その女友達はモスクワ芸術座付属の俳優養成所を出た役者の卵で、養成所時代の恩師はポロンスカヤの親友だった女性だが、「これは秘密よ」と言いながら、その親友はポロンスカヤから聞いたマヤコフスキー殺人事件のことを喋って歩いたので、もう養成所の中ではこの話を知らぬ者はないという。

　生誕百年（一九九三年）に因んで、マヤコフスキーに関する論文を、ある雑誌に連載し始めたゴルプ氏は、何か参考になる話が聞けるのではないかと、あるいは詩人の最期について詳しいことを聞き出そうと、一九九〇年頃、女友達と連れ立って、ポロンスカヤを訪問する。八十過ぎのポロンスカヤはすでに引退して、「舞台芸術家のための高齢者ホーム」に住んでいた。その所番地を教えてくれた、かつての「コルホーズの若者」誌の編集者のことを、ポロンスカヤはどうしても思い出せないと言った。だが、一月の厳寒のさなかに花束を持って行ったゴルプ氏は、若い女優ともども、高齢者ホーム十三号の室内に招じ入れられる。話は次第に盛り上がっていった。後輩の女優は、ポロンスカヤの親友からマヤコフスキー謀殺の話を聞いたことを、くりかえし語り、俳優養成所でその話はみんな知っています、と言った。

若い女優と老女優とのやりとりを、横でおとなしく聞いていたゴルプ氏は、ポロンスカヤがこのなりゆきをむしろ面白がっているような印象を受けた。自分に関する伝説を、第三者として聞いているような感じ……正面切って反論を述べたりするのではなく、ときどき、そうじゃないの、などと弱々しく否定するが、それはいかにも自信なさげな発言だった。

若い女優がじれったがって、それではご親友の××さんが養成所中にこの話を触れ歩いていることは、どう考えたらいいのでしょう、と詰問すると、ポロンスカヤは答えるべき言葉を失ったというよりも、むしろその言葉を聞かれまいとして閉じこもったという感じで、ゴルプ氏の表現によれば、「モスクワ芸術座ふうの重苦しい沈黙」がその場に流れた。

「……人生に疲れ果てた、だが未だに美貌を保っている老女を、眺めているうちに、私は突然思った。夫と別れて、マヤコフスキーの住居に越して来ることを最終的に決めた、その日に、恋人を殺されるという目に遭ったこの婦人の、詩的伝説を破壊する権利は、俺にはありはしないのだ、と。

マヤコフスキーの柩のかたわらで、ポロンスカヤの母親は、あなたマヤコフスキーさんにお謝りなさいと娘に言ったという。しかし、私が思うに、ヴェロニカ・ポロンスカヤに非は全くない。私個人としては、事情はすべて明らかである。だから、〈コルホーズの若者〉誌に彼女が出撃したときのことや、あの呪わしい日にルビャンカの階下で待っていたタクシー運転手のことなど、あれこれ質問するのはやめにした。もちろん、ふらっと訪ねてきた私のような者に、彼女が答えてくれる筈もなかったのだが」（ブロニスラフ・ゴルプ『革命の玉座に侍る道化』第七章「期限切れの殺人委任状」から）

一九九四年、高齢者ホームで、ヴェロニカ・ポロンスカヤは亡くなった。享年八十六歳。

あの三〇年四月十四日の朝、タクシーでルビャンカから芸術座へ向かい、思い直して、徒歩でルビャンカへ戻り、乗馬ズボンを穿いた若い男と階段で擦れ違い、マヤコフスキーの死体を発見し、大騒ぎに巻き込まれ、再びタクシーで芸術座へ逃れ、芝居の稽古に辛うじて間に合ったが、稽古中、拳銃の発射の効果音を聞いて失神し、稽古から早退して母親の家へ引き取られ、まもなく呼び出されて、ルビャンカの事件現場へ戻る——こんなふうに、マヤコフスキーの仕事部屋と芸術座の間を二往復余りしたこと、そして乗馬ズボンの男と擦れ違ったことを、八年後の回想記に書けなかったのは、このひとの生涯にのしかかる痛恨事であったに違いない。だからこそ、事件から三十年以上経って、いわゆる「雪どけ」時代の終り近く、俄然、三度目の告白を引っ提げて、方々の出版社や雑誌社に「出撃」し、結果としては敗退したけれども、敗退そのものが、私たち読者にこの事件の正しいアウトラインを示してくれた。もしもこのひとが、こすっからい、ちっぽけな人間だったら、マヤコフスキーの死は今なお不明の霧に包まれていたかもしれない。「出撃」の際、持って歩いた「七、八枚のタイプ原稿」はどうなったのか。諦めたポロンスカヤの手によって破棄されたのか。それとも、歳月の進行の中で自然消滅したのか。どちらでもないとしても、行方不明であることは事実だ。

行方不明、所在地不明となっていたのは、原稿だけではなく、マヤコフスキーのデスマスクも永いことそうだった。四月十四日に、デスマスクが二面採られたことは、従来よく知られていた。初めに、ルーツキーという彫刻家が採ったデスマスクは失敗だったので、もう一人、メルクーロフという彫刻家を呼び、こちらはうまくいったというのが、従来の定説だ。ルーツキーのデスマスクは、五十年間行方不明で、一九八〇年頃になって、幸い、発見された。これは、ぞっとするような顔面の負傷の跡が、はっきりと見えるマスクだった。左頬の皮膚は擦り剝け、腫れ上がり、鼻骨が折れていて、鼻全体が右に湾曲し、口の中の歯は、確認できないが、砕けていたのではないだろうか。

この顔面損傷を、筆者はもっとも単純に、侵入者の右のパンチが命中した結果と見る。だれかがドアをノックする。マヤコフスキー「どなた？」侵入者「××です」。マヤコフスキー「なんだ、きみか」。ドアをあけた詩人の顔面に、いきなりパンチが飛ぶ。詩人は尻餅をつき、上半身を起こした途端に、侵入者の拳銃の弾丸が斜め上からマヤコフスキーの左胸に入り、右の背中の肋骨最下部に達して、貫通の一歩手前で止まる。侵入者は凶器を投げ捨て、（ポケットから、マヤコフスキーの「遺書」を取り出し、デスクの上に置くと）、部屋を出て、階段を駆け下りる。

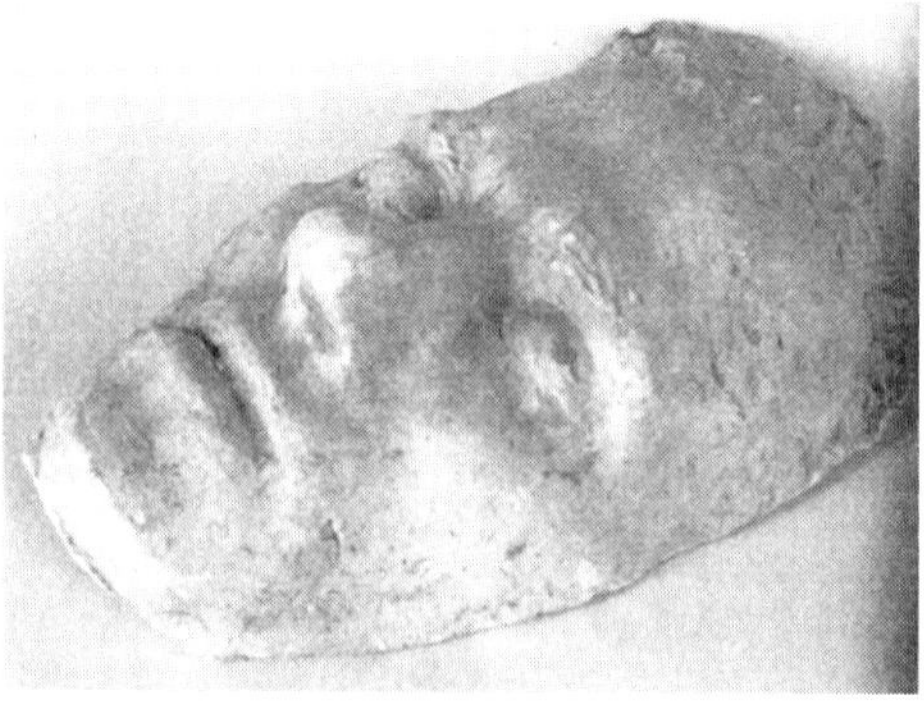

デスマスク（ルーツキーの）

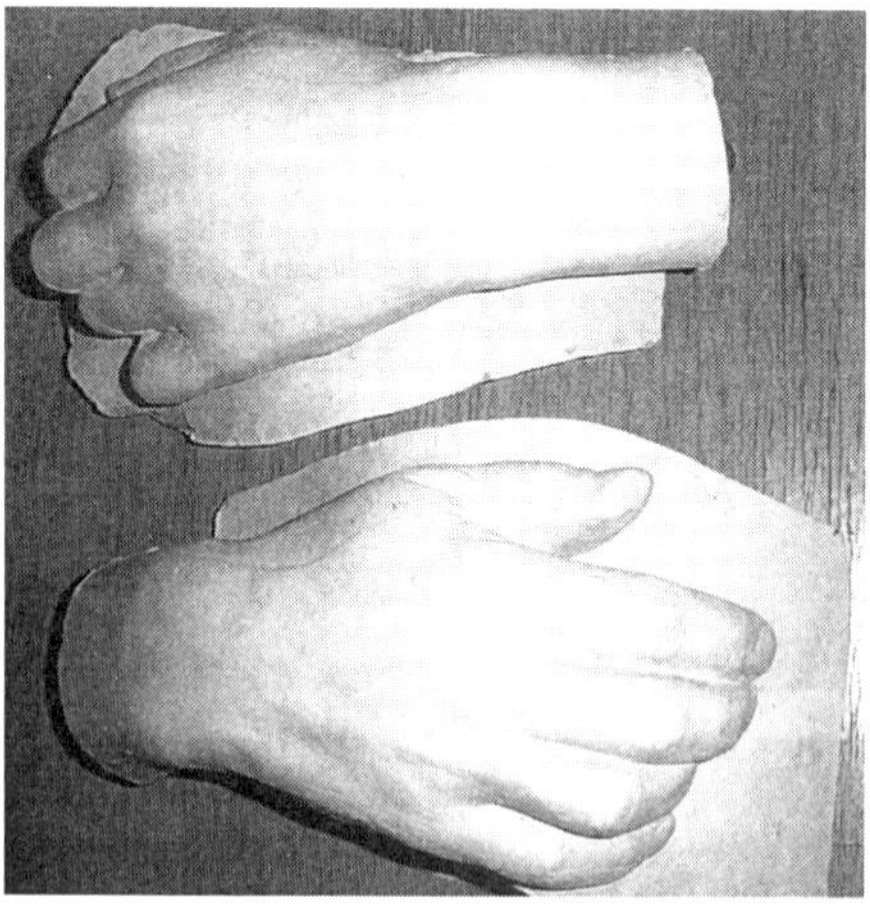

デスマスクと同時に取ったマヤコフスキーの両手の石膏像

11　証拠の手紙

ミハイル・スヴェトロフ（一九〇三―一九六四）という詩人は、長さ百行ほどの詩『グレナーダ』の作者として知られている。グレナーダとは、現在では、一九七〇年代にイギリスから独立したカリブ海の小島を指す国名だが、この詩が書かれた頃には、あのアルハンブラ宮殿などがあるスペインの都市、グラナダを訛って、ロシアではこう発音していたようだ。

この人はウクライナ出身で、国内戦の末期に志願兵として戦争を体験し、その頃から詩を書き始めて、一九二六年の『グレナーダ』で俄然、有名になった。もちろん、『グレナーダ』以前にも、あるいは戦後の五〇年頃までは、詩や戯曲をたくさん書いているが、それらの作品群は生前の詩集やアンソロジーには収められていても、その後のアンソロジーのたぐいには、決まって『グレナーダ』一篇しか入っていない。スヴェトロフといえば、反射的に『グレナーダ』ときて、それだけで能事終れりとする。こんな扱いをされる詩人は、どこの国にもいるものだ。

ある評論家の言葉を借りれば、この詩人は「物静かで、善良で、しかもハイネふうに皮肉な浪漫派」だという。実際、『グレナーダ』は不思議な、面白い詩だ。ここに描かれているのは国内戦時代の赤軍の騎兵隊で、ロシアの曠野を駆け抜ける騎兵隊のめんめんは、「リンゴの花ほころび、川面に霞立ち……」などと当時の最新流行の歌をくちずさみながら、殺戮の場に向かう。ところが、一人だけ、いつも別の歌を、それも、行ったこともなければ見たこともない異国の歌を歌うやつがいた。

　グレナーダ、グレナーダ、
　俺のグレナーダ！

　戦友たちは不思議に思い、そんなスペイン語の歌をいつどこで覚えたのか、われらの詩人シェフチェンコが眠るウクライナの大地を眺めつつ、なにゆえに異国の歌を歌うのか、と訊ねる。訊ねられた若者は、暫し沈思黙考してからようやく答える。グレナーダという地名は、本の中で見つけたんだ。美しい地名だろう？　スペインにはグレナーダという町がほんとうにあるんだから、凄いじゃないか。俺は、いずれ、グレナーダの農民の土地を取り返すために戦ってるんだ、と呟く。
　激しい戦闘が終って、再び「リンゴの花ほころび」の合唱が始まるが、『グレナーダ』の歌は聞こえない。どうした、あの歌は。どこへ行っちゃったのか。
「若者は初めて鞍から下りていた」。打ちのめされた体を月が照らしていた。

　そして瀕死のくちびるが、
　囁いた、「グレナー……」
そう《ダー》。遥か彼方へ、
雲の向こうの深みへ、

わが友は立ち去った、
あの歌を小脇に抱えて。

部隊のみんなは若者の戦死にすぐには気づかず、「リンゴの花ほころび」を最後まで歌った。それからというもの、『グレナーダ』の歌が聞こえたためしはない。そして、この作品のフィナーレ。

とかくするうち、
新しい歌はぞくぞく現れる……
だから、なあ、みんな、
ひとつの歌が消えたのを、
嘆いても無駄なこと。
いいんだよ、これで、
友よ、いいんだよ……
グレナーダ、グレナーダ、
俺のグレナーダ！

作者スヴェトロフは、この詩が発表された頃、ウクライナからモスクワに出て来て、モスクワ国立大学の文学部に二年間、籍を置いた。マヤコフスキーとスヴェトロフが初めて顔を合せたのは、この時分だったと推定される。顔を合せる前に、マヤコフスキーは発表された『グレナーダ』を一

スヴェトロフ

読して、この瑞々しい作品にたちまち惚れ込んでしまったようだ。当時の方々の集まりで、若い世代の詩人の話が出るたびに、スヴェトロフを絶賛している。いざ知り合ってみると、十歳年下の、「物静かで、善良な」詩人は、およそ「物静か」や「善良」とは縁がないマヤコフスキーと、妙に馬が合ったらしい。『グレナーダ』は、いかにもマヤコフスキーが惚れ込みそうな詩だ。瀕死の兵士が「グレナー……」と呟いて絶命し、その地名の残りの「ダ」が、ヨーロッパの詩学では「アンジャンブマン」というやつで、次の節へと跨ぎ越えて、作者自身の肯定の言葉、「ダー」に繋がる所など、こういう技巧が大好きだったマヤコフスキーはさぞかし舌を巻いたに違いない。

そして、エセーニンが死んだのは、この詩が現れた二六年の前年であり、まるで入れ替りのように登場した生粋のソビエト青年の抒情は、マヤコフスキーにはたいそう心強い現象と見えたのではないだろうか。なぜなら、マヤコフスキー自身が実は密かに抒情詩を、非エセーニン的な抒情詩を書こうと目論んでいたから。これは、死の直前のマヤコフスキーが、いろんな相手に率直に語っていたことで、疑問の余地ない詩人の心情だった。

ちょうどその頃、つまり、一九三〇年の四月に、モスクワの街で、このスヴェトロフと、マヤコフスキーが、ぱったり出会ったのだという。

正確な日付は不明だが、「一九三〇年春」というのだから、二月や三月ではない。四月に入っても、まだ寒い日がつづき、マヤコフスキーの生涯の最後の一週間が始まる頃、突然暖かくなったという証言もある。とすれば、「春」をはっきりと感じた日付としては、四月の一桁の日から二桁の日に移るあたりの、ある日が選ばれるだろう。

向こうから歩いて来る、陰気な顔をしたマヤコフスキーと出会って、スヴェトロフは声をかけた。

「やあ、どうかしましたか、しょんぼりしちゃって」

このスヴェトロフの質問に、マヤコフスキーは自分の質問を重ねた。

「俺、やっぱり逮捕されるんだろうか」

これは、マヤコフスキー文学館主催の或る集まりで、一九三一年生まれの詩人、エフトゥシェンコが、晩年のスヴェトロフから聞いた話として語ったエピソードで、前出スコリャーチンの中断した最後の一章に編集者のクズネツォフが入れた註解の中で紹介されている。編集者曰く、「これはただの話であって、文書に記録されたものではないが、スコリャーチンの結論を支えるに足る有力な状況証拠である。マヤコフスキーは秘密警察の手口に詳しかったから、自分が尾行され監視されていることは迫り来る破局の前触れに他ならないと、はっきり感じ取っていたのである……」。そしてまた、「最後の数カ月間、詩人に取り憑いて離れなかった甚だしい不安感」と。

「甚だしい不安感」を「不安と恐怖」という言葉に入れ替えてみよう。生涯の少なくとも最後の一週間において、マヤコフスキーのいくぶん奇矯な言動のすべてに、この「不安と恐怖」が付き纏っていたと見ることができる。具体的にいうなら、ＯＧＰＵに逮捕されるのではないかという不安と恐怖だ。

私たちの日常的な次元でも、このような不安と恐怖に付き纏われている者は、ざらにいる。例えば、失恋しかかっている若者は、なんとか一晩眠れたとしても、朝、目覚めた瞬間から、自分の恋の行方ばかりが気掛かりで、何を食べようと何を話そうと、そのことのみ考えつづけている。だから、周囲の人たちとの脈絡を全く失って、だしぬけに突拍子もない言葉で絶望的に語り始めたとしても、本人にとっては、それは筋道の立った普通の言葉であり、周囲の者は、ああ、この若者は目覚めたときから一秒の休みもなくそのことばかり考えつづけてきたのだなあ、奇矯な言動はそのせいなのだなあと、理解しなければならない。

マヤコフスキーが、スヴェトロフの質問に質問で応じたのは、まさしく、このような、一秒の休みもなく考えつづけてきたことの噴出という現象なのだ。噴出のきっかけとなるのは、自分が常日頃信頼し、むこうもこちらを信頼している親しい友の顔や声音なのだが、友といっても、三日にあげず連《つる》んで遊ぶ相手ではなくて、いつも気にかけてはいても、なかなか頻繁には会えず、久しぶりに、全く偶然に出くわした友のほうが（この場合、アセーエフではなく、スヴェトロフのほうが）、この現象の触媒になりやすいようだ。ともあれ、その日、マヤコフスキーはずうっと一人で幾度となく、「やっぱり逮捕されるのだろうか」と考えつづけ、『グレナーダ』の作者の顔を見た途端、ふつうの会話や挨拶の論理をとびこえて、「俺、やっぱり逮捕されるんだろうか」と、マヤコフスキーの内部の誰かが言ってしまったのだろう。

しかし、秘密警察の手口に詳しいマヤコフスキーが、「尾行され監視されていることをはっきり感じ取っていた」ということだけだろうか、この不安と恐怖の原因は？　そういう説明では、話がここできれいに閉じてしまう。そうではなくて、もっと直接的かつ暴力的な何かがあったのではないのか。この点については、この章の終りまで待っていただきたい。

逮捕というなら、マヤコフスキーは、十月革命以前の一九〇八年から一九〇九年にかけて、三度逮捕されている。一九〇六年に父親が亡くなり、故郷のグルジアからモスクワへ出て来たマヤコフスキー一家（母親と二人の姉とマヤコフスキー少年）は、父親の恩給と姉たちの内職収入だけでは生活できなかったので、賄い付きの素人下宿を始めた。下宿人の中にＲＳＤＲＰ（ロシア社会民主労働党＝ボリシェヴィキ）の党員がいて、マヤコフスキー少年は勉強など習っているうちにたちまち影響を受け、一九〇八年、ＲＳＤＲＰに入党するや否や、党のモスクワ市委員に選ばれる。十四歳の少年がモスクワ市委員会に入ったのは、一斉検挙のための人手不足で、順おくりに委員にまで成り上がったということだ。

マヤコフスキーはこの委員会で、非合法印刷所で働いていた印刷工トリーフォノフと知り合い、自分も印刷の仕事をしたいと思ったのか、数日後、トリーフォノフともう一人の印刷工がすでに逮捕されていた印刷所へ、のこのこ出かけて行って、張り込んでいた刑事にあっさり捕まってしまう。これが最初の逮捕。

姉が警察へ駆けつけて、弟はまだ満十四歳で、いかなる非合法団体にも属しておりませんと申し立て、マヤコフスキー少年は十日ほ

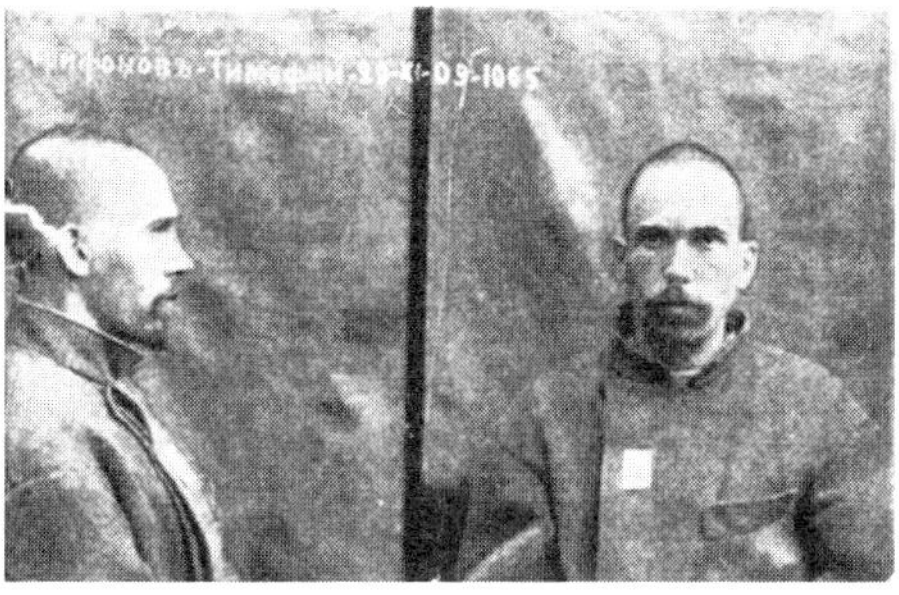

印刷工トリーフォノフ

どで仮釈放になる。

二度目は、翌一九〇九年一月、外出中の突然の逮捕だ。逮捕の理由はエセール（社会革命党）の徴発グループとの関係。実は、前年の釈放以降ずっと私服刑事の尾行が続き、何か些細なことでもあればすぐ逮捕できるように、警察の体勢は整えられていた。このたびは四十日ほどで釈放。

三度目の逮捕は同じ〇九年の七月。モスクワの婦人刑務所から、RSDRPとエセールの女性政治犯十三人が集団脱獄するという事件があり、知り合いのモルチャーゼというエセール党員の要請を受けて、マヤコフスキーと姉たちは、この脱獄に全面的に協力する。脱獄はみごと成功し、女たちは全員ぶじにパリへ亡命する。まんまと警察を出しぬいてやった！　ということで、マヤコフスキーは鼻高々。だれかと、この話をしたくてたまらず、以前から知り合いだったモルチャーゼ夫人を訪ねて行って、張り込んでいた警官に、またもや、あっさりと捕まる。

今度は永かった。豚箱から豚箱へと盥回しにされ、結局は名だたるブトゥイルキ監獄の独房に入れられる。翌一九一〇年一月の釈放まで通算百八十日余りの拘留だ。これは満十六歳の少年には、たいへん辛い経験だった。一九二二年の自伝『私自身』にも、この逮捕、拘留の経験や、その直後の「転向」のことは、他の部分の多少ふざけた、ユーモラスな書き方とは違って、結構まじめに述べられている。同じ頃の自伝的な作品、『ぼくは愛する』にも、こんな一節がある。

たとえばぼくが
初恋を
得たのは

若き日のマヤコフスキー（1912年）

ブトゥイルキ監獄のなか。
《ブーローニュの森恋し》とは縁がない。
《海の眺めに出ずる溜息》とも縁がない。
ぼくは、それ、
まむかいの葬儀社に
恋をした、
一〇三房の小窓を通して。
日ごと太陽ながめては、
みんな思いあがって、
「なんになる、わずかばかりのこの光」
だがあの頃のぼくならば
壁にさしこむ
黄色い日の光に換え
この世のすべてを投げ出す気だった。

一九三〇年現在、逮捕されれば、すぐさま手近なルビャンカのOGPU本部の地下独房に入れられるだろう。ブトゥイルキの一〇三房の小窓からは、まむかいの葬儀社が見えたし、ごく稀に黄色い日の光が短時間、壁にさしこむこともあったが、ルビャンカの地下独房は、葬儀社とも日の光とも全く無縁の場所だろう。二十年前は、まだ未成年ということで、死んだ父親の伝《つて》を辿って母親が内務省へ出向き、息子の釈放を請願してくれたこともあって、なんとか娑婆へ出てきたけれども、今度はそうはいかない。ああ、いやだ、いやだ。独房の、あの覗き窓や、用便桶は、思い出すだけで鳥肌が立つ。あいつら、この頃は、できるだけ手間を省くことしか考えていないようだ。ツァーリが君臨していた頃は一応裁判があり、弁護士もいた。今だって、形式的に裁判はあるが、尋問の代りは拷問で、あっというまに裁判は終り、大方の判決は銃殺と相場が決まっている。流刑というのは、アフターケア（！）が面倒なのかな。もし俺が捕まったら、おふくろや姉貴たちはどうなる。リーリャや、オシップは、うまく立ち回るに決まってるが、ヴェロニカは？　ああ、ぞっとする。あいつら、ヴェロニカみたいな美人をいたぶるのが大好きなんだ。いつだったか連中から聞いた話だと、女優を、わざわざ、しかも顔を、拳でぶん殴ったり！　ああ、ああ。

不安と恐怖に責め苛まれて、マヤコフスキーが右のように考えていたとすれば、現実はそれより遥かに先を進んでいた。逮捕も、独房も、拷問も、裁判も、流刑も、処刑さえなく、そのような手間は一切省いて、ただ殺しだけがあった。いきなり顔面を殴られて、次の瞬間、殴られた男が辛うじて上半身を起こすと、あるいは、侵入者が左手でマヤコフスキーの上半身を抱え起こすと、侵入者の右手は斜め上から拳銃の引金を引き、弾丸はマヤコフスキーの左胸から右の背中の腰部まで走った。この弾丸の経路ひとつを見ても、これが自殺でないことは明らかだと筆者は思う。なんなら、玩具のピストルを用いて、この場面を再現してごらんなさい。自殺者が右手で自分の左胸に拳銃を当てて、右の腰部に向かって発射することは非常に困難だし、左手でそれを行うことは、右手の場合ほど困難ではないとしても、相当に難しい作業だ。ここに右利きの加害者が現れて、あなたと正面から相対し、あなたの斜め上から拳銃を発射するなら、記録されているような結果に達することは、むしろ自然ではないだろうか。

十年余りが経過した。

戦争、戦争。アジアでも、ヨーロッパでも。マヤコフスキーと同世代の女流詩人、マリーナ・ツヴェターエワは、永い亡命生活ののち、四一年にソビエトに帰国し、疎開先で首をくくって自殺した。これは間違いなく自殺だった。

翌一九四二年の、ある日のこと、アセーエフの自宅の電話が鳴った。あるじが出ると、馴染みのない男の声で、自分はつい今し方、前線から帰って来た者だが、実は……マヤコフスキーの「自殺」の真相を語る証拠の文書を持っている。この文書を、あなたにお渡ししたいのだけれども……と言う。

アセーエフは途端に怯えて、それでしたら、そういう文書は、オシップ・ブリークにでも渡してくれませんかと、その男に会うことを断った。

それっきり、電話はかかってこないし、なんの連絡もなかった。オシップ・ブリークは一九四五年に病死し、名を名乗らなかった電話の男が、その文書なるものをオシップに渡したか否かは不明。「つい今し方、前線から帰って来た」と、男が言ったのは、単に、以前から連絡しようと思っていたが、従軍中はアセーエフに連絡する余裕がなかった、という意味だろうか。それとも、前線（ドイツ、またはその周辺のどこか）で偶然その文書を手に入れたから、休暇で帰国した今、まっさきにそれをアセーエフに見せたいという意味なのか。どうもよくわからない。

時間は恐ろしいほどの速さで進行しているように見える。独ソ戦はソビエト側の勝利に終り、そのあと、三〇年代の粛清の続きのように、四〇年代の粛清（ユダヤ人迫害）があり、永い永い冷戦が始まった。冷戦と粛清は互いに絡み合い、締め付け合って、数限りない理由と口実、意図的なねじ曲げを生み出した。まもなくスターリンは死に、「雪どけ」時代に入ったが、大多数の人間は気候の急変に怯えるのみで、あしたの天気は、あさっての天気はと、指導者や上司の顔色をうかがう、当時の大勢のロシア人や日本人の表情を、筆者は思い出す。どこの国でも、社会はイデオロギーと経済操作のせいで硬化し萎縮して、柔軟さを失い、痴呆的な様相を呈してきた。その頃の、ある詩人の詩の一節に、こんなのがある。

株あがったり、さがったり
株売るあなたは、あがったり
ぴか！　わあ　すげえ雲……

核と株に徹底的に掻き回された私たちの人間関係は、ほとんど人間関係とは呼べないものにまで下落していた。このような全般的悪化は、いついかなるときでも私たち人間から切り離すことのむずかしい、何かの因果なのだろうか。

直接あるいは間接にマヤコフスキーを知っていた同時代人たちは、もちろん、二十世紀のうちにあらかた死に絶えている。ポロンスカヤも、リーリャも、アセーエフも、メイエルホリドも、とうにこの世の人ではない。それにしても、時間の疾走は凄まじく、ユネスコのいわゆる「マヤコフスキーの年」すなわち詩人の生誕百年、一九九三年もあっというまに通りすぎたと思うと、二十一世紀に入って、すでに十年余りが経過した。このまま、肝心なところが曖昧なままで、無抵抗に移ろうのが、私たちにとって正当なことかどうか。

九三年の秋、イスラエルで発行されているロシア語新聞五紙のうちの一紙が、グリゴーリー・ラジンスキーというひとの『運命の銃撃』(「ドキュメンタリー小説、作者の注解つき」と銘打たれている)を連載し始めた。その後、二〇〇六年にテル・アビブで出版された、この作品の単行本の序文によれば、作者ラジンスキー氏は、職業的ジャーナリストだが、マヤコフスキーの作品と生涯、その運命と悲劇的な死について、白ロシアのミンスク大学を卒業する頃からずっと関心を抱きつづけ、生前の詩人と付き合いのあった人たちの回想やら証言やらを録音テープに収めたりするうちに、数十年が過ぎ去ったのだという(このひとの「本国帰還」、つまり、イスラエルに移り住んだ時期は、一九八〇年前後だったらしい)。

もちろん、ラジンスキー氏は、文芸学者のシクロフスキーの紹介で晩年のポロンスカヤにも逢い、ほとんど十年にわたって老女優を定期的に訪問しては、マヤコフスキーとの出会いのことや、二〇年代末期の複雑きわまる社会情勢のことなどを回想するポロンスカヤの、魅力的で誠実なことばに耳を傾けたのだった。ある日、突然思い立って、老女優とラジンスキー氏は、昔のカターエフの住居から、ルビャンカのかつての詩人の仕事部屋まで歩いた。その回想的文学散歩の途中で、ラジンスキー氏はとんでもないことを聞かされた。マヤコフスキーは例の政府宛の「遺書」(いや、その手紙の冒頭の呼びかけは「みんなに」だった)と同じ時期に、もう一通、手紙を書いたのだという。その二通めの手紙の宛先は、詩人の三つの戯曲(『ミステリヤ・ブッフ』と『南京虫』と『風呂』)を舞台にかけた演出家のメイエルホリドで、一九三〇年四月当時、メイエルホリド劇団はベルリンとパリへ「引越し公演」に出向いている最中だった。四月十五日、ベルリンで公演中に、マヤコフスキーの訃報が伝えられ、メイエルホリドは幕をあける前に観客とともに黙禱をして、在りし日の詩人を偲んだという。その劇場に、ソビエト貿易省の職員だという一人の男が現れて、マヤコフスキーの手紙を演出家に手渡した（詩人は郵便というものを信用せず、たまたまドイツに出張するビリヤード友達の貿易省職員に大事な手紙を託したのだった）。

メイエルホリドはその手紙を読み、泣いたという。劇団が独仏巡演を終えてモスクワに帰るまで、ジナイーダ・ライヒ夫人によれば、毎晩のように演出家は手紙を読み返して、こどものように泣いた。そしてモスクワに帰るや否や、メイエルホリド夫妻は自宅に人を集めて、マヤコフスキーの手紙を読む会を開いた。会の途中で、ＯＧＰＵの男たちが現れ、詩人直筆の手紙はむろんのこと、何通かのコピーもすべて押収し、メイエルホリド夫妻を含めたその場の十人全員を連行して、「国家機密を絶対に他言いたしません」という誓約書に署名させた。

メイエルホリド夫妻

その後のメイエルホリド夫妻の運命は、すでに広く知られている。演出家は一九三九年に捕えられ、残忍な拷問の末に銃殺された。留守宅に侵入した男たちが、ジナイーダ・ライヒ夫人を滅多斬り、滅多刺しにした。

「手紙を読む会」の十人のなかの一人、ミハイル・シューリマンという人は、のちにイスラエルに移り、一九八七年に回想録ふうの本を出したが、その本に「マヤコフスキーとメイエルホリド、惨殺の真相」という一章があり、そこで初めて問題のマヤコフスキーの手紙の内容の一部が明らかになった。この本に引用されなかった部分も、後にラジンスキー氏が自著『運命の銃撃』で引用しているから、現在、私たちはこの手紙をあらかた読むことができる。

親愛なるセーヴァ君（メイエルホリドの愛称）、

きみがこの手紙を読む頃、ぼくはもうこの世にはいないだろう。しかし、この支離滅裂な惑星の中で、ぼくの唯一の友、真の友、芸術戦線における戦友のきみにだけは、せめてきみ一人にだけは、ぼくがこんな行為へと押しやられた事情を、知っていてもらいたいのだ。ほかの行為はあり得なかった。きみはぼくを責めたりしないだろうね。このコピーを残しておくので、うちの母や姉たちも、ぼくを責めはしないと思う……

……………………

ぼくに対する攻撃は、独仏巡業にきみが出発する前から始まっていたんだ。ラップの連中がちくちくと厭味を言ったりするのは、ぼくはもう気にもとめていなかった。ところが、全ソ連邦共産党の中央委員会に呼び出されてさ、むこうの言うことがいいじゃないか。ラップは名目的にではなく、本質的に、文芸における党の路線の現れなんだと……

……………

親愛なるセーヴァよ、きみがいないと、ぼくは完全にひとりぼっちなんだ。大酒をくらって、アングルテール（エセーニンが死んだレニングラードのホテル）にでも殺到するか。こういうくだらねえ考えが、最近はやたらと鈍頭《どたま》に浮かんできて仕方がない。

いや、きみはこの「空《くう》の空」なる世界で、ぼくよりはずっと強運のひとだから、きみの生み出す舞台や、きみという人物そのものは、世間に認められ、感謝されるだろうがね……

……………………

ご存知アグラーノフの代理と称して、知らない男が真夜中にぼくを呼び出し、えんえん喋るんだ。そいつの前にファイルが置いてあって、そのファイルに「事案マヤコフスキー」って書いてあるのには、笑えたね。鍵括弧はついてなかったけどさ。こちらとは絶対に視線を合わせようとせず、その男が言うには、ぼくが首尾一貫して、文芸における党の路線の政治的権威を失墜させるべく画策しているという証拠を、ＯＧＰＵは持っているんだそうだ。それから、そいつは次の問題に移る。

「外国でわれわれに敵対する輩《やから》に、あなたはどんなに美味《うま》い餌を与えているか、そこのところはおわかりでしょうか。……もう一つ、われわれは、革命前にロシア社会民主労働党のモスクワ市委員会とその印刷所が壊滅した一件について、それがあなたの裏切り行為の結果であることを証《あか》す公的文書といいますか、反駁の余地なき資料を持っております。この事実を、われわれは完全に復元してですね……」

……………………

ごらんの通り、この手紙では、「私が死ぬのはだれのせいでもありません」式の、自殺者によくある月並な訴えかけから、ぼくは遠ざかろうと努めている。

逆だよ、だれかのせいなんだ！　だれかのせいもいいとこさ！　手に拳銃を握るまでにぼくを追い詰めた連中と戦ってもらうために、この手紙では、きみに真実の情報をたっぷりと提供しておこう。ただ一つだけ、お願いしたいことがある。この手紙のことは秘密にして、だれにも漏らさぬように。頼んだよ……

ラジンスキー氏によれば、この手紙はマヤコフスキーの「自殺」の四、五日前に書かれた。四月十四日の四、五日前といえば、四月十日あるいは九日だ。ポロンスカヤが言うところの最後の一週間の初日、四月八日の、何かが始まった気配だけがあって、その実態がわからなかった、あの詩人の表情の奇妙な急変や、涙、そしてその夜、ゲンドリコフの家まで送ってくれたポロンスカヤとヤンシンに、詩人がふと洩らした謎の言葉――「きみらが今、ぼくを何から救ってくれたか、わかってもらえたらなあ」――これらの土台に嵌めこむべき事実のピースが、やっと明らかになった。OGPUの脅迫。脅迫された本人が、友人への手紙ではっきりと述べているのだから、これは立派な一次史料であり、直接的な証拠が少ないこの事件では、貴重な物証が見つかったと言わなければならない。

「革命前の」マヤコフスキーの「裏切り行為」については、この章で、すでに概略を述べておいた。一九〇八年、満十五歳の誕生日前のマヤコフスキーは、ロシア社会民主労働党に入党したばかりの新米党員で、党のモスクワ市委員会のメンバーに選ばれていた。十四歳の党役員というのはいかにも奇妙だが、これは相次ぐ一斉検挙で人手不足に陥った党が機械的に、順送りに、欠けた部署を埋めていったために生じたことだった。非合法印刷所での、ビラやパンフレットなどの印刷の仕事に興味をそそられたマヤコフスキー少年は、前夜に先輩の党員が逮捕された印刷所の現場へ、のこのこ出掛けて行って、張り込んでいた警察にあっさり逮捕された。これは確かに軽率な行動だったかもしれない。そして、軽率な行動は広い意味では「裏切り」に通じると言えるのかもしれない。マヤコフスキーは、知らない男にビラを届けるよう頼まれただけで、自分はこの印刷所とは無関係だと言い張ったが、裁判の場では、先輩党員とマヤコフスキーとがお互いに知らん顔をしているだけで、実は非合法の党員同士であることは、弁護士のみならず、だれの目にも明らかだったという。先輩党員の印刷工は流刑を申し渡され、マヤコフスキーは未成年のゆえに監視つきの仮釈放になった（これは母親と姉の奔走の結果だった）。

こうして、翌一九〇九年の七月に、別の事件で三度めの逮捕となり、そちらのほうも一九一〇年に釈放となるまで、半年余り「臭い飯を食った」マヤコフスキーは、獄中で初めて意識的に詩を書いたり、本来の学業である絵を描いたりするけれども、その間、社会民主労働党の誰かに不利な証言をするとか、党の秘密を官憲の耳に入れてしまうとか、そういう直接的な「裏切り」に走ったような形跡は現存する文書には全く見られない。たくさんの上申書や請願書などには、何かロマンチックな冒険を始めるような気分で革命運動に参加した十四歳の少年が、自分の行動は全くもって軽率だった（これは少年の本音だろう）、今はただ美術学校の学業をつづけたいだけだと、悔いもし、現状からの抜け道を必死に探りもし、こうして生まれて初めて「転向」を余儀なくされたマヤコフスキーの心情が色濃く残っている。だいたい、官憲が耳に入れられて喜ぶような党の秘密を、入党して半年にもならぬ少年党員が知っていたかどうか。知らなかったからこそ、早く「内部」の人間になりたいという焦りで、ビラをふところにして地下印刷所を訪ねるという危ないことをやったのではなかったのか。要するに、この時期のマヤコフスキー少年は一見二十歳前後の押し出しだったというが、実態は「裏切り」ができるほどの大物ではなかった。

それでも、これだけの経歴から、同志を売って自分は安全圏へと転向し、その結果として党のモスクワ市委員会を壊滅させた「裏切り者」を作り出すことは可能だ。日本のスパイだとか、ソビエト国内での破壊活動に従事するテロリストだとか、さまざまな危険分子を無から創造することにかけては一流の腕を持つOGPUのスタッフたちにすれば、マヤコフスキーの容疑をでっちあげるくらい簡単なことはなかったかもしれない。早い話が、マヤコフスキーの場合、第一の逮捕には社会民主労働党の地下印刷所が絡んでいるが、第二、第三の逮捕には、むしろエセール（社会革命党）の徴発グループとか、エセールが主導した婦人政治犯たちの集団脱走とかが前面に出てくる。のちの共産党史で、このエセールがどれほど口汚く罵られていることだろう。一九〇八、九年頃といえば、党派としてのボリシェヴィキは最低の所まで落ち込んでいて、エセールやその他の党派との共同闘争が当然のように行われていた時代だ。そんな歴史的条件を無視して、OGPUは、これは反ボリシェヴィキの策謀だなどと騒ぎ立てるつもりだったのかもしれない。

マヤコフスキーは、十月革命後、自分の少年時代の政治活動には、ほとんど言及することなく、どうしてもその話をせずにはすまなくなったときは、私は一介の平党員で、命じられるまま小さな仕事をしていただけだと、へりくだった口調で言うのが常だったという。この詩人の心にも、「転向」の重しがのしかかっていたのだろうか。短い自伝『私自身』でも、この転向問題はさほど明確な回答を与えられてはいない。日本での、この種の問題についてのさまざまな論考を見るにつけても、転向問題の処理にはどうしてもある程度の時間が必要だと思う。三十六歳で死んだマヤコフスキーには、時間が足りなかった。
　ポロンスカヤがルビャンカの仕事部屋へ戻って、詩人の遺体を発見した際、階段をどどどっと下りてきて、上って行く女優と擦れ違った、乗馬ズボンの男は、一体だれなのか。エリベルトか。その同僚、あるいは配下の者か。ここまでいろんなことが明るみに出て、それらが組み合わさり、ひとつの犯罪をかたちづくると、もはや、ガリフェを穿いていた男の「特定」はどうでもよいことのような気もする。いや、どうでもよくはない。その男の姓名が明らかになるに越したことはないのだろうが、そんな日はもう来ないのかもしれない。拳銃発射の時刻に、まだ二、三分の幅があって、その幅がこれ以上狭まる見込みは、当分あり得ないのと同じように。
　決定的な証拠の手紙を提供してくれたラジンスキー氏の、結論のように『運命の銃撃』の末尾に述べられた言葉は、こうだ。

　……こうして、ひとつの社会体制が、才能豊かで非妥協的な詩人を殺した。今後、私たちがどのような方法で探すとしても、詩人に死をもたらした犯人の第一候補は、党とその抑圧機関だろう。党と抑圧機関を、かつて詩人は褒め称えたのだった。目から鱗が落ちるのが遅すぎて、そのことがマヤコフスキーの命取りになった。

　全く、その通り、と、筆者は頷いている。こういう明快な意見がロシア語で述べられているのを読むのは初めてで、驚いている。時間は恐るべき速さで疾走しているけれども、それは空しい速さではなかった。時間という名の強風に吹き飛ばされて、無意味な言説や、単なるレトリックは消え失せてしまう。吹き飛ばされずに残る言葉こそが私たちの血肉であり、私たちは血肉化した言葉を頼りに生きていくしかないだろう。そのような環境では、詩は本来の歌や踊りを取り戻し、たいそう陽気な友人として私たちのかたわらから離れないかもしれない。かつての犯罪だらけの地球の、犯人や犯行時刻の特定と同じく、それはまだまだ先のことなのだろうが。

12　死者を悼むとは

ひとりの人間が他界する。この世界から、どこかへ、私たちが漠然と「あちら」というふうに思っている彼方へ、行ってしまう。残された私たちには、何ができるだろう。宗教のかたちを借りて、弔うための儀式を執り行い、大勢集まって、経典を朗読する声の流れに身を浸し、ぼんやりしていればいいのか。あるいは、流行りの「送る会」や「偲ぶ会」を開いて、だれかの弔辞を聴きながら、いろんなことを思ったり、連想したりして、一定の時間をすごせばよいのか。

死者を悼むというのが右のようなことならば、悼む以外にも私たちには何かができる筈だ。言い方を変えるなら、悼むということには、もっと力強い、具体的な何らかの行為が含まれているにちがいない。かねてから筆者はそんなふうに考えていた。

マヤコフスキーの死について考察する、この本を書きながら、詩人の死を悼む大勢の先達たちの書き残したものを参照するうちに、おのずから、悼むということばにふさわしい行為のパターンが固まっていくのが感じられた。以下、筆者が注目した三人の文学関係者の悼み方を見てみれば、それらがどれほど普通の市民的な「死者の送り方」とは違っているか、ひとりの人間の他界をどれほど理屈ぬきに嘆き悲しんでいるかが、明らかになるだろうと思う。

演劇人メイエルホリドは、一九三六年に発表した短い文章で（「マヤコフスキーについて一言」、ソビエト芸術紙三六年四月一一日号）、生前のマヤコフスキーは自分にとって、どのような人間だったか、何者だったのか、という点に考察を集中している。

革命直後の『ミステリヤ・ブッフ』上演の頃から、絶え間なく聞こえてきたのは、詩人としてはさておき、劇作家としてのマヤコフスキーを、メイエルホリドはあまりにも買いかぶっているのではないのかという声だった。

『ミステリヤ・ブッフ』は確かに面白いし、尖鋭だけれども、あれは芝居じゃない、と断じる演劇関係者たちは少なくなかった。このような声は『南京虫』のときも、『風呂』のときも聞こえていたらしい。

『南京虫』の場合も『風呂』の場合も、完成した戯曲を演出家や役者たちやスタッフの前で、作者自らが朗読したとき、だれよりもメイエルホリドがその出来栄えに感嘆し、「天才だ！　モリエールだ！」と狂喜したのだという。これは若干買いかぶりの気味がないだろうか。詩人として、人間として、詩の流派のリーダーとしてのマヤコフスキーに惚れ込んでいたあまり、贔屓《ひいき》の引き倒しになっていなかっただろうか、と、メイエルホリドは反省し、いや、と率直に語る。これが贔屓の引き倒しなら、マヤコフスキーが死んだ今、詩人の光芒にかき消されていた本当の劇作家が表に浮かび上がってきてもいい頃だが、今の所、そういう存在はどこにもない。

本読みの段階で、ぐずぐずしているのをメイエルホリドは好まなかった。だから、劇作家はなるべく早く稽古場から遠ざけるのが普通だった。しかし、マヤコフスキーの戯曲の稽古となると、遠ざけるどころか、マヤコフスキーが稽古に出てきてくれないと、何一つ始まらなかった。従って、ポスターにはいつも「台詞指導、マヤコフスキー」という文字が入っている。

マヤコフスキーは芝居とは何かを心得ていた、と、メイエルホリドは言う。彼こそは真の劇作家だが、若干時代に先んじていたために認められずに終った。けれども一緒に仕事をしてわかったのだが、この詩人は劇作家であると同時に演出家の才能をも兼ね備えていた。そしてモリエールやシェイクスピアと同じように、俳優としての素質や実績さえあった。最初の劇作『ヴラジーミル・マヤコフスキー』の主役を、マヤコフスキー自身が演じたことを思い出してみよ。

そして何よりも、マヤコフスキーには、未来をのぞきこみたいという欲望があった。そこにこそ、シェイクスピアやモリエールとの共通点がある。シェイクスピアにしろ、モリエールにしろ、過去の題材を用いながら現在や未来を語っている趣《おもむき》がしばしば見られる。例えば『ハムレット』。主役のハムレットは未来の崖っぷちに立っているように戯曲が組み立てられている。だが、王や王妃やポローニアスは崖の向こう側、あくまでも過去の人間たちだ。こういうところにこそ、演劇の本質があり、演劇芸術家としてのマヤコフスキーの重要性がある……

メイエルホリド

つまり、生前のマヤコフスキーは、メイエルホリドの最高の仕事仲間だった。

悼んでいる二人目のひとは、作家のユーリー・オレーシャ（『別離の書』、一九三七年刊）。

このひとはオデッサの出身で、詩人の人生最後の一夜、カターエフ家のパーティに出席していたのも、そのためだ。カターエフ家は、当時、オデッサ出身の文学者たちの溜まり場になっていた。一八九九年生まれのオレーシャは、『ズボンをはいた雲』を書く頃のマヤコフスキーが、最初の未来派の「巡業」としてオデッサを訪れたときは、まだ詩よりもサッカーに夢中な十代の少年だったという。

その後、カターエフを頼って首都に出てきて、一九二八年、『羨望』『三人のふとっちょ』などの作者としてマヤコフスキーと知り合い、たちまちこの詩人に惚れ込んだ。なぜ惚れ込んだのかという理由をいくつか書き、そのあげくに、「私はマヤコフスキーに恋をしていた」と書く。こういうふうに書くひとは、案外多い。理由をしぶしぶいくつか述べて、それから、ええい、面倒だ、とばかりに、「恋をしていたんだよ」と言ってしまっているひと（男女を問わず）は、このたび筆者が読んだだけでも三、四人はいる。オレーシャも、「彼の姿を見ると、妙にそわそわし、彼の視線がたまたま私を捕えたりすると、全身ぶるっと震えてしまう……私の視線はといえば、彼に釘付けになって、彼のことばはもちろんのこと、しぐさのひとつひとつ、目の動きのひとつびとつを逃すまいとする……」というのだから、これはまさしく「恋」以外の何でもあるまい。とすれば、死んだマヤコフスキーがしばしば夢に現れたところで、

オレーシャが描いたマヤコフスキー

オレーシャ（右）

なんの不思議もありはしない。

オレーシャは、三〇年四月以降、よくマヤコフスキーの夢を見たという。一般的に言って、死んだ人間が夢に現れたとしても、私たちは驚きもせず、怖がりもしない。それが夢だということは、なぜか初めからわかっている。死んだ人物が生きていたときのように喋ったり、行動したりしても、少しも不思議ではない。ただ、その人物の身に何かが起こったことは、なんらかの欠落のようなものが感じられるせいで、初めから気にかかって仕方がない。そして、その欠落をもたらしたものが死であるということは、夢を見ているあいだはわからない。何かがあって、この人物は別人になってしまった。夢の中の人物のこのような変化が、私たちには胸をかきむしられるように悲しい。この変化、この欠落がなければ、死んだ人物は私たちの夢に登場することはできないのだ。これらの外見の微妙な変化や、個性の欠落は、現《うつつ》の世界でその人間の死体を見たとき以上に、私たちに悲しみをもたらす。

夢の中のマヤコフスキーも、ほかのすべての死者と同じく、満ち足りた生活ではなく、欠落のある生活を送っている。オレーシャの見た夢の中のマヤコフスキーは、どんな欠落を蒙っていたか。オレーシャの見たマヤコフスキーは知性を失っていた！　マヤコフスキーが夢の中で生きている？　そりゃ結構。だが、夢の中の霧に包まれた国ではなく、現に、この地上で、本当に生きていたマヤコフスキーとは全く違う別人の人生を、このたびのマヤコフスキーは送らなければならない。みんなが気の毒がり、哀れんで、ひそひそと噂するような、そんな人物の生を、オレーシャの夢の中ではすごさなければならない。

「私はマヤコフスキーと差し向かいで話す夢を見た。夢の部屋には私たちのほかにはだれもいなかったし、私たちはくっつき合うようにして坐っていたので……マヤコフスキーの顔は目の前にあり、私はこんなことを喋っている（あまり厚くない一冊の本を手に持って）。あなたの名作や大作は別として、この本はすばらしい。何がどうすばらしいのかは、私ははっきり意識していないけれども……この本の書評を書こうと思う、とも私は言っている。きっといい書評になると思います。マヤコフスキーは満更でもない表情だ。私は特に力を入れて書評のことを繰り返す。意識下では、彼が死んだことをはっきり記憶していたので。私が書評を書きたいと言ったのが嬉しかったようで、マヤコフスキーの顔は善良な、悲しげな表情になる。その目には涙さえ浮かんでいるように見える……」

この悲しくも寂しい夢の場面は、ポロンスカヤの回想記（第四章）の最後の一週間の冒頭の日の出来事を思い出させないだろうか。何かが起こった気配のみで、何があったのかはわからなかった、あの四月八日、約束の昼食の時刻に遅れて来たポロンスカヤとヤンシンの前で、マヤコフスキーの目に涙が突然こみあげ、泣き顔を見せまいとして詩人は席を外した……ＯＧＰＵに脅かされて、マヤコフスキーは、すでにオレーシャの夢の中の死者の国に片足を突っ込んでいたのか……

死によって損なわれた夢の中のマヤコフスキー。その悲しみをそそってやまない欠落を意識することが、死者を悼むオレーシャの行為のすべてだ。

ヴィクトル・シクロフスキー

筆者が注目したもう一人は、文芸学者のヴィクトル・シクロフスキーで、このひとは三人のなかでもっとも長寿に恵まれ、一九八四年に九十一歳で亡くなった。LEF同人としてマヤコフスキーとは親しく付き合い、死の前々日、詩人の姿をゲルツェン会館のレストランで見かけている。マヤコフスキーは作家のニクーリンと、パリの話に花を咲かせていた。そこへ、まるで申し合せたように書類鞄を抱えた男たちが三、四人現れた。一人はぴかぴか光る真っ赤な鞄を抱えて、物凄く目立ったという。これすなわち、「会議にふける人々」で、マヤコフスキーが加入したばかりの「ラップ」（ロシア・プロレタリア作家協会）の連中であり、詩人の再教育をしようと張り切っていたのだった。ほとんど、この連中に拉致されるようにして、マヤコフスキーはその場から立ち去ったが、立ち去り際にシクロフスキーの方へ寄って来て、ちょっと立ち話をした。そのときマヤコフスキーは、みんなが普段から金を預けておいて、必要に応じて自由にその金を使えるような、貯金箱みたいなもののことを、疲れた口調で語ったという。これが、オレーシャの言うところの、「失われた知性」のきれっぱしなのか！　シクロフスキーとの最後の立ち話が、辛うじて残っていた知性の証だとするなら、これはもう、恐怖と不安とに責め苛まれて、詩人はすでに半ば死んでいたも同然だったと見ないわけにはいくまい。

　生前のマヤコフスキーは、シクロフスキーにとって何だったか。そんなことを、この文芸学者は考えもしない。そんなことは言うまでもない。マヤコフスキーはマヤコフスキー。そして、死んでしまったマヤコフスキーは、シクロフスキーの夢にも現れたかもしれないが、夢の中の死者は、夢を見る者の意識が粗雑にでっちあげた、間に合せのイメージ以上のものではない。それは私たちの悲しみをいやが上にもそそるかもしれないが、問題は死者を損なってそのような「欠落」のある存在にしてしまった、そもそもの出来事――死それ自体なのだ。

一九六六年に出版された主要作品集『むかしむかし、あるところで』に収められている「マヤコフスキーについて」という文章（六六年といえば、ポロンスカヤがたまりかね、第二の手記をひっさげて方々の出版社を急襲した直後で、従ってこれは同じ頃に書かれた文章と考えられる）で、シクロフスキーは、この詩人の誕生の日から他界の日までを、落ちついた確実な筆致で描き出し、マヤコフスキーの突然の死とは何であったのかを、最後に断言する。

葬儀のとき、用意された柩に大男マヤコフスキーは収まりきれず、靴をはいた足先がはみ出ていたことは、いろんな人が注目し、記録しているが、激しい移動と酷使に耐えるよう、まるで蹄鉄のようにその靴底に金属が打ちつけられていたことは、さほど語られていない。シクロフスキーは、詩人の死後、ゲンドリコフ小路の詩人の自宅へ行き、蹄鉄を打たれた靴がほかにまだ何足もあるのを見て、マヤコフスキーは死ぬつもりはなかったと判断する。

「……町中の人間が、詩人の柩と並んで歩いた。幼児は高く持ち上げられ、『ほら、あれが、マヤコフスキーだよ』と教えられた。

群衆は、文字通り、街を埋めつくした。

柩を載せた車を運転していたのは、ミハイル・コリツォフで、群衆から抜け出ようと、スピードを出した。詩人を見送りに来た人たちは、あたふたした。
死んだヴラジーミルは、〈わが友、政府〉に宛てて手紙を書いていた。
まるで事故の現場のように、自分の死を信号灯で縁取っている手紙だった。それは恋のボートの転覆を説明していた。そして不幸な失恋のせいなどではなく、愛想を尽かしたもろもろの事柄のせいで、ひとりの男が死んで行くことをも説明していた……」

これはプラウダ紙が大々的に報じた失恋自殺ではなく、マヤコフスキーにしてみれば、ほとほと愛想も小想《こそ》も尽き果てたような事柄や人物があって、その愛想尽かしの結果として不世出の詩人は死んだのだと、シクロフスキーは断言する。六〇年代に書かれたものとしては、これはぎりぎりの表現であり、このたびの仕事でシクロフスキーを読み返した筆者は、大発見をしたような気分を味わったことだった。現在の読者に、生前のマヤコフスキーが愛想を尽かした事物や人物について、くだくだしく説明する必要はないだろうと思う。

悼むという行為について、筆者が感じ入った三人は、ここに出揃った。

私たちの大多数は、たいていの場合、メイエルホリドのように行動していると思う。死んでしまえばお終いで、肝心なのは生きていたときの相互の位置や距離だという考え方。

しかし、夢の中の故人の生という、オレーシャの考え方は魅力的だ。私たちの中でも、案外多いのはこういう「夢で逢いましょう」的な考え方かもしれない。

ソビエト国家崩壊直後の筆者のロシア旅行のことは、すでに触れた通りだが、その際、案内してくれたロシア女性はもうお孫さんがいる歳で、そのひとがマヤコフスキー文学館で展示物や詩人の詩句をなつかしそうに眺め、アメリカから詩人の実の娘がロシアを訪れたときのことなど話したあ

げく、感情をこめて呟いたのが忘れられない。曰く、

「マヤコフスキーは気の毒ね。こんな気の毒なひとは、ほかにいないと思うわ。あの時代のいろんなひとたちのなかで、いちばん可哀相」

まさしく、オレーシャが言った通りの、「みんなが気の毒がり、哀れんで、ひそひそと噂するような、そんな人物」と化していたのだ、このロシア女性の胸に宿ったマヤコフスキーは。

それにしても、やはり悼むという行為の最終段階は、メイエルホリドの唯物論的な立場や、オレーシャの夢の国の悲しみを越えて、シクロフスキー的な死との直接対決しか、あり得ないと思う。但し、シクロフスキー的段階の前の、二つの段階は、だれにとっても欠くべからざる、ぜったいに必要な条件なのだ。

私たちは死んだ人間と自分との関係や距離をはっきりと把握し、相手の死を自分の思いのたけ、全感覚によって悲しむだろう。それらの精神的操作を経なければ、死との格闘はあり得ないし、死にまつわる小賢しい弁明や韜晦をねじ伏せることはできないだろう。要するに、三人の先達たちの追悼行為は、互いに絡み合ったかたちで三つ揃って、そこで初めて高度に人間的な、考えられる限り最も完全な「死者を悼む」行為が生まれるだろう。どれが欠けてもいけない。どれかが一つ欠けただけで、「死んじまったらお終《しめ》えよ」とか、「あのひとは私の夢の中に生きている」とか、あるいはテレビの推理ドラマの最終シーンの、名探偵の鼻高々の「謎解き」の長台詞とか、そういう安直な諦めに陥る危険がある。

思えば、筆者がこの本で引用したり、翻訳によって直接紹介したりした人たちは、本人が意識しているか否かにかかわらず、いずれも、右のような全的な追悼行為に向かって、一歩あるいは数歩

を踏み出した人ばかりだった。ポロンスカヤ然り、スコリャーチン然り。それらの人々の残した言葉を、筆者はほとんど敬虔な気持で、おのれの舌の上にころがし、味わいたい。それは亡くなった詩人の詩を読むのと、ほとんど同じことなのだから。

マヤコフスキーの葬儀に集まった人々

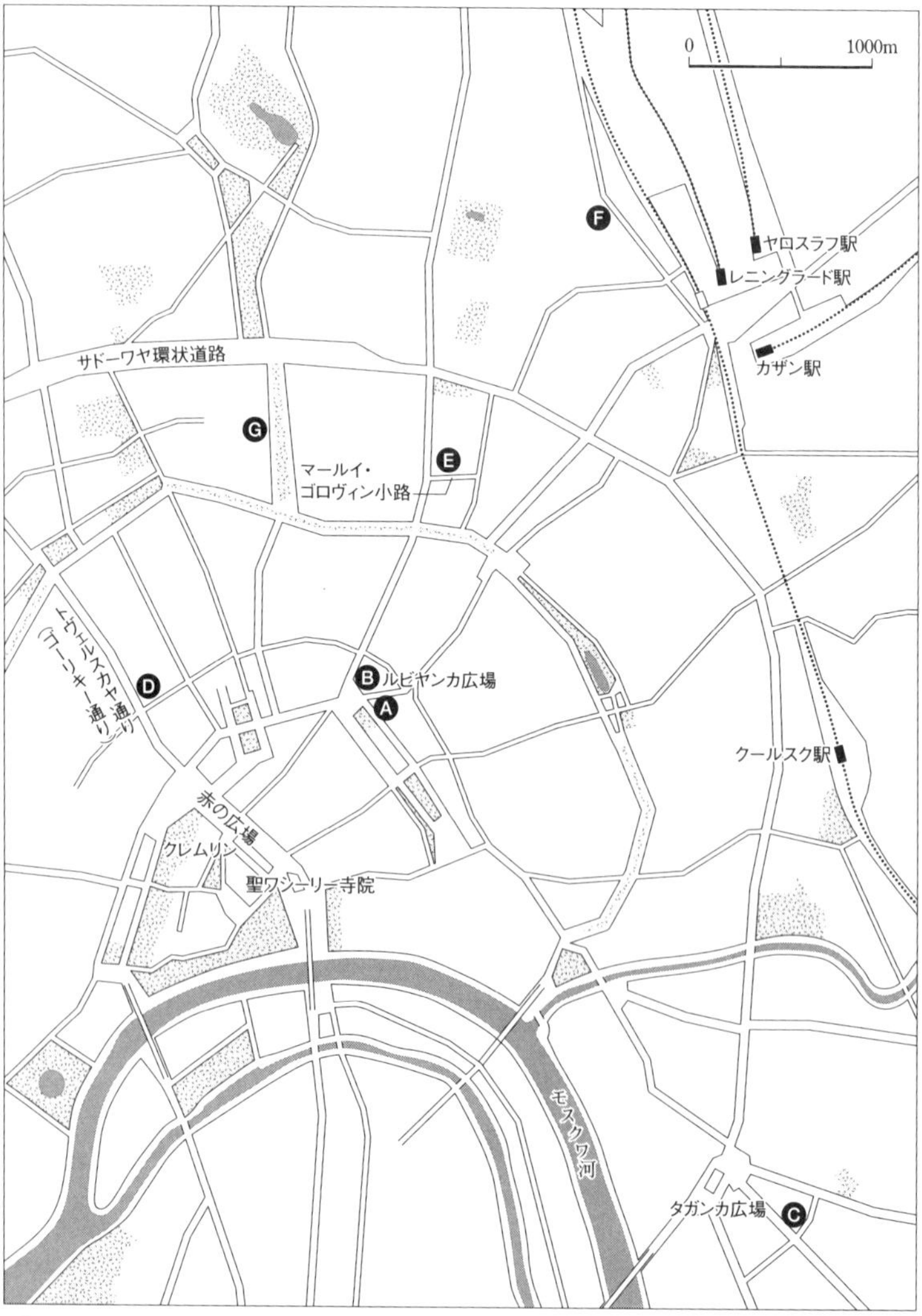

A ルビャンカの仕事部屋　C ゲンドリコフ小路の住居　E カターエフ宅　G 第一サーカス
B OGPU本部　D モスクワ芸術座　F ヤンシン宅、ヴェロニカの婚家

あとがき

本書は、初め、マヤコフスキーの最後の一年間、だれよりも詩人に近かったモスクワ芸術座の女優、ヴェロニカ・ポロンスカヤの三つの文章を翻訳し、それに少し長めの解説をつけて、詩人の晩年に関する興味深い資料を提供しよう、というほどの意図で始まった仕事だった。

三つの文章とは、まず、詩人の急死当日に当局の事情聴取を受けたポロンスカヤの供述調書、そしてその八年後、自発的に書かれたポロンスカヤの回想記、そして更に二十年後にこれまた自発的に書かれた手記、この三つだ。

最初の供述調書では、詩人のストーカーまがいの行為に、暫く前から迷惑していた女優は、あるとき、とうとうぴしゃりとマヤコフスキーを撥ねつける。撥ねつけられたショックから、詩人は自殺へと踏み込んだのかもしれず、詩人と女優とのあいだに性的関係はなかったという。

次の回想記では、マヤコフスキーとポロンスカヤは相思相愛の仲で、もちろん性的関係はあったし、女優はマヤコフスキーのこどもを堕ろしてさえいる。自殺の理由は、結局よくわからない。健康問題や、創作上の悩みなど、そのほかにも、女優には理解しにくいさまざまな理由がたくさんあったようだ。

最後に、三つめの手記はフルシチョフ時代の終り頃に書かれた。件《くだん》の朝、いったん芸術座の稽古場へ向かったが、なんだか気がかりで、詩人の仕事部屋へ取って返したポロンスカヤは、詩人の部屋のある四階から凄い勢いで駆け下りてきた男と擦れ違う。六四年までそのことを語らなかった（語れなかった）女優は、回想記の補正部分として「マヤコフスキーは殺された」と題する短い手記を書き、それを活字にしようと、方々の出版社をまわるが、この努力は実らなかった。手記を読んだ文学関係者はすでに亡くなり、その友人（ブロニスラフ・ゴルプ氏）が内容を記憶していて、自著のなかに書いているけれども、肝心のポロンスカヤの生原稿は長年のうちに行方不明になってしまったらしい。

ここで、ポロンスカヤの三つの文章の翻訳書を出そうという企画は頓挫し、それでも一九三八年の回想記は基本文献だから、それ一つだけでも纏めておいて無駄にはなるまいと、ちょびちょび翻訳しながら、他の文献なども参照するうちに、妙なことに気づいた。生前のマヤコフスキーを回想している文章は数多いが、それらはすべてジグソーパズルのピースのように、それ自体としては大した意味をもたず、隣近所のピースとくっついて初めて、まったく予想外の新たな存在となる場合が多いということだ。これは、時間的にも空間的にも小さくて無責任な回想にはつきものの、しごく当り前の現象かもしれないが、予想外の新しさが生み出されるという点では、驚くべきことと言わなければならない。

ポロンスカヤの回想は、それらのちっぽけな回想のピースを惹きつけ、それらのピースを置くための巨大な土台のように見えてくる。実際、例えば、三〇年四月十四日朝の諸事件のタイムテーブルをつくるとして、詩人の隣人、タタリースカヤ姉妹の回想に現れる時刻の記録が、ポロンスカヤの文章と結びついて、どれだけ明晰で緊密な光景を現出したことだろう。

マヤコフスキーの手書きの原稿をタイプで清書していた、リュドミラ・タタリースカヤ（妹のほう）の、ほんの五ページの短い回想は、『肉親と友人のマヤコフスキー回想』（一九六八）[1]に収められている。出勤前にせわしなく身支度をしながら、預かった図書代のお釣りをマヤコフスキーに返したり、ポロンスカヤの動向に気を遣ったりした、メリ・タタリースカヤ（姉のほう）の、事件の二日後の供述調書は、ストレジニョーワ編『〈ぼくが死ぬのはだれのせいでもありません〉？　マヤコフスキー事件の取り調べ記録文書と、同時代人の回想』（二〇〇五）[2]に収められている。この二冊の本が、なかんずく、ストレジニョーワ編の大部の記録文書集がなければ、本書は成立しなかった。

ほかにも、生誕百周年（一九九三年）の前後から、興味深い資料がたくさん世に出た。スヴェトラーナ・コヴァレンコの『星の貢物』（二〇〇六）[3]は、マヤコフスキーの生涯に劇的に登場する十五人あまりの女性たちについて、詩人との関係その他を調べ上げた五百九十ページの大著で、ここには例の「後追い無理心中」（?）に走ったモスクワの主婦、エリザヴェータ・アントーノワも出てくるし、美術学校の同窓生で、「マヤコフスキーの結婚」と題した卒業制作のタブローを描き、その頃のモスクワの一番高いビルから飛び下りた、アントニーナ・グミリーナも出てくる。更には、スコリャーチン亡きあと、マヤコフスキー謀殺説を唱える人たちの先頭に立つブロニスラフ・ゴルプの、これまた七百ページを超える大著『革命の玉座に侍る道化』（副題は、「銀の時代の詩人にして俳優、ヴラジーミル・マヤコフスキー、その創作と生涯の内的テーマ」、二〇〇一）[4]は、かつてのロシアのスコマロッホと呼ばれた旅芸人、あるいは街頭音楽家にマヤコフスキーをなぞらえることを中心に据えた、画期的な論考だ。そして、イスラエルで出版された、グリゴーリー・ラジンスキーの「ドキュメンタリー小説」と銘打たれた『運命の銃撃』（二〇〇六）[5]は、達者な描写力に縒《よ》りをかけた、リアリスティックな実名小説で、マヤコフスキーの最後の書簡、外国巡業中のメイエルホリドに宛てた手紙を初めて引用紹介している。そして二〇〇七年に出た同時代人の回想集『私のマヤコフスキー』[6]には、ユーリー・オレーシャの『別離の書』の主要部分が載っている。これらもまた筆者のジグソーパズルには欠くべからざる資料だった。

そのほかにも、「読書国ロシアのショーウィンドー」という出版情報誌の一九九七年一、二月合併号[7]には、ポロンスカヤの三つめの手記について語った、故スタニスラフ・ロマノフスキー（一九九五年歿）の短い文章が掲載されたし、文学新聞一九九三年六月三十日号[8]には、ロマン・ヤコブソンの回想が掲載され、そこにはかつてのヤコブソン家の家政婦、ピロシキ作りの名人のナージャ・ガヴリーロワというひとの姿が現れる。この婦人は、ストレジニョーワ編の記録文書集に、事件当時の供述調書を残していた。そうれ、待ってました、とばかりに、筆者は二つのピースをくっつけてみて、快哉を叫ぶ。この婦人の存在が、マヤコフスキーの日常生活を、どれほど生き生きと再現してくれたことだろう。

もちろん、筆者はスコリャーチン[9]を翻訳していたから、マヤコフスキーの死が単なる自殺などではないこと、それが「強いられた死」であることを、肝に銘じていた。しかし、ジグソーパズルを始めたとき、結果としてどのような光景が現れるのかは、全くわからなかった。事件のあと、七、八十年のあいだに散らばったピースを、どんなに丹念に拾い集めたところで、こちらに都合のいい光景が現れるとは限らない。そのことは覚悟していたのだが、パズル遊びをつづけていると、あれよあれよと叫びたくなるほど、くっきりと、詩人の最期が見えてきたのだ。ほとんど奇蹟的とさえ感じられる、そのようななりゆきのきっかけの一つとなったのが、モスクワ市中心部の地図だった。

マヤコフスキーとポロンスカヤはむろんのこと、この事件の登場人物はみな、ルビャンカの詩人の仕事部屋や、ゲンドリコフ小路の「三人所帯」の家に、出入りする。これら二つの住居はどれくらい離れていたのか。ポロンスカヤはルビャンカの部屋から芸術座へ「出勤」していたようだが、ルビャンカ―芸術座間の距離は？　それがほんの一キロメートル足らずとわかって、筆者は思わず「なーんだ」と言ってしまった。他にも、詩人が生涯最期の夜をすごした作家カターエフの家や、ポロンスカヤの婚家であるヤンシン家など、地図の上で場所を確認して、思わず膝を打つようなケースは少なくない。それらの場所から場所へ、歩いて、もしくは車やタクシーや辻馬車で移動した当時の登場人物たちの姿を想像するのは、なかなかに楽しいものだ。

こうして、いうところの詰め腹を切らされそうになった、つまり、ピストル自殺を強いられた詩人は、自分でも何パーセントかはその気になったとも見えるが、やはり思いとどまり、結局は「遺書」の日付の二日後に殺された。弾丸が体内を貫き、マヤコフスキーは悔しさのあまり、「ライオンのように吠えた」。この瀕死のマヤコフスキーに、隣の区画の住人だった看護師のライコフスカヤ女史が、その場でカンフル注射をしたという情報が、現在イスラエル在住のラジンスキー氏の文章を経由して伝えられたことは、筆者にはこの凄惨な場面での唯一の救いだった。

こうして、部分的には（第1章の後半と第4章）翻訳書であり、それ以外は筆者の文章という、奇妙な本書が生まれ出た。

たくさんの資料を用いたジグソーパズルはなんとか終了したけれども、現れるべき絵が最終的に現れただろうか。あまりにも資料が多いので、それらを一々嚥下するうちに、消化不良を起こし、現れた絵は少し歪んでいるのではないのか。しかし、今の段階ではこれで精一杯というのが、筆者の率直な感想だ。資料は少ないよりは多いほうがいいに決まっている。正直に言って、このたびは資料がもう少し多くてもよかったと思う。だが、古い資料を手に入れることのむずかしさを、骨身にしみて味わったのだから、その貴重な経験をさっ引くなら、このたびの資料は多くもなければ少なくもなく、分量的にはちょうどいいところだったのかもしれない。

資料の蒐集に手を貸して下さった、
島地純さん、
武田清さん、
堀江新二さん、
沼野充義さん、
どうもありがとうございました。
そしてわが甥とその伴侶に、多謝。

二〇一三年九月十九日

小笠原豊樹

(1) Маяковский в воспоминаниях родных и друзей. Московский рабочий, 1968
(2) 《В том, что умираю, не вините никого》? Следственное дело В, В, Маяковского, Документы, воспоминания современников. Эллис Лак 2000, 2005 Москва
(3) Светлана Коваленко : 《Звездная Дань》 Женщины в судьбе Маяковского. Эллис Лак 2006 Москва
(4) Бронислав Горб: 《Шут у Трона Революции》 Улисс-Медиа 2001
(5) Григорий Розинский: 《Роковой выстрел》 Кругозор, Телъ-Авив, Израил 2006
(6) Мой Маяковский, воспоминания современников. Екатеринбург, У-фактория, 2007
(7) Витрина Читающей России №1-2 январь февраль 1997
(8) Литературная Газета 30-VI-93
(9) В・И・Скорятин: 《Тайна гибели Владимира Маяковского》 Звонница-М, Г, Москва, 1998

年譜ふうの略伝

「　」内はマヤコフスキーの詩や戯曲、もしくは手紙、自伝その他からの引用

一八九三（〇歳）

七月十九日、グルジアのバグダジ村（現グルジア共和国マヤコフスキー村）の営林署長ヴラジーミル・マヤコフスキー（一八五七―一九〇六）の家に、長男ヴラジーミルが生まれる。家族は母アレクサンドラ（一八六七―一九五四）と、二人の姉、リュドミラ（一八八四―一九七二）、オリガ（一八九〇―一九四九）。「ぼくのベツレヘムの空には／どんな星も輝かなかったし、／縮れっ毛の博士たちが／墓のように眠るのを／だれも邪魔しなかった。／ほかの日と全く同じだった、／（へどが出るほど同じだった）／ぼくがきみらに天降った／その日は。」『人間』

一九〇二（九歳）

グルジアの首都クタイスのクタイス中学校予科上級に入学。

「算術は嘘のような気がした。林檎や梨を少年たちに分配して、その数をかぞえろというのだが、私は数などかぞえずに貰ったり分けたりすることに慣れていた。コーカサスでは、果物はいくらでもあるので」『自伝』

父、ヴラジーミル

母、アレクサンドラ

上の姉、リュドミラ

一九〇五（十二歳）
前年に始まった日露戦争がロシア中に政情不安を誘発する。クタイス県に戒厳令。「ぼくらは五日間の同盟休校をやりました。そのあと、ぼくらが教会でマルセイエーズを歌ったので、学校は四日間休みになりました」（姉リュドミラへの手紙）

一九〇六（十三歳）
二月、父親の急死（息子の証言によれば、書類を綴じていて針が指に刺さり、破傷風に罹った）。
七月、未亡人と三人の子供たちはモスクワへ引っ越す。長男はモスクワ第五中学へ編入。生活のために始めた賄い付きの下宿には、前年のモスクワ蜂起の残党がしばしば寄り合い、幼いマヤコフスキーに大きな影響をおよぼした。

下の姉、オリガ

一九〇八（十五歳）
年の初め、ロシア社会民主労働党（ＲＳＤＲＰ）に入党。
三月二十九日、同党の非合法印刷所が摘発された事件に関わって逮捕される。母と姉の奔走によって、四月九日、保釈。モスクワ第五中学に退学届を出す。

一九〇九（十六歳）
姉リュドミラの母校、ストロガノフ工芸学校の入試手続きをする。その数日後、一月十八日、街頭で突然二度目の逮捕。エセール（社会革命党）の徴発グループとの掛かり合いが、このたびの容疑だった。再び、母と姉の奔走。二月二十七日、保釈。
同年夏、七月二日、エセール党の主導によって、他の諸党派も含めた十三人の婦人政治犯の集団脱獄事件があり、これを助けたとして三度目の逮捕。このたびの拘留は半年以上にわたる。
拘留中、九月に非合法印刷所事件の裁判が開かれた。〈一九〇八年三月、モスクワ市内において、武装蜂起によるロシア国家の転覆がその直接的目的であることを知りながら、ロシア社会民主労働党の活動に参加し……しかも非合法印刷所を訪れた際、頒布の目的をもって同党出版の非合法印刷物を所持し……ていたことにつき被告人マヤコフスキーは有罪か否か〉という問いに対し、判事は答えた。〈然り、有罪である。しかしながら、被告人は犯罪的団体に所属せず、同団体のメンバーと交際せず、同団体のメンバーに依頼された用件を実行に移したことはない……〉。前問にしるされた犯罪について有罪であるとするなら、〈被告人は理性にもとづいて、すなわち自己の行動の特質や意義を理解した上で行動したのであろうか〉という第二の問いに対して、判事は答えた。〈理解なき行動と認める〉。こうして、〈責任ある監督を条件に両親へ引き渡す〉むねの判決が下された。

もう一つ、集団脱獄事件のほうの裁判が残っているので、マヤコフスキー少年はブトゥイルキ刑務所に送り返される。

その独房で、初めてノート一冊分の詩を書く。だが翌年の釈放のとき、ノートは没収されたので、この初めての作詩の試みについては、後年、詩人が記憶に頼って書き留めた僅か四行しか知られていない。

「森は金色と紫のきものを身にまとい、／陽の光は寺院の頭上にたわむれた。／ぼくは待った。だが数百の悩ましい日々は／ひと月、また、ひと月と失われた。」『自伝』

暮れに近づいた頃、集団脱獄事件関連の裁判で近く下されるだろう判決の内容がマヤコフスキー家に伝わり、家族一同青くなる。シベリアに三年の流刑！　母親は直ちに父親の伝《つて》を頼って、内務省の有力者に請願する。

一九一〇（十七歳）

一月九日夜、突然釈放され、帰宅する。内務省からブトゥイルキ刑務所長に宛てた釈放指令書が残っているだけで、詳しい事情は不明。恐らくは父親が貴族のはしくれで、模範的公務員であったこと、本人が未成年者であること、非合法印刷所事件ではすでに実質無罪の判決が出ていること、などがこの突然の釈放の理由だったと思われる。

刑務所暮らしをしたので、せっかく前年に入試手続きをすませてあったストロガノフ工芸学校には戻れない。思想穏健の証明書なしで入れる唯一の美術学校、絵画・彫刻・建築専門学校をめざす。一月から四月まで、ジュコフスキーという画家のアトリエで勉強し、歳半ば、ケーリンという画家のアトリエに移る。だが、八月、入試に失敗。

一九一一（十八歳）

ひきつづき、ケーリンのアトリエに通い、八月、二度目の入試に合格し、絵画・彫刻・建築専門学校の肖像画科に入学する。

同窓の年上の画家、ダヴィド・ブルリュック（一八八二—一九六七）と知り合う。

刑務所で書いたノート一冊分の詩を没収されて以後、再び書き始めた一、二篇の詩を友人の作品と偽ってブルリュックに見せ、即座に見破られる。

「赤紫と白は投げ捨てられ揉みつぶされ／緑のなかへ金貨は一摑みずつ投げこまれ／駆け寄った窓たちの黒いてのひらには／燃えさかる黄色いカードが分配された。

……」『夜』

ダヴィド・ブルリュック

「陰気な雨が横目をつかった。／そして／格子の／わかりやすい／鉄の思想の針金のむこうには／羽毛布団。／そしてその／上に、／昇る星ぼしの／足が軽く凭れた。……」『朝』

この年の十一月、もと絵画・彫刻・建築専門学校の教授で、いうところの銀の時代の自由の象徴として画学生たちに崇められていた、画家ワレンチン・セローフが病死し、各界の名士や文化人たち、それに大勢の学生たちが参列した葬儀の場で、学生代表としてマヤコフスキーがただ一人弔辞を読み、若者の美声に魅了された三つ年上のエヴゲーニヤ・ラング（一八九〇―？）という画学生、有名書店の経営者の娘と知り合う。愛称は、ジェーニャ。これが、マヤコフスキーの経験した初めての恋愛だった。

エヴゲーニヤ・ラング
（30年代半ば頃の）

一九一二（十九歳）

翌年にかけての牧歌的なひと冬をすごした二人には、このような早すぎる恋愛の結末として珍しくもない別れが待っていた。一二年から一七年まで、ジェーニャ・ラングは完全にマヤコフスキーの視界から消える（一八年には、別れを告げるためにいったん詩人の前に現れてから、ベルリン、パリと、永い亡命生活に入り、どちらの街でも一度ずつ、詩人と偶然出くわしているが、縒《よ》りは戻らなかった。四十年余りの外国生活の後、フルシチョフ時代にソビエトに帰り、回想記『人生の本』〔一九六二〕を書いたが、これはいまだに出版されず、原稿のまま、マヤコフスキー文学館に保管されている）。

この年の二月、モスクワの貴族会館ホールで、クーセヴィツキーの指揮により、ラフマニノフの新作交響詩『死の島』が初演され、ブルリュック夫妻はマヤコフスキーを伴って、これを聴きに行く。この音楽会には、のちの言語学、文芸学の泰斗、ロマン・ヤコブソンも来ていた。「我慢できないほど退屈なメロディに、逃げ出した。すると少し経ってブルリュックも出てきた。二人でげらげら笑った。いっしょに散歩に出た。……話し合った。ラフマニノフの退屈から学校の退屈へ、学校の退屈からあらゆる古典の退屈へ。ロシア未来派が誕生した」『自伝』

同じ頃、美術団体〈ダイヤのジャック〉主催の〈現代芸術討論会〉で、初めて講演する。

年末に、未来派のアンソロジー『社会の趣味を殴る』が出る。その冒頭のマニフェスト。

「われわれの最初の美と驚異を読む人々へ。／われわれだけがわれわれの時代の顔だ。われわれは文字によって時の角笛を吹き鳴らす。／過去は狭い。アカデミーも、プーシキンも、象形文字以上に不得要領だ。／プーシキン、ドストエフスキー、トルストイ、その他もろもろを現代という名の汽船から投げ捨てるがいい。……／われわれは摩天楼の高みから、かれらの無能を見る。／われわれは命じる。以下の詩人の諸権利を尊ぶべし。／1　任意の生産的なことばにより、辞書の容積を増大させること（言語の新機軸）。／2　それら以前に存在したことばに対する執念深い憎しみ。……／たとえわれわれの詩行に依然、諸君の〈常識〉や〈良き趣味〉の不潔な刻印が残っているとしても、そこにはすでにして初めて自己価値のことば（自己形成のことば）の新しい未来の美の稲妻がひらめくのだ。／モスクワ、一九一二年十二月」

署名は四人、D・ブルリュック、アレクサンドル・クルチョーヌイフ、V・マヤコフスキー、ヴィクトル・フレーブニコフ。

この有名なアンソロジーに、マヤコフスキーは前記の『夜』と『朝』を載せている。

一九一三（二十歳）

未来派のアンソロジーは、年が改まっても途切れることなく出つづける。これは〈勢いの赴く所〉ということだろうか。

二月、『裁判官飼育場』第二集。第一集は、一九一〇年春にロシア未来派最初のアンソロジーとして出版されていた。同じくこの年の二月には、『社会の趣味を殴る』の抜粋パンフレット。
三月、アンソロジー『三人の儀礼書』。
八月、アンソロジー『横死した月』。
この間、五月に、最初の個人詩集『ぼく！』を、リトグラフで、自費出版する。四篇の詩から成り、全一五ページ、限定三〇〇部。「ぼくの踏み荒らされた精神の／舗装道路に／狂人たちの足音が／こわばったことばの踵をよじる。／街々が／首を吊り、／雲の縄に／塔の／頸がからまって／冷たくなった所を、／ぼくは行く、／ひとりで泣きに、／十字路で／警官が／磔刑にされたと。」『1』
「ぼくは子供の死にざまを見るのが大好きだ。／あなたは見ましたか、笑いのさざなみを集めた霧ぶかい大波を、／寂しさの象の鼻の彼方に？／ぼくはといえば／街という図書館で／しばしば棺桶のページをめくりました。……／ぼくは煉瓦に叫ぶ、／熱狂的なことばの短剣を／天のぶよぶよした果肉に突き刺す。……／時間よ！／せめて貴様、びっこのへぼ絵描きが／おれの聖なる顔をなぐり描きしろ、／世紀という片輪者の礼拝堂に！／おれは孤独だ、全盲の集団に歩み寄る男の／一つだけ残った目玉のように！」『ぼく自身について一言』
処女詩集出版の少し前に、美術学校の同窓生の別荘で、同窓生の妹、ヴェーラ・F・シェフチェリ（一八九七—？）と出会い、交際が始まる。そこはモスクワ郊外のモスクワ川のほとりで、ヴェーラの父親はロシア近代建築の父と呼ばれた有名な建築家、大学教授をも兼ねていた。ヴェーラは絵を描き、詩を書き、夏ともなれば、川岸の崖の上に大きな樫の木が日陰をつくっているあたりで、兄とマヤコフスキー、それにマヤコフスキーの処女詩集の装画を担当したもう一人の学友と、四人で泳いだり、ボートを漕いだり、テニスをしたり、森を散策したりして、いうところの青春を謳歌するが、アカデミックな父親は、未来派などと自称する生意気な青年が未成年の娘に接近することを好まず、まもなくマヤコフスキーはシェフチェリ家に出入り禁止となる。もちろん若い二人は示し合せて毎日のように逢いつづけ、やがて、妊娠、堕胎というお定まりの結末が訪れる。この年の十二月に、ヴェーラがパリへ行ったのは、ただの観光旅行ではなかったようだ。奇妙なのは、一九一一年から一二年にかけてのジェーニャ・ラングとの経緯と比べて、はるかに情熱的な、年齢にふさわしい恋愛と呼べる、このヴェーラとの一件が、この時期の詩作品にほとんど何の痕跡をも残していないとしか見えぬこと。

(七年経って、革命後の一九二〇年に書かれた三つのデッサン風の小品は、明らかに一三年の暑い夏のモスクワ郊外の青春の回想である。「決めたのはこの夜、/〈ぼくらはいっそ恋仲になったら?〉/暗いから/誰にも見つからないよ。/ぼくはほんとに身をかがめ、/ほんとに/ぼくは/身をかがめて、/父親きどりで/彼女に言った。/〈肉欲の崖は険しい――/お願いだから/離れて下さい。/離れて下さい、/お願いだから〉」『お嬢さんとの関係』。その後ヴェーラは結婚して、自然にマヤコフスキーから離れて行った。)

ラングとシェフチェリの他にも、この年に出会った三人の女性が二十歳の詩人に恋をし、詩人のほうも三人三様の魅力に一時は夢中になったらしい。

アントニーナ・グミリーナ(一八九五―一九一八)、愛称トーニャは、美術学校の同窓で、詩人エセーニンと同郷、同い年だ。トーニャも専門の画業のほかに、詩を書いていたらしいが、友人た

ヴェーラ・F・シェフチェリ

ちの記憶によれば、それは未来派などの流行とは全く無関係な、静かな内省に満ちあふれた詩であって、そんな点がマヤコフスキーとは悲劇的に異なる性格の女性だったという。友人たちのだれもが絶賛するのは、美術学校時代から描いていた水彩画のかずかずで、ある美術評論家に言わせると、「グミリーナの水彩画はすべて彼女の魂の一部分である。彼女の芸術の総体は、自分の心を語りたいという抑えがたい欲望そのものである」。こんな女性がマヤコフスキーに恋をしたということ、これは正しく悲劇だった。片思いという名の辛く苦しい道程は学校時代から五年ほど続き、一九一八年夏、このひとは自分の部屋の窓を開き、下界に身を投げて死んだ。

ソフィア・シャマルディーナ

ソフィア・シャマルディーナ（一八九四―一九八〇）、愛称ソンカは、白ロシアのミンスクから、当時、女子のために開かれていた大学の講座を受講しに、ペテルブルクへ出てきた。後見人のように振る舞っていた評論家チュコフスキーを通じて、一三年にマヤコフスキーと知り合い、たちまち恋愛が始まる。翌一四年の未来派同人たちのドサ回りに参加し、その直後、妊娠に気づく。チュコフスキーが嫉妬を交えて、あいつは遊び人だから、どんな悪い病気を持っているか知れたものではないとデマを流し、〈奇形児を産みたくない一心で〉十九歳のソンカは堕胎し、ミンスクへ帰る。これが詩人に生涯つきまとった〈マヤコフスキーは梅毒持ち〉という風評の始まりとなった。

〈その後、一五年夏、モスクワでの再会と劇的な別れがあり、ソンカは結婚して、男の子を産み、十月革命後は共産党に入党して、市会議員から始まる政治家のキャリアの道を歩いた。二〇年以降、党の仕事でシベリアへ移り、ときどきモスクワに来るたびに、マヤコフスキーと旧交を暖める。二七年にはモスクワに戻り、詩人が亡くなった年には、実家のあるミンスクで、夫アダモーヴィチと平和に暮らしていた。だが一九三六年に、夫の親友が逮捕され、自分の運命を悟ったアダモーヴィチは、モスクワに向かうシベリア鉄道の急行列車の車中でピストル自殺を遂げる。まもなく妻のソンカは引っ張られ、スターリンの収容所で十七年という歳月を過ごす。名誉回復してから、マヤコフスキーの読者にとって重要な回想記『未来派の青春』を書く。これはV・カタニャン編『このテーマの名は愛（同時代の女たち、マヤコフスキーを語る）』〈一九九三年、諸民族の友好社刊〉に初めて全文収録された。）

エルザ・カガン（一八九六―一九七〇）。カガンは旧姓、一八年から二一年までフランス将校アンドレ・トリオレと結婚していたが、正式に別れたあともこの姓を捨てず、結局、フランスの詩人アラゴンと一緒になっても、エルザ・トリオレと名乗りつづけた。マヤコフスキーとの経緯というなら、要するに、姉のリーリャに恋人のマヤコフスキーを紹介して、あっさり奪われたという、まるで〈テネシー・ワルツ〉の歌の文句のようにありふれた話だが、エルザのほうは、これを題材にして、マヤコフスキーらしき人物が登場する中編小説を二つ書いているのに対して、詩人の詩作品には、修羅場になりかねなかったこんな状況の痕跡すら見当たらない。

だが、女たちはみな、当時のマヤコフスキーのこんな作品を愛していた。

「聴いてくれ！／だって、もしも星々に灯がともされるのなら／それ即ち、だれかに灯が必要だからだろう？／それ即ち、だれかが星あれと望むからだろう？／それ即ち、だれかがあれらのちっぽけな痰のかたまりを真珠と呼ぶからだろう？……」『聴いてくれ！』

未来派の急激な台頭を見て、十月にモスクワで未来派キャバレー〈薔薇色の街灯〉なるものを開店した実業家あり、その開店披露の席で、マヤコフスキーは挑発的な新作の詩を朗読する。

「あと一時間もすりゃ、ここから清潔な袋小路へ／一人ずつ、きみらのたるんだ脂肪が流れ出す。……／きみらに詩の手箱をたくさん開けて見せたぼくは／貴重なことばを無駄遣いする与太者である……」『くれてやる！』

十二月二日と四日、ペテルブルクのルナ・パルク劇場で、マヤコフスキーの最初の戯曲『悲劇、ヴラジーミル・マヤコフスキー』（プロローグ、第一幕、第二幕、エピローグ）が、詩人自身の主演と演出によって上演された。美術担当は、フィローノフ。

「きみたちにわかるかな、／なぜぼくが、／嘲りの嵐のなか／平然と、／モダンな食事の席へ／自分の魂を大皿に載せて運ぶのか。／広場のほっぺたの無精髭を伝い／無用の涙となって流れる／ぼくは／恐らく／最後の詩人なのだろう。……」主人公ヴラジーミル・マヤコフスキーの台詞。『プロローグ』

「……世界は喜びの化粧をして蠢《うごめ》き始め、／花々はどの小窓でも孔雀のように羽を拡げて、／レール沿いに人間どもを引きずって行き、／そのあとにつづくのは／猫、猫、黒猫ばっかり！／わしらは恋する者の服に太陽をピンどめし、／銀色に輝くブローチを星から作ろう。／家なんか捨てちまえ！／さあ、こするんだ――乾いた黒猫を、こすれや、こすれ！」〈乾いた黒猫をたくさん連れている老人、齢《よわい》は数千歳〉の台詞。『第一幕』

「ぼくが書いたこの芝居は、何から何まで、／きみたちのことなんだ、／あわれな鼠たち。／でも、残念なことに、ぼくには乳房がない。／あれば、やさしい乳母となって、おっぱいを飲ましたのに。／見ろよ、ぼくの窶《やつ》れちゃったこと。／あほくさ。」主人公マヤコフスキーの台詞。『エピローグ』

一九一四（二十一歳）

前年の暮れから、未来派の三人（ブルリュック、カメンスキー、マヤコフスキー）は、クリミア方面に講演旅行に出掛けて、一四年の元旦をシンフェローポリ市で迎える。「元気です、上機嫌です。クリミア半島を縦横に駆けめぐり、黒海に唾を吐き、詩を朗読し、講演をやっています。あと、一、二週間でモスクワに帰る予定。……」（母と姉たちに宛てた手紙）

あと、一、二週間のつもりが、三月末までの大旅行となり、その間に、商業新聞は未来派の不遜なアカデミー攻撃や、過去の全面否定、文学的権威への侮辱などを、おもしろおかしく書き立てたので、このドサ回り以前から、ペテルブルクの〈野良犬〉やモスクワの〈薔薇色の街灯〉など、若干いかがわしい場所でのスキャンダルに顔を顰めていた学校当局は、二月二十一日、ブルリュックとマヤコフスキーを退学処分とする。

エゴ・フトゥリストと自称する詩人イーゴリ・セヴェリャーニンが、舎弟分のヴァジム・バヤンと、前記のソンカを連れて、応援に駆けつけるが、マヤコフスキーがセヴェリャーニンと大喧嘩をしたので、応援組は引き上げ、初めのメンバーに戻る。

マヤコフスキーは講演のなかで、イタリア未来派の大物、マリネッティに言及し、あんな暴力的なやつとは一線を画すと公言していたようだが、そのマリネッティが突然現れたのだ、ロシアに。ドサ回りをする者は、似たようなドサ回りに面子を潰されかねない。二月十三日のマリネッティ歓迎会に出席したマヤコフスキーは、質問はフランス語でという主催者の注文を聞くや、それはロシア未来派に轡をはめようという公然たる陰謀であると怒鳴り、主催者側は討論を早々に切り上げ、会を閉じた。

そんな下らないことではなく、生涯で最も重要な出来事の一つとなる恋愛に、マヤコフスキーは突入していた。講演旅行で立ち寄った港町オデッサの海沿いの通りで、姉夫婦と散歩している若い娘、マリヤ・デニーソワ（一八九二―一九四四）を見初め、その場でアタックをかけて、翌日の講演会のあと、みなさんで一緒にお食事しましょうという誘いを、マリヤの義兄から引き出すことに成功したのだ。義兄は当時のオデッサでは有名なエンジニアで、まもなく結婚する予定のマリヤは義兄の家に居候をしていたのだった。

講演会は成功裡に終ったが、マリヤはマヤコフスキーに色よい返事をしない。あなたが嫌いなわけではないが、婚約者への操はあくまでも守りたいという。次の出演予定の町への移動を控えて、マヤコフスキーは眠られず、二人の仲間を眠らせず、年上の二人はほとほと手を焼いて、初恋が実った例《ためし》はありゃしないんだからなどと、ちょっと見当外れの慰め方をしていたが、まだ満二十歳の青年は虚空を睨んだきり、いっかな、ホテルの部屋から動きそうもない。

実は、それは恋に敗れた若者の絶望のポーズというだけではなく、初めての大作の創造に集中する詩人の姿でもあった。

「これがマラリアの譫言《うわごと》だって？／これは実話だ、／オデッサでの実話。／〈四時に行くわ〉とマリヤが言った。／八時。／九時。／十時。」『ズボンをはいた雲』1の冒頭。

もしも、この第五行から第七行までを、「八時、九時、十時」というふうに一行に纏め、同様に、第二行と第三行をも一行に纏めるなら、これらの七行から生まれた四行のひとかたまりは、古典的なロシア詩の韻律による四行一節にきわめて近いものとなる。一行目の「マラリア」は三行目の「マリヤ」と、二行目の「オデッサで」は四行目の「十時」と、それぞれかなり厳密に韻を踏

マリヤ・デニーソワ

む。そして各行の内部を見るなら、第一行は完全なヤンブ（弱強格）、第二行は不完全なホレイ（強弱格）、第三行は不完全なヤンブ、第四行は完全なホレイといった具合に、ヤンブからホレイへの、あるいはその逆方向への移動、もしくは動揺を暗示している。なにゆえの移動あるいは動揺なのか。この詩は決してマラリア患者の譫言ではないということを強調すべく、話者＝詩人は「実話」ということばを二度繰り返す。その部分で律が乱れるのが、古典的なヤンブやホレイからの逸脱であって、最後の行の一時間ごとの改行は、もちろん、恋人の出現を待っている詩人の精神的動揺を暗示し、更には、詩の字面における視覚的効果を狙っている。映画の用語を使うなら、時計の文字盤のショットだ。そして各行の力点の数は、三、三、四、三と、厳密に同じではないが、ほぼ三あるいは四と定まっている。これは全体として先輩詩人ブロークの開拓した方法であり、そのブロークはロシア民謡などの内部構造に、このような詩法を学んだのだった。

〈四畳み聖像〉（屛風のように繋がった四枚のイコン）という副題のついた最初の長詩『ズボンをはいた雲』は、このようにしっかりと組み立てられた作品であり、二十世紀のロシア詩のなかで独特の光芒を放っている傑作だ。これほどの詩を書かせる、きっかけとなった女性、マリヤ・デニーソワのその後は、これまた驚くべき五十二年の生涯だった。

〈結婚したマリヤは、夫とスイスに住み、女児を産む。夫は義兄と同じく理科系の人間で、政治には興味を示さなかったが、マリヤは当時スイスに亡命していたレーニンのボルシェヴィズムに共感して、結婚生活を解消し、成立したばかりのソビエトに帰国して、女児は知り合いに預け、第一騎兵隊の宣伝部に、つづいて第二騎兵隊の宣伝部に入り、実戦に巻き込まれて、サーベルで切られるという重傷を負うが、回復して、騎兵隊幹部のシャージェンコと再婚する。もともと彫刻を学び、彫刻家としての実績もあったマリヤは、二〇年代にマヤコフスキーと再会して、詩人の胸像を作り、赤軍幹部たちの彫像シリーズなども企画するけれども、夫のシャージェンコは嫉妬深く、吝嗇で、妻の彫刻の仕事に必要な金を出そうとはせず、時にDVを振るったりもする。マリヤはたまりかねてマヤコフスキーに無心し、すぐに送金してくれた詩人に礼状を書くが、礼状はたちまち、夫の横暴と自分の不運を愚痴る手紙と化してしまっている。材料代も出さない、モデル代も出してくれない、経済的な援助は一切しないというのでは、死ねというのと同じです、云々。これはマヤコフスキーの死の数日前に来た手紙で、それから十数年経って、第二次大戦末期の一九四四年、マリヤ・デニーソワは、自分の住居だったビル——それは、あのトーニャ・グミリーナが二十数年前に同じやり方で死ぬのに利用したビルと同じく、一九一二年から一四年頃のモスクワの建築ラッシュで出現した高層ビルの一つだった——の十階の踊り場から飛び下りて死んだ。）

「ママ？／ママ！／あなたの息子はすてきな病人です！／ママ！／この子の心臓が火事なんだ。／言って下さい、リューダとオーリャ姉さんに、／この子はもう行きどころがないって。／……燃える心臓を撫でるように這ってるやつがいる。／ほかならぬぼくだ。／涙でいっぱいの目を樽ほどに見張るぼく。／肋骨によりかからせろ。／跳び出すぞ！　跳び出すぞ！　跳び出すぞ！　跳び出すぞ！／肋骨が倒れた。／心臓からは跳び出せない！」『ズボンをはいた雲』1

「遊び人どもあズボンから手を出せやい。／石っころかナイフか爆弾をつかむんだ。／手のない野郎もいっしょに来て、／おでこでいいから、ぶつかれやい！／進軍だ、腹ぺこのやつらも、汗だくのやつらも、／蚤だらけの泥どろんなかで酸っぱくなった／おとなしいやつらもよ！／進軍だあ！／月曜火曜を／祭の血染めに染めあげようぜ！」『ズボンをはいた雲』3

「見ろ、おれは体をかがめて、／長靴の胴から／靴ナイフを引っ張り出すんだ。／羽を生やした卑怯者めらが！／天国でふるいあがりやがれ！／おったまげて羽毛をぶるぶる震わしやがれ！／おらあ、香油のしみこんだ貴様を／ここからアラスカまで追い詰めてやる！……やい、貴様ら！／天よ！／帽子をとれい！／おれさまのお通りだ！／……きこえない。／星壁蝨《だに》のくっついた巨きな耳を／足の上にのっけて、／宇宙は眠る。」『ズボンをはいた雲』4　最終節

新暦八月一日、第一次世界大戦が始まる。

珍しく未来派に賃仕事が舞い込む。愛国的な木版絵葉書のことばや絵の注文。マヤコフスキーは葉書一枚につき二行ずつの、韻を踏んだ詩のようなものを書く。これが愛国的といえば聞こえはいいが、実態はただの子供っぽい排外主義的な文句だ。「世界に冠たるドイツと叫んで／とっと逃げ出すドイツの兵」とか、「ドイツの大砲はクルップ製だが、事の成りゆきは馬鹿《グルーポ》みたい」とか。ちょうど同じ頃、日本の少女たちが、向かい合って〈せっせっせ、ぱらりこせ〉とやりながら、〈さっさと逃げるはロシアの兵〉と歌っていたのを、マヤコフスキーは知らなかったのだろう。知っていたら、たとい金稼ぎのためとはいえ、恥ずかしくて、こんなこと書けた筈がない。それでも、もうすこしまじめに、十月には義勇兵に志願し、即刻、不採用の通知を受け取っている。

一九一五（二十二歳）

ペトログラード（ペテルブルク）の未来派酒場〈野良犬〉で、二月、『お前らに！』を朗読し、騒ぎになる。

「お前らに、宴会また宴会に憂き身をやつし、／内風呂と暖房トイレを持つお前らに！／恥を知れ、ゲオルギー勲章受勲者の記事を／新聞のコラムで読みとばす気か！……／女と料理にいちゃつくお前らの／意のままに生命を引き渡すと？／おれはいっそのこと、酒場の売春婦に／パイ

ン・ジュースをふるまうんだ！」『お前らに！』第一節と第四節

諷刺雑誌〈新サチュリコン〉からの注文で、『裁判官讃歌』に始まる諷刺詩の連載を始める。

「すめらみこと統治し給うこの国の全人口、／すなわち、人も、鳥類も、馬陸《やすで》のたぐいも、／剛毛を逆立て、羽毛を押し立てて、／ものめずらしげに小窓をのぞきこむ。／太陽に、またこの四月にも目を見張らせ／まっくろな煙突掃除夫の関心をすら、そそる、／その驚くべき、異常な光景とは／この国に隠れもない学者の姿だ。／見れば、人と名付けるべきかけらもない。／人どころか、足が二本の不能者で、／〈ブラジルにおける疣《いぼ》について〉なる論文に／あたまは無惨にも喰いちぎられ、……」『学者讃歌』

夏、フィンランドのクオッカラ村へ行き、自ら〈七毛作システム〉と名付けた寄生方式によって、画家レーピンや劇作家エヴレイノフなど、クオッカラの文化人たちの別荘を曜日ごとに渡り歩き、寄食する。何週かそれを繰り返してから、ペトログラード近郊の保養地、ムスタミャキの文豪ゴーリキーの別荘を訪ね、書きかけの『ズボンをはいた雲』を朗読する。感嘆のあまり、ゴーリキーは詩人に寄りかかって泣き出したと、マヤコフスキーは語り、ゴーリキーによれば、詩人は朗読中、感極まって泣いたという。

七月、エルザ・カガンに、姉夫婦、リーリャ（一八九一―一九七八）とオシップ・ブリーク（一八八八―一九四五）を紹介される。法科出身のブリークは、この頃、家業を受け継いで、黒珊瑚の輸入などをしていた。

『ズボンをはいた雲』の朗読を聴いて、オシップは、だれも出版しないなら、その詩は私が自費出版しようと言い出す。実際に、オシップ・ブリーク私家版として世に出たこの詩（九月刊、一〇五〇部）は、全編、大文字のみ用いられ、その字面の迫力は凄いが、検閲の暴力もまた只事ではない。序と1の部分は無疵ですんだが、2は四カ所二十七行、3は五カ所十四行、4に至っては三カ所四十七行と、ずたずたに切られている。当時の検閲の基準のようなものは、この本に現れた限りでは、最も許されないのが宗教への、神への冒瀆であり、次にはエロティシズム、そして反体制的言論という順序だったことがわかる。

（妹から恋人を奪ったリーリャは、後年の述懐によれば、マヤコフスキーをさほど愛してはいなかった。一九二六年以降、詩人と三人所帯を持ったブリーク夫妻だが、ある友人の寸評によるなら、マヤコフスキーはリーリャを愛したけれども、リーリャはやはりオシップを愛し、オシップはオシップで、さる人妻と愛し合っていたという。普通の所帯では、通常、愛に往路と復路があるとするならば、この三人所帯では、愛はいつも空しい単線経路を辿り、うやむやに消費されてしまう。どんな美辞麗句で飾ろうと、時間の経過から既成事実が生み出されるのを期待しようと、空しさは膨れ上がるだけだろう。不幸中の幸いというか、マヤコフスキーの場合、このような馬鹿げた新方式の所帯は四年しかつづかなかった。だが、詩人の死後、リーリャは同じような所帯を二度持ち、その都度、法律上の夫であるオシップは、妻と新たな恋人にくっついて、三人所帯を形成しつづけた。

そのオシップ・ブリークも一九四五年に亡くなり、リーリャは年下のマヤコフスキー研究家カタニャンとの所帯を七八年まで維持する。だが、室内で転倒し、腰を傷めて車椅子生活を余儀なくされ、ある日、カタニャンの外出中に、多量の睡眠薬をのんで自殺した。この女性は、娘時代にバレエを習い、その後、彫刻も少しは学んだらしいが、どちらも素人の域を出るものではなく、以後、マヤコフスキーと無声映画を撮ったり、トーキーになってからは映画監督の真似事をしたりしたけれども、これもものにはならなかった。ソビエト崩壊後、ある文筆家が『リーリャ・ブリーク伝』を執筆中、何を書いているのかと、まだ小さな息子に訊かれた。リーリャ・ブリークというひとの伝記だよと答えると、息子は更に質問した。「そのひと、何をしたひと？」問われて父親は答えに詰まった。「そうねえ……何をしたひとなんだろうねえ……」）

しかし、一五年当時のマヤコフスキーは、リーリャ・ブリークとは何なのか、はっきり意識していた。すなわち「もしぼくが何かを書き、／何かを語ったのなら、／それはあの空みたいな目のせいだ、／ぼくの恋人の目のせいだ。／まるくて栗色で／焦げくさいほど熱い目」『とてもいい！』十四章。栗色の熱い目はマヤコフスキーの心底からの愛の対象だったが、その目のもちぬしは自分たちの関係をすぐに夫のオシップに打ち明けて、積極的に事態を打開しようとはしなかったから、愛は往路のみで復路がなく、単線をぐずぐずと走って、あげくのはてに浪費されるという、一種不条理な地獄の光景を呈するのだった。二十二歳の青年は苦しみ、苦しんだ末に、自分の愛を、その愛の対象を、呪い始める。『ズボンをはいた雲』に続く、第二の長詩『背骨のフルート』は、この時期の他のいくつかの作品と並んで、マヤコフスキー独特の〈呪いの詩〉のグループをかたちづくる。

「この頃ますます思うこと、／自分の最後に弾丸の終止符を／打ったほうがよくはないか。／今日ぼくは／万一に備えて／告別演奏会を開きます」『背骨のフルート』序

「ぼくは／号泣のなかでまっぷたつに割れた。／かれに叫んだ。／〈よろしい！　ぼくは出て行く！／よろしい！／きみの女は残る。／ぼろを着せてやれ、／臆病な絹のつばさが肥るように。／流さぬように気をつけろよ。／首の重しに／真珠の首飾りを女房に掛けてやれ！〉」『背骨のフルート』3

「太陽で鍍金《めつき》しろ、花を、草を！／春めくがいい、大自然のいのちよ！／ぼくが欲しいのは毒だ

けだ、／詩を飲みに飲むこと。／こころを盗んだ女よ、／そのこころをすべて失い、／たわごとでぼくの魂をさいなんだ女よ、／ぼくの贈物を受けてくれ、いとしい女よ、／たぶんぼくはもう、何一つ考えつくまい」『背骨のフルート』3

「それにしても／ぼくの愛は／（それは重たい分銅だから）／あなたがどこへ走って行っても／きっとあなたに懸かるだろう。／最期の叫びでわめかせて下さい、／傷つけられた怨み言のくるしさを」『リーリチカ！　手紙の代りに』

「うんざりだ！／さあ、／おれの言葉の力にかけて誓おう！／手当り次第／きれいなのを／若いのを／連れてこい、／魂の無駄遣いなんかせずに／強姦してやる、／女の心に嘲りの唾を吐いてやる！／目には目を！」『呪い』

十月、徴用されて、ペトログラードの軍用自動車学校に勤務。前線から帰って来た自動車部隊の兵士たちに宿舎を割り当てる、〈設営係〉の仕事。一七年の帝政崩壊まで、この勤めはつづいた。

一九一六（二十三歳）

二月、オシップ・ブリークの私家版として、『背骨のフルート』が出版される。六〇〇部。

五月、いうところの〈ロシア式ルーレット〉を実行し、幸い、弾丸は不発に終る。

「今のところは健康で、若々しく、美男子で、陽気なぼくです。大いに仕事しています。現在、仕事はやりにくいのですが……」（母と姉二人宛の六月二十九日付の手紙）

「自分のこととなると、全然書くことがありません。くる日も、くる日も、馬のように似たり寄ったりの毎日です……」（同じく、十月十九日付の手紙）

「かわいいエーリック！／……当分モスクワに行けないことは非常に残念。きみの憂鬱の罰として、きみを絞め殺したいというあくなき願いは、しばらく延期しなければならない。／きみの唯一の救いの道は、早くこっちへ来て、親しくぼくの許しを乞うこと。／エーリック、ほんとに、早くいらっしゃい！／ぼくは煙草を吸っています。／ぼくの現在の社会的・個人的活動のすべてはこれに尽きる……」（十月十二日付のエルザ・カガンへの手紙）

エルザの回想によれば、このときエルザを待っていたマヤコフスキーは、頬がげっそり落ちくぼみ、窶れはてていた。家族に宛てた手紙のなかの自己描写の正反対で、健康でもなければ若々しくもなく、美男子でもなければ陽気でもなかった。

「こどもよ、／きみらは／残った。／よかろう。／大きくなりたまえ。／まもなく／やわらかいお手々に大きな鞭を握りしめ／みだらな悪態でこの町をゆすぶるだろう」『無益な慰み』

「みんな天国と地獄に移住して／地球に決着がついたとき、／忘れるなよ、／一九一六年、／ペトログラードから美しい人間が姿を消したことを」『飽きた』

一九一七（二十四歳）

三月、ツァーリズム崩壊。ケレンスキーを首班とする臨時政府の成立。十一月、ボルシェヴィキによる政変。臨時政府の崩壊。このクーデターを「認めるか、認めないか。そんな問題は私には存在しなかった。私の革命だ。……仕事した。必要なことは何でもやった」『自伝』

必要なこととは具体的には何を指すのか、ちょっと曖昧だが、確実なのは、この時期にマヤコフスキーが『背骨のフルート』につづく第三の長詩『戦争と世界』をすでに書き上げ、第四の『人間』を書き始めていたことだ。ほかには、臨時政府の肝煎りで結成された〈芸術文化財保存委員会〉が招集した三月の集会でのマヤコフスキーの発言の記録が残っている。「……われわれの仕事としては、すべての芸術家が自由な決断を下す権利を、将来の国家において確保しなければならない。……わたしに必要なのは、芸術が一定の場に集中されることです。わたしのモットー、そして芸術家一般のモットーは——ロシアの政治生活ばんざい、そして、政治から自由な芸術ばんざい！」
十一月、長詩『戦争と世界』の単行本が、初めて商業出版社〈帆〉から出る。三〇〇〇部。
「おそらく、／もう／時間という名のカメレオンには／色が一切残っていないのだ。／もう一度身震いして、／時間は息絶え、／角張った体を横たえる。／おそらく、／大地は砲煙と戦闘に酔いしれて、／二度と頭をもたげないのだろう。／おそらく……」『戦争と世界』第五部
「大地よ、／こんな愛がどこから来たのだろう？／見ろよ／あそこの木陰で／カインが／キリストと碁を打っている。／見えないって？／そんなに目を細めても見えないか？／まるで二つの割れ目じゃないか。／もっと大きくあけてみな！／ほうら、／おれのでっかいまなこは、／だれでも入れる大伽藍の扉だ。／みんなあ！／愛されてるやつも／愛されてないやつも／知り合いも／知り合いでないのも／長い行列をつくってこの扉に流れこむんだ。／すると／おれが声を大にして叫んでる／そいつ／自由な人間が現れる。／ほんとだよ／おれを信じてくれ！」『戦争と世界』終結部

一九一八（二十五歳）
二月、第四の長詩『人間』の単行本が、アシス（社会主義芸術協会）刊として世に出るが、これは単なる名目で、実はマヤコフスキーの自費出版だったようだ。
「ぼくはどこへ、／ぼくはなぜ？／百番目の通り、／人間どもの／ざわめく巣箱の間を／ぼくは走る。／まぼろしの橋を／渡り始める。／恐ろしい胸騒ぎに下を見つめる。／思い出す、ぼくは立っていた。このきらめきがあったのだ。／こいつは／あの頃／ネヴァ河という名前だった。／……そこ行くひと！　ここはジュコフスキー通りですね？／ぼくを見てる。／子供が頭蓋骨でも

眺めるように、／大きな目をして、／ぼくを避けようとする。／〈ここは何千年も前からマヤコフスキー通りです。／恋人の家の戸口でピストル自殺したひとです〉／だれだって？／ぼくが自殺したって？／そんな、べらぼうな！」『人間』〈永遠のマヤコフスキー〉「ぼくの手！／短剣をきつく握ってくれよ！／……おはようございます！／電灯がついた。／二つのどんぐりまなこ。／〈あなたの名前は？〉／〈わたしはニコラーエフ、エンジニアです。／ここは私の住居です。／あんたは何者ですか。／なぜ女房につきまとうのかね〉／他人の部屋だ。／朝がふるえた。／唇の隅をふるわす／知らない女、／すっぱだかの。／走る。ぼくは。／影に裂かれ、／髪を乱した／大男、／ぼくは壁づたいに走る、／月の光をいっぱいに浴びて。／住人たちが走って出てきた、部屋着の前をかきあわせ。／ぼくは敷石にどすん。／その振動で門番がすっとんだ。／〈四十二号室から跳び出して／いったいどこへ消えたんだろ〉／〈昔話もそうなんだ／あの部屋の／窓からさ。／体と体、／今そっくりに落っこちたとさ〉／今さらどこへ？／足の向くまま、／気の向くまま。／野っ原？／野っ原でもいいさ！／トラッ・ラ・ラ、ジン・ザ、／トラッ・ラ・ラ、ジン・ザ、／トラッ・ラ・ラ・ラ・ラ・ラ・ラ！」『人間』第八章〈永遠のマヤコフスキー〉

三月から五月にかけて、二本の脚色シナリオ、一本のオリジナル・シナリオ（『映画に囚われた女』）を書き、いずれも詩人自身とリーリャ・ブリークが出演し、映画会社ネプチューン社で映画化する。

九月、自宅で新作戯曲『ミステリヤ・ブッフ』を朗読する。少し前から顔見知りだった演出家メイエルホリド（一八七四―一九四〇）が、革命一周年を記念して、この戯曲を舞台にかける。

「こんな光は見たことがない！／これは地球じゃない、／列車の尻尾をくっつけた／燃えるホーキ星だ。／なぜおれたちは飼い殺しの牛みたいに啼いたのか。／おれたちは待った、／待ちつづけた、／何年も待ちに待ったが、／すぐそばにこんな幸福があろうとは／夢にも思わなかった。……／おれたちは大地の建築家、／惑星を飾る者、／奇蹟を行う者、そのおれたちが／ホーキ星の尻尾で光を編み直し、／電気で空の黒雲を掃き清める。／世界の河という河に蜂蜜を満たし、／おれたちの道路を星屑で舗装する。／掘れ！／穴をあけろ！／鋸で挽け！／ドリルでうがて！／すべては、ばんざい！／すべてに、ばんざい！／このドアは／今日はまだ芝居の道具にすぎないが、／あしたは劇場の書き割りなんか昔話になるだろう。／それを知ってるんだ、おれたちは。／それを信じてるんだ。／こっちへ来い、お客さん！／こっちへ来い、絵描き！／詩人も！／演出家も！／（すべての観客が舞台に上る）」『ミステリヤ・ブッフ』第二版の大詰め、機関士の独白

一九一九（二十六歳）

五月、〈若者の芸術〉社から『ヴラジーミル・マヤコフスキー全著作集、一九〇九―一九一九』（全二八三ページ）が出る。これは一六年に〈帆〉社から出た『モーと啼く牛のように素朴に』（全一一六ページ）に次ぐ、二冊めの網羅的な作品集。この頃から、無削除版の『ズボンをはいた雲』を筆頭として、政変前後の作品が堰を切ったように活字になり始める。『われらのマーチ』『革命頌歌』『喜ぶのはまだ早い』『芸術軍司令』『詩人労働者』『左翼行進曲』『夏の避暑地でヴラジーミル・マヤコフスキーに起こった不思議な事件』等々の有名な作品が目白押しだが、なかでも『馬との友好関係』は多くのファンに愛され、記憶された。

「蹄の音。／まるで音楽。／ぐりっぷ／ぐらっぴ／ぐろっぷ／ぐるっぷ／風にからまれ、／氷を履いて、／街はつるつる。／一頭の馬が／ずっでんどうと倒れると、／すぐさま／野次馬また野

次馬、／クズネツキー通りを裾で掃きにやってきたズボンどもが、群がって、笑い声はきんきんがらがら。／馬ガコロンダヨ！／コロンダヨ馬ガ！／クズネツキー通り全体が笑った。／ただぼく一人その吼え声に／自分の声をまぜなかった。／近寄って／ぼくは見る、／馬の目を……／大きな涙がひとしずく、またひとしずく、／鼻面をころげおち、毛の中に隠れる……すると何かしら共通の／けものの寂しさが／ぼくのなかからピチャピチャと流れ出し、／さらさらと滲み広がった。／〈馬よ、いいんだよ。／馬よ、聴きなさい。／あんたがあいつらより劣ってるなんて、どうしてそんなこと考えるの。／いいかい、／ぼくらはみんなすこしずつ馬なんだよ、／ぼくらはだれでもそれぞれ馬なんだよ〉」『馬との友好関係』

十月、ロシア通信社の〈ロスタ諷刺の窓〉に参加し、通りに面した通信社のウィンドウを利用して、絵と詩で新鮮なニュースを道行く人に提供した。この仕事は二二年二月までつづき、一五〇〇点あまりのプラカードの八割はマヤコフスキーの作といわれる。

リーリャとの関係は、比較的安定しているように見える。二人が自分たちの関係をオシップにいつ打ち明けたのかは不明だが、この頃、必要不可欠な話し合いはすでに終り、まだ公然と表札こそ掲げなくとも、奇怪な三人所帯は事実上成立していたようだ。

一九二〇（二十七歳）

一月、長詩『一五〇〇〇〇〇〇〇』を書き上げ、ブリーク夫妻の住居に人を集めて朗読する。前年の三月にペトログラードからモスクワに引っ越して来たマヤコフスキーは、一応ブリーク夫妻から独立したかたちで、三〇年の事件の現場となるルビャンカの部屋にすでに住んでいた。

『一五〇〇〇〇〇〇〇』は、二〇世紀のトロイ戦争を描き出す。アメリカからはウィルソンが、ロシアからはイワンが、それぞれ大時代な武器を携えて出陣する。場所はシカゴの広場。「……

サーベルが一声わめいた。袈裟がけに、／四里ほど切り裂いた。／ウィルソンは立ったまま待つ、血が流れ出るのを。ところが／傷のなかから突然出てきた、人間がひとり。／そして陸続と！／人間、建物、戦艦、馬が／狭い切り口から這い出てくる。／歌を歌って。伴奏入りで。／わざわいなるかな！　北国のトロイから送られて来たのは、／叛乱を詰め込んだ人間馬だった！／シカゴ人たちは駆け回り、ソビエト体制にかんするニュースが／呆然たる野次馬のなかを駆け抜けた。……／未来が億兆の煙突で叫び出した。／〈われらをアベルと呼べ、カインと呼べ、／何ほどの違いがあろうぞ！／未来が来た！　未来すなわち勝利者が！／おおい、世紀たち、／礼拝に集まれ〉……だれかの死を、とわの思い出を語る声々の／こだまはなおも響き続ける。／だが人々はすでに、華やぐ町々へ／快楽に彩られた時間を走らせた。／いざ走れよ、歌のしらべに乗り、花咲け、大地よ、脱穀と種まきのなかで。／きみに贈る、革命の血まみれのイリアスを！／凶年のオデュッセイアを、きみに！」『一五〇〇〇〇〇〇〇』フィナーレ

四つのアジプロ一幕劇、その他、二つ三つの小品劇を書く。この年から翌年にかけて、それぞれ、小劇場で上演される。

四月、『一五〇〇〇〇〇〇〇』の原稿を国立出版所に渡すが、十月になっても音沙汰なく、抗議の手紙を書く。「出版所のみなさん！　もしもあなた方が、この本はあなた方の見地からすれば理解不可能であり、出版の価値なしと判断するなら、原稿を返していただきたい。出版の価値があるなら、このようなサボタージュ行為は即刻やめること。これはサボタージュ以外のなにものでもない。一儲けを狙っている連中の駄作が現に二週間で本になっているのだから」（第一の抗議文）

（抗議を受けて、国立出版所は直ちに出版するむね約束するが、本ができたのは翌年の四月末だ

った。刷り部数は五〇〇〇部。あんな未来派の本の出版は十度に一度、それも最高一五〇〇〇部でたくさんだ、という、国立出版所の事務局長に宛てたレーニンのメモが残っている。ロスタ諷刺の窓に出したマヤコフスキーの作品が何度か没収・破棄という目にあうなど、この時分から詩人をめぐる雲行きは怪しくなっていた。それはほとんど反マヤコフスキー・キャンペーンというふうにジャーナリズムでは見えていたという。）

一九二一（二十八歳）

一月三十日、〈『ミステリヤ・ブッフ』を上演する必要はあるか〉という屈辱的なテーマの討論会に出席した詩人が、その場で、自ら『ミステリヤ・ブッフ』を朗読し、しかるのちに決を採ると、会の参加者の圧倒的多数は〈上演すべし〉という意見だった。五月一日、ロシア共和国第一劇場で、メイエルホリド演出によって、『ミステリヤ・ブッフ』（改訂第二版）の幕があく。六月二十四、二十五、二十六日の三回、コミンテルン第三回大会に出席した各国代表のために、国立第一サーカスで、ドイツ語版『ミステリヤ・ブッフ』が上演される。

七月、三百行ほどの詩に自分で描いた絵をあしらった『脱走兵の物語』が、国立出版所から出る。刷り部数二〇万部。

八月七日、敬愛してやまなかった先輩、大詩人のアレクサンドル・ブロークが亡くなった。

同月二十五日、マヤコフスキーの『ミステリヤ・ブッフ』を雑誌の付録というかたちで出版し、その印税を作者に払おうとしなかった国立出版所の二人の職員に、裁判所から判決が下された。印税の全額を直ちに支払うこと、および六カ月間、労働組合員としての資格停止。この件をマヤコフスキーが訴え出てから判決までには、ずいぶん永い時間が流れ、「もうへとへとだよ、（当時の有名なA・トルストイの小説の題名を借りて）いい加減、苦悩の中を歩んでしまった！」と詩人は愚痴ったとか。

（この年の十月、リーリャ・ブリークがラトビアのリガへ旅行する。リガでイギリス入国に必要なビザを取り――当時イギリスとソビエトの間には国交がなかったので――この年の四月からロンドンに住んでいた母親に会うのだという。ラトビアは、リーリャの両親の出身地であり、隣国リトアニアにはオシップ・ブリークの親戚が大勢住んでいたから、そう早くは帰れないだろうと思われたが、それにしてもリガ滞在はひどく長引き、年が改まっても、リーリャは帰って来ないし、ロンドンへ行った様子もない。その間、リガからモスクワへ、かの地でのリーリャの行状やら、相手の名前やらが、伝わってくる。ここで、攻撃は最大の防御ということか、とつぜん、自分の留守中の詩人の浮気を責めるリーリャの手紙が舞いこむ。その情報キャッチの速さと正確さは驚くほどで、それもその筈、リーリャはこの頃からすでに夫とともに、チェカー［非常委員会、ＯＧＰＵの前身］のメンバーで、〈文化工作員〉の仕事に携わっていた。このリガ旅行のことを調べていた現代の研究者、スコリャーチンが、旅行手続きの書類のなかから二二年当時のＧＰＵ発行のブリーク夫妻の身分証明書を発見し、この恐るべき事実が発覚した。身分証明書の番号まで知れてしまっては、もはやごまかしようもなく、リーリャを擁護していた人たちもこの事実を認めている。結局、イギリス入国のためのビザは取れず、四カ月滞在したリガから、モスクワへ帰ったわけだが、その間、リーリャは情事以外に何をしていたのか。残された手紙などから、マヤコフスキーの本をラトビアの出版社から出して、それをソビエトに逆輸入しようという計画を立てていたことがわかる。事実、二二年の四月に詩人はリガへ行き〈初めての外国旅行〉、リーリャも再びリガに出向いて、マネジャーふうにマヤコフスキーの朗読会を開かせたり、出版社と交渉をしたりしているが、この計画は実現しなかった。当時のリガは、ＯＧＰＵの工作員たちの一大基地と化していたという。母親に会うためのロンドン行きのビザというのは単なる口実で、ほかに何らかの使命を帯びていたのではないだろうか、というのがスコリャーチンの推理だ。この行動パターンは、三〇年の事件当時も繰り返される。母親に会いに行くという同じ旅行目的。だが、リーリャの日記によるならば、二カ月の旅行期間のうち、イギリスには、ほんの十日余り滞在しただけで、あとは終始ベルリンに留まっている。何かが起こるのを待ち受けているかのように。）

一九二二（二十九歳）

ヴォルガ河沿岸地方に飢饉が発生し、二月、収益を飢餓農民救済に充《あ》てるべく催されたオークションに、マヤコフスキーも参加する。

三月五日、イズヴェスチヤ紙に詩『会議にふける人々』を発表し、翌六日の同紙に、詩のことはわからないが政治的には全くこの詩の言う通り、というレーニンの感想が載って、反マヤコフスキー・キャンペーンはいっぺんに静まる。

「夜が夜明けに変るや否や、／毎日ぼくは目撃する。／ある人は本部へ／また委員会へ／また政治局へ／また教育局へと／いろんな役所へ人々が散って行く。／役所に入るや否や／書類が雨と降りかかり、／五十ばかりの書類を／（重要なものだけ！）選び出して／いろんな会議へ役人たちが散って行く」

〈ぼく〉はある役人に面会する必要があるが、その役人、朝からずっと会議中で、どうしても会えない。夜になって、やっと会議の場所を突き止め、そこになだれこむと……

「ぼくは目撃する、／人間の半分が坐っている。／おお、こわ！／あとの半分はどこだ？／切られたんだ！／殺されたんだ！／恐ろしい光景に逆上して／ぼくはわめきながら駆け回る。／すると、きこえる、／きわめて冷静な秘書の声、／〈一度に二つの会議に御出席です。／日に／二十あまりの会議に／出なければなりません。／やむを得ず半分に割れます。／ベルトまではここに、／残りは／向こうに〉／昂奮のあまり寝つけない。／早朝。／夜明けを迎えて、ぼくの願うこと。／〈ああ、せめて／もうひとつ／会議が欲しい、／あらゆる会議の廃止に関する会議が！〉」『会議にふける人々』

この詩を初めて読んだときの驚きは、私たち日本人の場合、特別ではないかと思う。一九二二年のマヤコフスキーが、日本の寄席で落語『首提灯』を聴いていたとは、到底考えられない。辻斬りに胴をすっぱり斬られた男が、上半身は湯屋の番台に坐り、下半身はこんにゃく屋に勤めて、こんにゃくを踏む仕事で手間賃を稼いでいたという、あのグロテスクな話の枕を、もしも詩人が直接聴いていたのなら、これは更に面白い詩になっていたのではないだろうか。ともあれ、偶然の一致としか考えられない偶然の一致が、ここにある。

十日後、同じイズヴェスチヤ紙に載った詩『やくざども』は、系譜的にはかつての〈呪いの詩〉に属することは明白で、このたびの呪いの対象は、ヴォルガの飢饉に我関せずの態度を取るヨーロッパ各国の飽食したブルジョアたちだ。

「呪われろ！／すべからく／飲んだ／酒の一口が／食道を焼け！／血もしたたるビフテキは鋏に変り、／はらわたの壁を切り裂け！……／くたばったんだ、／二千万人がくたばったんだ！／ここで死んだすべての人の名において、／しゃっつらをヴォルガからそむけたやつらに、／今後は呪いを、／とこしえの呪いを。……／きみら、／膨大な軍隊の微小部分、／世界の火薬、／あらゆる地下室に仕掛けたエネルギー、……／きみらに！　きみらに！　きみらに！／これらのことばを捧げる！／何里にもわたる数字で、／ほとんど紙に書ききれぬ数字で、／ブルジョアへのヴォルガからの貸しを記入してくれ！……／その日が来る！／全世界の火事、／清める火事、毒の火事の日が。／その報いの日、／金持どもの宮殿を倒すとき、／やつらと同じだけ／同じだけ残酷になってくれ！」『やくざども』

三月末、オシップ・ブリークが新たに設立した出版社、マフ（モスクワ未来派協会）から詩人双書No.1として、マヤコフスキーの完成したばかりの小型の長詩『ぼくは愛する』が出る。二〇〇〇部。

「ほかのひとの心臓のありかなら知ってます。／そいつは胸にある――万人周知の事実です。／しかしぼくの体では／解剖学が発狂した。／どこをとっても心臓ばかり、／至る所で汽笛を鳴らす。／ああ、いくつある、こいつら、／春、春、春、春ばかり、灼熱の体へ／二十年のあいだに流れこんだ！／その遣いきれぬ重み、ただもうたまらない。／たまらないよ、／詩の文句でなく、／文字通り」『ぼくは愛する』の〈おとな〉

九月、イズヴェスチヤ紙に、長詩『第五インターナショナル』第一部と第二部を掲載。この〈予見〉の詩は全八部の予定だったが、第三部以下は発表されず、未完に終った。この詩の主人公マヤコフスキーは、リュドグス（人間鵞鳥）という生き物を発明する。ネジをキリキリと巻くと、リュドグスの首は数千メートルも伸び、その伸びた首を所々方々に向けて、傍観者たることは辛いなどと呟きつつ、世界各地の事象を眺める。「革命や戦争を／ぼくはいくつも見た。／だから、腹を減らした人間というやつは／もううんざりだ。／一度でいいから／見たいのは、／静かに／安楽に暮らしている人間だ。／喜ばしいのはひろびろとした空間、／喜ばしいのは静けさ、／喜ばしいのは曇天の下の畑。／口は／薄めた空間を飲んでる。／手は／星の牛蒡《ごぼう》の引っからまった髪の毛を、／ときどきけだるそうに梳いてる。／時は／まるで／ガラス、／流れたのやら／流れなかったのやら、／まあ流れたんだろうよ。／……おい、マヤコフスキー！／もういっぺん人間に還るんだ！／思想と神経の／力でもって、／ぼくは今まで生きてきたんだが、／今、数千メートルの長い首を、／倍率の高い望遠鏡みたいに／そうっと畳んだ。……／一番面白い所は、もちろん、このあとだ。みなさんは、二十一世紀の終りに起こった出来事を、恐らくご存じないと思う。ところが私はよく知っている。では、つづく第三部で、そのことを書きましょう」『第五インターナショナル』第二部

十月、ベルリンへ。四月の、前記リガへの十日ほどの旅に次ぐ、二度めの外国旅行、実質的には初めての外国旅行で、マヤコフスキーは、リーリャ・ブリークによれば、ベルリンのホテルで初対面のロシア人客を相手にして、日がな一日ポーカーに耽り、食事時には一人でデザートを五人前も平らげ、旅行目的の現代ドイツ美術を観に行くでもなく、ほとんどホテルに閉じこもって最初の一カ月をすごした。やがて、パリからディアギレフが迎えにきて、ようやく後半の一カ月のうち十日間はパリへ移り、ピカソやレジェのアトリエを訪ねたり、ストラヴィンスキーに会ったり、展覧会「秋のサロン」を観に行ったり、観光客らしくフォリ・ベルジェールのショーを見物したりして、十二月中旬、再びベルリンを経由してモスクワに帰る。妹のエルザと落ち合うべくベルリンへ行き、マヤコフスキーのポーカー狂いに呆れたリーリャは、帰国後の詩人の報告会で、積もる不満を爆発させ、観てもいない現代ドイツ美術について語るマヤコフスキーを客席から野次る。二人の口論は自宅でもえんえんと続き、とどのつまり、詩人はリーリャに提案する。あすから二カ月間、つまり来年の二月末日まで、会わずにいよう。もちろん、きみはここで、今まで通り自由に暮らせばいい。ぼくはルビャンカの部屋に閉じこもって、大きな作品を仕上げる。二人とも外出は自由だし、友達や編集者に会ったり、手紙のやりとりをしたりは自由だが、電話も

含めて二人だけで会って話をするのは厳禁としよう。ぼくは自分たちの愛について、この二カ月間、ひとりで徹底的に考え、考えたことを作品として書き残したい。二カ月の期限が切れたら、その作品をきみにまっさきに読んでもらう。……リーリャは賛成し、かくてマヤコフスキーの自発的蟄居が始まる。

一九二三（三十歳）

一月、蟄居中の詩人は、雑誌〈レフ〉（芸術左翼戦線）の発行に漕ぎ着けようと、共産党中央委員会や国立出版所にしきりに働きかけ、二月九日には具体的な出版の手順が成立する。

大作『これについて』は、予定していた二カ月の半分、ちょうど一カ月で書き上げ、残る日々を、詩人はリーリャに宛てた手紙と日誌のようなものを書くことに費やしたが、この手紙＝日誌は、マヤコフスキーの重要な時期の重要な著作であるにもかかわらず、私信だからという理由で、生前のリーリャ・ブリークは決して公表しようとせず、亡くなったあとの、二〇〇〇年に解禁という話は、いまだに実現していない。

「みごとな光景だ。みなさん！　考えてみてもくださいな！／去年の夏、巡業でパリに行ってきた男、／詩人にして、イズヴェスチヤ紙のれっきとした記者、／そいつが編上靴からはみ出た爪で、椅子を引っ掻いてます。／きのうまでは人間、きょうは牙の一振りで／おのれの姿を態に変えました！／毛むくじゃら。毛みたいに垂れ下がったシャツ」『これについて』〈人間にはいろんなことが起こる〉

「ヴラジーミル！　止まれ！　行かないでくれ！／……七年、おれは立ちつづけ、この流れを見つめている。／詩の大綱で欄干に縛りつけられて。／七年間、この河の水はおれから目をそらさない。／いつなんだ、一体いつなんだ、解放の時は？／お前、やつらの派閥に身を売ったのか。／キスし、ものを食らい、腹を突き出してるのか。／やつらの世相に、やつらの家庭の幸福に、／自分からおめおめ潜りこむつもりか。／逃げても無駄だ……」『これについて』〈七年前の男〉

「ぼくは喚《おめ》きだした。あの声を負かす気か。／嵐の低音が相手じゃ勝目はない／助けて！　助けて！　助けて！　助けて！／あそこ、ネヴァ河の、橋の上に、男がひとり！」『これについて』〈助けて！〉

「夕焼けめざして脇目もふらず、こどもが歩いて行ったとさ／この上ないほど夕焼けは、黄色く燃えていたんだとさ／トヴェルスカヤの町外れ、雪さえなんだか黄色くて／それに気づかず脇目もふらず、こどもが歩いて行ったとさ／それから／ふいに／たちどまり／やわらかい手に／ピストル／握り、／倒れたこどもの体の上に、そっとつもった雪のきものを、／脇目もふらずいつまでも、夕焼けが見ていたんだとさ。／雪はパリパリこどもの骨を、一本一本折ったとさ。／なぜさ？　どうして？　だれのせい？／風は泥棒、こどもの服を探った。／風が見つけたのはこどもの書置。／風はペトロフ公園の鐘を鳴らし始めた。／さよなら……ぼくは死にます……責めないで……」『これについて』〈恋唄〉

「土砂降りより激しく、雷より音高く、／眉間《みけん》から眉間へ、ぴったりと、／あらゆる小銃から、あらゆる砲台から、／あらゆるモーゼル、ブローニングから、／まっすぐに、弾また弾が飛んでくる。／息継ぎの一瞬、止まったかと思うと、／またもや鉛の弾の無駄遣いだ。／あの男を殺せ！　心臓に鉛をブチ込め！／ピクリとも動かなくなるまで！／何事もいずれは終るんだ。／痙攣だって終るんだ。／虐殺は終った。快楽は煮えたぎる。／細部を改めて味わいながら、みんなごろごろ寝そべってる。／クレムリンの空高く、詩人のかけらが／赤旗となって風になびくの

み」『これについて』〈最後の死〉〈残ったもの〉
「きみらの三十世紀は追い払うだろう、／胸かきむしる愚劣なことどもの一群を。／今はただ、数知れぬ夜の、星々のむらがりで、／愛されそこねた分の埋め合せをしよう。／蘇らせろ、ぼくが詩人で、きみを待ち、／日常のたわごとを投げ捨てた、そのこと、そのことのために！／蘇らせろ、ぼくを、そのことだけのためにも！／甦らせろ、ぼくはぼくの分を生きたい！／結婚と肉欲とパンに仕える、召使の愛など、なくなればいいのだ。／ベッドを呪い、万年床から起き上がって、／愛は全世界を歩きまわればいい。／悲しみに老いさらばえた一日が、／祈りつつ物乞いなど、してはいけない。／大地ぜんたいが〈ともだち〉という掛け声一つで、／その姿を変えればいい。／生きるとは、家庭という名の落し穴に、生贄として落ちることとは違う。／これからの身内というなら、／少なくとも世界が父親で、／少なくとも母親が大地だ」『これについて』のフィナーレ、〈愛〉
三月下旬、マヤコフスキーを編集責任者とする雑誌〈レフ〉（芸術左翼戦線）創刊号が、国立出版所から刊行される。二五二ページ、五〇〇〇部。同人はアセーエフ、トレチャコフ、チュジャック、マヤコフスキー、О・ブリークなど。「レフは芸術＝生活建設のために戦うだろう……」（巻頭論文）。創刊号にはマヤコフスキーの『これについて』全文が掲載された。
（五月、〈レフ〉第二号。メーデーの詩特集。
六月、第三号。創刊号と二号に寄せられた批判への反撃、二一年に亡くなったフレーブニコフの詩。
二四年一月、第四号。マヤコフスキー『クールスクの労働者に』、バーベリ『騎兵隊』の抜粋など。

同年三月［?・］、第五号。レーニンの文章特集。この号の巻頭論文『レーニンを売り物にするな！』のページは切り取られている。

同年八月、第六号。マヤコフスキー『記念祭の唄』など。

二五年一月、第七号（最終号）。マヤコフスキーの長詩『ヴラジーミル・イリイチ・レーニン』第一部、ほか。）

七月三日、初めて飛行機に乗り、モスクワからバルト海沿岸のケーニヒスベルクまで飛び、ドイツ領のノルダーナイ島で八月末まで静養して、帰りは陸路、ベルリン経由。

モスクワ地方農村企業体、その他の国営事業の宣伝ポスターや、キャッチコピーなどを書く仕事に手を染める。「爺さんになるまでしゃぶりつづけて大丈夫なおしゃぶり」等々。

自分の詩集や詩画集の出版は次から次へと、数えきれないほど。

一九二四（三十一歳）

一月二十一日、レーニン死亡。

自伝によると、前年からレーニンの詩を書こうと思っていたようだが、二十七日の極寒の赤の広場での葬儀を体験して、詩の構成はより緊密になった。

「〈天の下し給うた指導者〉、／そんな文句をレーニンにも使う気ですか。／レーニンが天下りの、偉ぶった男だったら、／ぼくはむかっ腹を立てて、／思う存分、行列と喧嘩し、／礼拝に集まったやつらに一人で逆らっただろう。／呪いのことばを雷声《かみなりごえ》でがなりたて、／ぼくとぼくの叫びが踏みにじられたら、／瀆神の空めがけて／〈ひっこめ！〉と、クレムリンに爆弾を投げてやる。／だが、あの確固たる足取り、あれは柩に付き添うジェルジンスキーだ。／今こそチェカーも、安心して任務を終えてくれ」長詩『ヴラジーミル・イリイチ・レーニン』第一部

「……葬式をやっている。／演説をやっている。弔辞、それもよかろう。／ただ口惜しいのは、この数分間がいかにも短いこと。／あれら見飽きぬ人たちには足りない時間！／みんな歩きながら不安げに上を見る。／雪のつもった黒い円盤。／スパスカヤ大時計の針の、なんときちがいじみた走り方だ。／その刻限へ、最後の十五分をひとっ跳びに跳ぶ。／気絶しろ、一分間、この知らせに！／止まれ、動きも、人生も！／ハンマーをふりあげた人たち、そのまま凍りつけ。／気絶しろ、地球、倒れろ、横になれ！／沈黙。この上なく偉大な道は途切れた。／号砲一発、いや千発か。／その弔砲のとどろきは、乞食のふところにちゃらつく小銭、／その程度にすら響かなかった。／まずしいまなこを痛いほど見ひらき、／ほとんど凍りついて、ぼくは立ちつくす、息を殺して。／ぼくの眼前、旗々に飾られて、まっくらな不動の地球が浮かび上がる。／世界の上に柩、動かぬ、もの言わぬ。／柩のかたわらに、ぼくら、人間を代表する者。／蜂起と仕事と詩の嵐で、／今日見たものを殖《ふ》やさんとする」『ヴラジーミル・イリイチ・レーニン』第三部
「すでに煙突の巨大な森の上、／億万の腕を一本の旗竿に、／一流《ひとながれ》の赤旗さながら、赤の広場が／すさまじく舞い上がった。／その旗の、どの襞からも、／生きたレーニンがふたたび呼びかける。／〈プロレタリアたち、隊列をつくれ、最後の戦いだ！／奴隷たち、まがった背中と膝をのばせ！／プロレタリアの軍隊、すっくと立ち上がれ！／革命ばんざい、嬉しい革命、速い革命！／これぞ開闢以来の数ある戦《いくさ》で／ただひとたびの偉大な戦だ〉」『ヴラジーミル・イリイチ・レーニン』第三部フィナーレ
七月六日は、プーシキン生誕百二十五年にあたり、八月、〈レフ〉六号に『記念祭の唄』を発表。これはプーシキンへの語りかけだが、こんな詩句が目につく。「今のぼくは、恋愛からも、プラカードからも、解放されました。／爪のするどい嫉妬の熊は、毛皮になって寝そべっている」

「いろんなことがありました。窓の下に立つやら、／恋文書くやら、神経がゼリーみたいに震えるやら。／けれども、嘆くことさえできない時代、こいつぁ、プーシキンさん、はるかに辛いです」

「いざ、マヤコフスキー！　南方へ行きゃれ！／脚韻で心を踏みにじるべし。／これぞ恋の破滅の日、／哀れな哀れなマヤコフスキー」

「ぼくだって、生きてるうちに記念碑くらいの資格はある。／でも、そしたらダイナマイトを仕掛けて、そうれ、どっかあん！／ぼくは憎みます、ありとあらゆる死んだものを！　ぼくは心から愛します、ありとあらゆる生きてるものを！」『記念祭の唄』

恋愛から解放されたというのは、現実の事件としては、詩人の自発的蟄居以前からリーリャの情事の相手だったクラスノショーコフという党活動家が、公金横領のかどで逮捕され（これが全くの冤罪であることはまもなく判明した）、あとに残された幼い一人娘をリーリャがひきとって、暫く面倒を見ていたということがあり、これだけ居直って情人に入れ揚げているリーリャに、マヤコフスキーが愛の義理立てをする必要はなくなっていた。プラカードから解放されたというのは、前出のロスタ諷刺の窓の仕事がこの頃ようやく終っていたことを指すのだろう。

十月中旬、長詩『ヴラジーミル・イリイチ・レーニン』を書き上げる。さまざまな会合で朗読する。

十一月初め、リガとベルリンを経由して、二度めのパリ旅行。このたびは、エルザ・トリオレを通訳にして、ピカソ、レジェ、ドローネーらのアトリエを訪ね、トリスタン・ツァラや、イヴァン・ゴルなど詩人たちにも逢ったが、マヤコフスキーは自分がフランス語を全く解さないことをずいぶん気にしている。年末に、ベルリン、リガを経由して、モスクワへ帰る。

詩集の刊行以外にも、新聞雑誌への寄稿や、地方都市での朗読（講演、質疑応答）会への出演が、ますます増えている。

一九二五（三十二歳）

三月、国立出版所と、全四巻の作品集の出版契約を結ぶ。

五月一日、ラジオに出演、自作朗読をする。

〈世界一周旅行〉を前にして、作品を、特にこどものための詩をたくさん書き、それらの出版契約を結ぶ。

五月二十五日、世界一周への出発。二三年と同じく、飛行機でケーニヒスベルクまで飛び、あとは汽車でベルリンを経由してパリへ。二十八日、パリ着。

六月四日、パリ万博、開幕。ソビエトのパビリオンには、マヤコフスキーのコピーと絵による国営企業の宣伝ポスターが出品され、これは〈街の芸術〉として銀メダルを獲得する。「万国博覧会は恐ろしく退屈で役立たずのしろものです」（リーリャへの手紙）

六月十日、止宿先のパリのホテル〈イストリア〉で、盗難にあい、旅費二万フラン余りをそっくり失う。在パリのソ連通商代表部にかけあって、アメリカまでの船賃その他を立て替えてもらい、モスクワの国立出版所に印税で清算するよう依頼することで、なんとかこの場は切り抜けたが、〈世界一周〉はもはや成立せず、せいぜいが〈私のアメリカ発見〉ということになった。

六月二十一日、サン・ナゼール港から五万トンの汽船エスパーニュ号で大西洋を渡る。「歳月はカモメだ。一列に飛び立って／水につっこみ、腹に魚を詰めこむ。／カモメは隠れた。本当のところ、／鳥なんて、どこにいる？／おれは生まれて、乳を吸い、大人《おとな》になった、／暮らして、働き、年取った……／こうして一生が過ぎるんだな、ちょうど今し方／アゾレス諸島が通り過ぎたように」『深い所で浅い哲学』

キューバのハバナに寄港して、七月八日、メキシコのベラクルス着。翌九日、メキシコ・シティ着。

アメリカ入国のビザを取るのに時間がかかり、七月末日にやっとニューヨークに到着する。

ニューヨーク在住のロシア人が集まった歓迎パーティの席で、エリー・ジョーンズ（一九〇四―一九八五）と出会う。この女性のそもそもの名は、エリザヴェータ・ペトローヴナ・ジーベルトといい、女帝エカチェリーナの時代に、ウラル山脈に近い現在のバシキール自治共和国へドイツから移住してきたプロテスタントの一派で、幼児の洗礼や、兵役を否定するメノー派の、子だくさんの家の長女だった。父親は広大な土地に放牧した馬から馬乳酒を作り、これが大当たりした上に、穀物の取引もしていたので、莫大な収入があり、こどもたちの教育費を決して惜しまなかった。家ではドイツ語とロシア語を喋り、英語とフランス語を完全にマスターしていたエリザヴェータは、ボリシェヴィキの政変後、両親がカナダに亡命しても、一人、バシキールの首都ウファーに留まり、アメリカから来た人道援助団の通訳として働く。やがて、モスクワに出て、アメリカの使節団のスタッフだったG・ジョーンズと知り合い、結婚して、初めはイギリスへ、まもなくニューヨークへ渡る。この頃、満十七歳のエリーは、栗色の髪、青い大きな目、秀でた額、濃い眉、等々、美女の要件を満たしていたから、まずはアクセサリーや帽子のモデルにスカウトされ、すぐに本格的なマヌカンとして働き始める。それ以前から夫とは別居状態になっていたので、カナダで困窮している両親への仕送りのみならず、自分の生活費も、このモデルの仕事から稼ぎ出さなければならない。

知り合った翌日、八月の暑い暑いニューヨークで、マヤコフスキーはエリーと連れ立って、ブルックリン橋を見に行く。

「……もしも世界の終りの時が来て、／この惑星が完全な混沌に支配されたとしても、／ただひとつだけ残るのは、／滅亡の埃のなかで馬のように竿立ちになった、この橋だろう。……／未来のぼくは見る、マヤコフスキーはここに立っていた、／ここに立って一行ずつ詩を書いていた。／今、ぼくは見つめている、エスキモーが汽車を見つめるように、／印象をむさぼり食らっている、耳に噛みついたダニのように。／ブルックリン橋、そうともさ、こいつは凄いよ！」

『ブルックリン橋』

これが恋愛の始まりで、二人は毎日のようにデートを重ねた。十月二十八日、来たときの五万トンの客船とは比較にならぬ小さな船の、最低のキャビンで帰路につくまで、ニューヨークで数回、シカゴ、フィラデルフィア、デトロイトなどで一、二度ずつ講演（朗読）会にマヤコフスキーが出演するとき、いつも客席にはエリーがいた。出港を見送って、さきほどまで詩人と一緒にいた部屋に戻ると、ベッドには勿忘草《わすれなぐさ》の花がいっぱいに撒き散らされていた。季節外れの花を、どうやって手に入れたのか。よほど前から手を打っておいたにちがいない。ニューヨーク滞在中、リーリャ・ブリークからの電報は引きも切らず、それがほとんどは金の無心で、帰りの船賃もままならぬ詩人は、やっとの思いで送金していたというのに。

「おれの心よ、家路につけ。／心と海の深みよ、相抱け。／つねに明晰なやつなんて／おれに言わせりゃ、ただの馬鹿者さ。／ここは最低の船室で、／夜通し、頭の上じゃ足音の鍛冶屋。／夜通し、天井の静けさをかき乱し、／続くダンス、唸るメロディ。／《マルキータ、マルキータ、／マルキータちゃんよ、／どうして、マルキータ、／ぼくを愛してくれない……》……／おれの望みは、自分の国に理解されること。／理解されないのなら、やむをえない、／ふるさとの町を迂回して行こう、／横殴りの雨が通りすぎるように」『帰郷《ダモイ》！』ル・アーヴルから、パリ、ベルリンを経て、十一月二十二日、モスクワに帰る。

（マヤコフスキーがソビエトに帰ったあとで、エリー・ジョーンズは妊娠に気づく。ちょうどその頃、モスクワから電報が届く。「手紙をください。長い手紙を。新年おめでとう！」エリーは婉曲に、出産の費用を援助してもらえないだろうかと返事を書く。マヤコフスキーの返事は再び電報で、「援助したいのは山々だが、現在ぼくが自分の望み通りにすることは、客観的状況が許さない」という。客観的状況とはどういう意味なのか、エリーにはわからない。後日、この話を母親から聞いた娘のパトリシアも、わからない。後年、モスクワでヴェロニカ・ポロンスカヤと面談して、父親の〈遺書〉にヴェロニカは家族の一員とされていたが、実の娘の私、パトリシアの名前が書かれていないのはなぜだろうと訊ね、晩年のヴェロニカはこう答えた。「それは、当時のOGPUの手から、あなたのお母さまを守りたかったからでしょう」。この返事を聞いたパトリシアは、これで何もかもわかった、自分が生まれるとき、出産費用を送ってこなかったわけも、すべて判明したと思ったという。

実際、ソビエトの機関がエリーに魔の手を伸ばしていた形跡は、はっきり残っている。親友たちに支えられて、一九二六年六月十五日に、ぶじ出産を終えたエリーは、やがてG・ジョーンズと離婚し、ヘンリヒ・ピーターズという人と再婚してからというもの、ピーターズ夫人として、過去の人間関係や環境とはきっぱり手を切り、一種の隠遁生活を送ったのだった。例外的にエリーとの付き合いがつづいていたのは、あのダヴィッド・ブルリュック、かつて未来派の父としてマヤコフスキーと親しく、アメリカに亡命してからは、二五年に詩人との再会を果たしたブルリュックで、この人もエリーを守りたい一心から、ソビエトの調査官が来るたびに、さあ、あの子は子供を産んでからは全然ここに寄りつかなくなりましてね、などと、しらを切り、奥の部屋でダヴィッドの子供たちとパトリシアが遊んでいるときでさえ、あの母子にはもう何年も逢っておりません、もうニューヨークにはいないんじゃないかな、ひょっとするとアメリカにはいないのかもしれない、と言って、調査官を追い返したりした。

エリーは事実を隠し通して、一九八五年に亡くなり、その二年後には夫のピーターズも亡くなり、かつてピーターズの養女として育てられたパトリシアは、結婚してパトリシア・トムスンとなり、息子ロジャーを産んだ。マヤコフスキーの孫にあたる、このロジャーは、母親よりも祖父に似た顔立ちだが、目だけが祖母そっくりの青い大きな目だそうな。）

一九二六（三十三歳）

クリミア出身の俳優、パーヴェル・ラヴート（一八九八—一九七九）に出会ったのは前年、アメリカへ出発する前だったが、帰国後、正式にマネージメントをこの人に頼むこととなった。以降、真面目で献身的なマネジャーとして、マヤコフスキー最後の日まで、ラヴートは詩人の仕事の進行を司る。

前年の暮れ、十二月二十七日に、レニングラードのホテルで、手首を切り、

エセーニン（右）とイサドラ・ダンカン（中）とダンカンの娘

自分の血で、〈この世で死ぬのは珍しくもない、だが生きるのも格別珍しくはない〉と書いて死んだ詩人エセーニン（現在、これは五年後のマヤコフスキーの場合と同じく、〈強いられた死〉だという説がある）への追悼詩『セルゲイ・エセーニンに』を、四月下旬、グルジアの出版社から出す。

「……ことばは人間の力の司令官だ。／前進！　時間はうしろで弾のように砕けろ。／風は昔に引き戻せ、／髪のもつれだけを。／ぼくらの惑星は、快楽の設備が不足だ。／喜びは未来から奪い取らなければ。／この人生で、死ぬことはむずかしくない。／人生をつくることは、はるかにむずかしい」『セルゲイ・エセーニンに』の結句

右の作品の発想から完成までを、具体的かつ率直に語り、自分の作詩法の根源に触れたエッセー『いかに詩をつくるか』を、文芸雑誌〈新世界〉六月号、八月号、九月号に連載する。

四月、前年の十二月に手に入れ、模様替えをした、ゲンドリコフ小路一五の五の家に引っ越す。この家には、〈ブリーク　マヤコフスキー〉という表札を

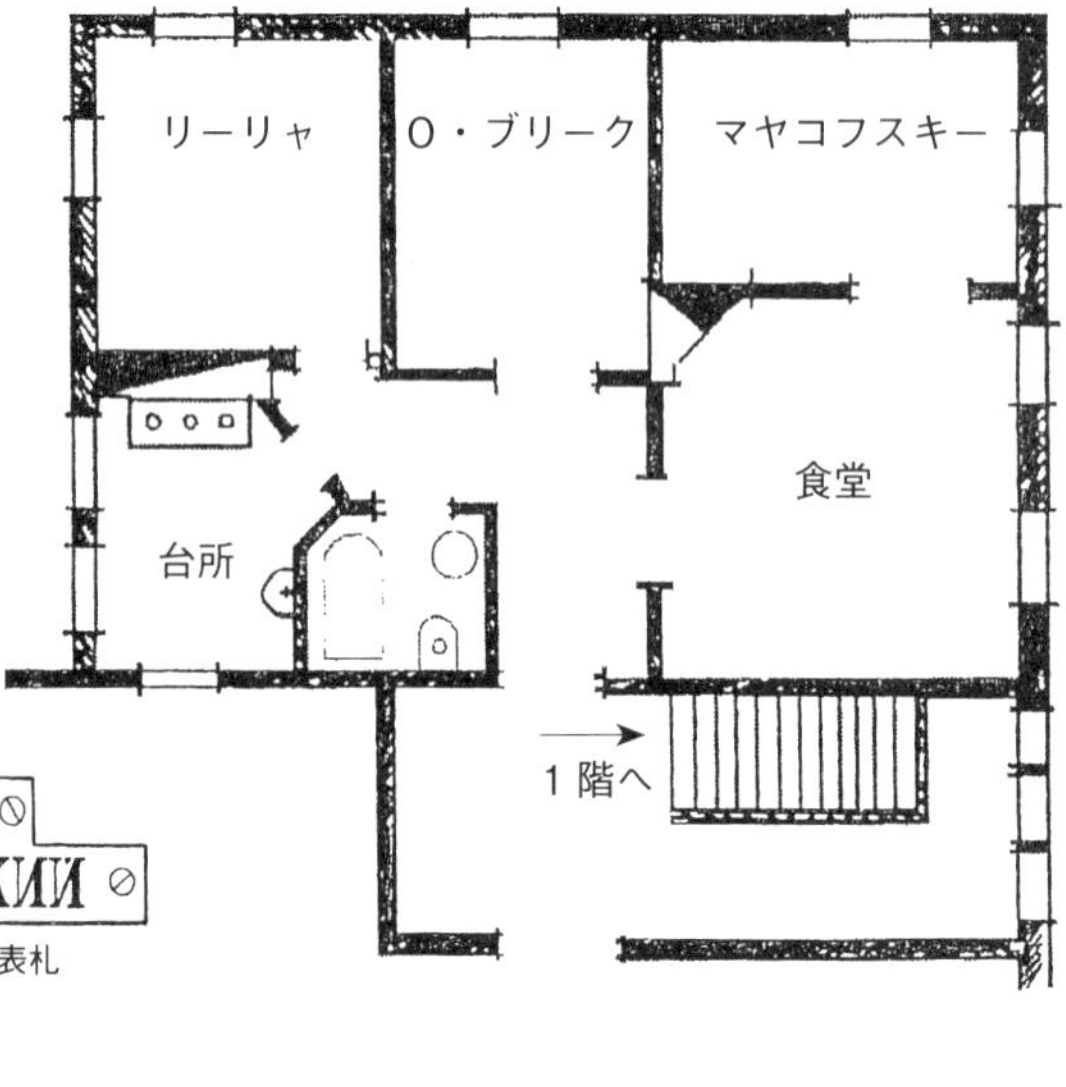

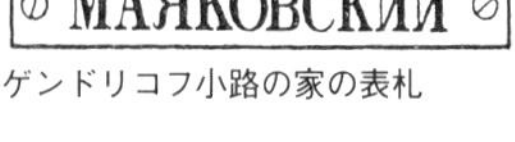

ゲンドリコフ小路の家の表札

掲げ、ブリーク夫妻との三人所帯を初めて公然たるものとする。この住居は、同人会その他のさまざまな会合に使われ、レフ一派の拠点となったが、一九年から住んでいたルビャンカの部屋のほうは、そのまま、マヤコフスキーの個人的な仕事部屋として残った。

十二月、映画シナリオ『ご機嫌いかが』を書き上げる。このシナリオは映画には、ならなかった。

有能なマネジャーがついたからだろうか、この年の講演（朗読）会の出演回数は飛躍的に増えて、七十一回。「狂ったように旅行ばかりしています。毎日、朗読の連続です……」（リーリャへの手紙）

一九二七（三十四歳）

二五年に七冊で途切れていた雑誌〈レフ〉を、〈新レフ〉として、この年の一月号から続ける。（だが、翌二八年の十二月号まで、二十四冊出すことは出したが、各号のページ数はほとんどが四十八ページという薄い雑誌で、編集責任者は二年目の八月号以降はマヤコフスキーからトレチヤコフに変り、三〇〇〇部で始まった発行部数は二四〇〇にまで落ちる。二九年に、ＬＥＦ〈芸術左翼戦線〉はＲＥＦ〈芸術革命戦線〉に変り、マヤコフスキーは、アセーエフ、ロトチェンコらと連名で、国立出版所に、自分たちＲＥＦの文集あるいは雑誌を出すよう要望書を送って、この文集の読者は労働者農民の青年たちであるから、発行部数は少なくとも七〇〇〇部か八〇〇〇部程度が望ましい、などと書いている。同じ頃、近いうちに「突然」というユーモア雑誌を出すと友人に語り、近いうちとは？　と聞かれると、それがわからないから〈突然〉さ、と答えたという。この件について、国立出版所のほうはマヤコフスキーの意向を了承したようだが、いずれにせよ、もう時間がなかった。）

国立出版所の編集者、ナターリヤ・ブリュハネンコ（一九〇五―一九八四）と知り合う。実は、出会いは一年前、一九二六年の六月だったが、まもなくブリュハネンコはチフスに罹って、半年余り勤務を休み、詩人と再会したのは、ちょうど一年後の二七年六月だった。大柄で、美しさが〈あたりを払う〉この娘には、いうところのアネクドートがあって、国立出版所の二階の編集部から、螺旋階段をゆるゆると下りて来るこの娘の姿に見惚れて、一階のロビーにいた訪問者たちは、思わず蹴つまずき、あるいは転倒して、骨折や脱臼は引きも切らずだったという。退社時刻にマヤコフスキーが迎えに行き、レストランで食事をして、映画を観に行ったり、でなければ、ルビャンカの部屋で、元ヤコブソン家の家政婦、ナージャが作ってくれる料理で夕食をすませたりすることが頻繁になった。

ブリュハネンコの父親は中学の理科の教師で、母親はフランス語の教師だったが、この両親が早くに別れたので、娘のナターリヤは母子家庭で育ち、十二歳の年に母親が亡くなったあとは、叔母の家に引き取られるけれども、結局は孤児院に入れられる。勉強のできる子だったから、モスクワ大学文学部を優秀な成績で卒業して、国立出版所に就職し、〈アジプロ文芸課〉に配属されていた。大柄な美女でありながら、話し声は異様に姦《かしま》しく、起居動作はコムソモールふうに粗暴。待ち合せの時刻はきわめてルーズだし、約束を平気で破る。ナターリヤのほうからすれば、自分たちの時代の英雄だと思っていたマヤコフスキーが、自分たちとは全然違って、いつもレディ・ファーストで、個人的に詩を読んでくれるときは、囁くような低い声であることが、驚きであり、新たな魅力でもあった。マヤコフスキーは、この娘に贈呈した本の献辞として、「たとえ愛し合っていなくても、待ち合せ時刻はきちんと守ること」と書き、歩きながら大声で喋るナターリヤ

ナターリヤ・ブリュハネンコ

に、「もうすこしちいさな声でやさしく話しかけてくれよ、ぼくは、これでも、抒情詩人なんだから！」と言ったとか。

のちにリーリャと一緒になったカタニャンの最初の妻ガリーナが、この頃のマヤコフスキーとブリュハネンコのカップルの情景を描いている。モスクワ郊外のプーシキノ村に当時マヤコフスキーの別荘（ダーチャ）があって、自分たちもダーチャを借りたいと思ったガリーナ夫人は、だったら大家を呼んでおくからというマヤコフスキーの指定した日時に、訪ねて行く。詩人のダーチャは静まりかえっているので、留守かと思ったが、いいや、ベランダのほうに回ってみると、サモワールと、いろんな食べ物の並んでいるベランダのテーブルに向かって、マヤコフスキーが坐り、その隣の椅子にガリーナ夫人と同じくらいの年恰好の女性が坐っている。それが、こんな美女は見たことないと夫人が思ったほどの美人だった。大柄で、がっしりした体格で、顔が小さい。頬にえくぼ。歯は白く、唇は赤く、瞳はグレー。着ているものは、白いフランネルのシャツで、襟はマドロス風。亜麻色の髪は赤いネッカチーフで纏めている。まるでギリシャ神話のユピテルの妻ユーノのコムソモール版だ。「美人だろう」と、マヤコフスキーが紹介し、そう言われて赤くなると、いっそう美しい。「じゃ、もうじき大家が来る筈だから、お茶でも飲んで、もし食べたいものがあったらなんでも食べて、待ってて下さい」と、サモワールのお湯で紅茶を淹れ、この家のあるじとしての接待作業をすませると、マヤコフスキーは再び女性のかたわらの椅子に戻る。

蜜蜂の羽音がかすかに聞こえ、初夏の菩提樹の香りが漂い、木の葉が二人に蔭をつくる。二人はじっと見つめ合い、ときどきマヤコフスキーが短い質問をすると、ブリュハネンコは更に短く一音節で答える。静寂に包まれて、二人はどちらも相手に没頭し、ガリーナ夫人の存在など完全に忘れている。テーブルの上で、マヤコフスキーは女性の腕を愛撫し、ブリュハネンコのてのひらに自分の頬を押しつける……ガリーナ夫人は退散するが、夫人が退散したことにすら、二人は気づいていない……

盛夏が来て、詩人はクリミヤ方面に朗読会出演の仕事を兼ねて出掛けるが、ブリュハネンコはなかなか夏休みが取れず、詩人に同行できない。マヤコフスキーは何通も電報を打つ。「ウナ電モスクワ　国立出版所ブリュハネンコ　ひたすら待ってる　ピリオド　十三日に発ちなさい　セヴァストーポリに出迎える　ピリオド　切符は今日受け取りなさい　ピリオド　詳細は電報でヤルタ　ロシアホテルへ　ではその折に　マヤコフスキー」「電報を待つ　到着の日時を知らせよ　ピリオド　きみの休暇はずっと一緒に過ごそうな　ピリオド　現状はだんぜん退屈だ　マヤコフスキー」。この型破りの電報は、だれよりもまず、電報局の人を驚かしたとみえて、モスクワの〈国立出版所ブリュハネンコ〉にこの電報を届けたのは、普通の電報配達人ではなくて、普段は外に出ない配達部の主任だったという。

八月十三日にようやく休暇が取れたブリュハネンコは、直ちにヤルタへ向けて発つ。出迎えたマヤコフスキーは衣類や花や香水を山のようにプレゼントし、自分とスタッフの泊っているロシアホテルの一室に、ブリュハネンコも泊らせる。こうして、異様に忙しい一夏が始まった。つまり、マヤコフスキーは秋までに書きかけの長詩『とてもいい！』を書き上げなければならないし、ほとんど毎晩のようにどこかで講演や自作朗読をしなければならない。ブリュハネンコは昼間は夏休みを取ったサラリーマンらしく、黒海で泳いだり、海岸で日光浴をしたりして、詩人の仕事の邪魔をせず、夕方、一緒に食事したあと、ヤルタの海岸通りや名所旧跡を歩きまわるのがせいぜいの自由時間で、すぐにどこかで講演会や朗読会、討論会などに出演するマヤコフスキーを、毎度ブリュハネンコは客席から眺めたり、詩の朗読を聞いたりしている。なんだか忙《せわ》しすぎる夏休みだが、こんな毎日を二週間ばかり続けて、マヤコフスキーはここヤルタで遂に『とてもいい！』を完成する。
「時間とは恐ろしく長いしろものだ。／幾時代かがあって、叙事詩の時は過ぎ去った。／今や英雄詩はない。物語詩もなければ、史詩もない。／詩の節よ、電報となって飛べ！／かがみこんで、赤く腫れた唇で飲むんだ、／事実という名の河の水を。」『とてもいい！』1章
「囲まれたくらしが続く、／粗末に、貧しく。／スタヘーエフ・ビルに、ぼくは住む。……／今ここに住むのは、／いろんな人間、いろんな階級。／冬には蜜蜂の巣のようにざわめく暖炉に、／シェイクスピア全集を放り込む。／寒さに歯の根も合わず、じゃがいもは御馳走だ。／夏になれば小銭を握って窓に寄り、／アスファルトから立ちのぼる唄を聴く。／〈トランスヴァール、トランスヴァール、わがふるさと、／なべて炎に燃ゆるきみ！〉／この石の釜のなかで、／ぼくは煮え、このくらしは、／駆け足も、戦いも、夢も、腐敗も、／ビルのつまさきからあたままで、／一階ごとに反映し、／嵐に洗われる。／ちょうど街の歩行者が／走る電車の車体に映るように。／銃声が聞こえれば姿勢を低くし、／静まれば小窓から／外の様子を眺め、／ぼくはこの小舟のような部屋で／三千の日々をすごした。」『とてもいい！』11章
「……歴史はお墓の入口だ。／けれどもぼくの国は少年、／創れ、編み出せ、やってみろ！／喜びがこみあげる。これをきみらに分けてやりたい！／人生は美しく、また、すばらしい。／百までも育つ／ぼくらに老いはない。／年ごとに育つ／ぼくらのさわやかさ。／祝え、槌も、詩《うた》も、／青春の国を」『とてもいい！』19章、フィナーレ
円熟期のマヤコフスキーが技巧の限りをつくして書いた〈十月革命叙事詩〉が、ボール紙の〈す

なわちお粗末な、あるいはこわれやすい）長詩だなどと揶揄されようとは、詩人本人は夢にも思っていなかっただろう。現在でも、これはハラショー（とてもいい）ではなくて、ハラショース（かしこまりました）だという批評が全く生きていることは、ソビエト崩壊後のロシアで筆者も確認したのだった。「ス」を語尾にくっつけると、昔の農奴や召使の喋り方になる。かつてのロシア文学の翻訳者たちがよくやったような、へりくだりの極致の表現――例えば「旦那様、馬車の支度ができましただ」の伝でいくなら、マヤコフスキーがソビエトの権力者に、「かしこまりましただ。現代ソビエトの現実をば、せいぜい明るく楽しく描き出しますです。いいえ、なんの面倒もありましねえだ」などと喋っているというのは、なんとも情けない。

『とてもいい！』はそんな箸にも棒にもかからぬ失敗作ではなくて、とてもいいところは随所にある。ただ、作者自身がこの作品に満足できず、いま長詩『とてもわるい』を書いている、と自伝の一九二八年の部分の冒頭に記したことは、決して無視できないだろう。もちろん、『とてもいい！』に満足できなかったから、とはひとことも書いていないのだが、新作の対照的な題名の付け方からしても、それは察しがつく。しかし、一九二八年に「書いている」と明記した『とてもわるい』の原稿は、三〇年の事件当時は忽然と消え、一枚も発見できなかった。自分か他人か、何者かが破棄したのか。あるいは、名作『声を限りに』は〈長詩の第一導入部〉と銘打たれているので、これが『とてもわるい』の一部分なのかもしれない。

とにかく、自らいうところの綱領的な大作を書き終えて、ようやくブリュハネンコと付き合う時間ができたと思う矢先、情報網を張りめぐらしているひとから、牽制の手紙がくる。リーリャは、こまごまとゲンドリコフの住居のリフォームの状況など報告してから、留守中の出版関係のこと、犬たちの様子、ちょっとした金の無心、賭けマージャンをやったこと、女中がジャムをつくってくれた話まで書き連ねている。こういう手紙は、どうでもよい話題が続けば続くだけ、読まされるほうは不安が募るものだ。こちらの不安が頂点に達した手紙の末尾で、突然リーリャは愛情について語り、あなた、まさか本気で結婚するつもりじゃないわよね。だって、みんな噂してるんだもん、あなたは今恋愛中で、今度は結婚するにちがいないって、ときた。

実は十年前、最初の女性、ジェーニャ・ラングと再会し、結婚話がもちあがったときも、リーリャはたいそうタイミングよく詩人に手紙を書き、昨夜の夢で、あなたはなんとかいう女と同棲していて、その女が物凄く嫉妬するもんだから、こわくて私のことを話せないでいるの。いい加減に恥を知りなさい、ワロージャ！　というふうに牽制した。同一人物が十年をへだてて送りつけた二通の手紙にたいして、マヤコフスキーの態度は本質的に同じだった。つまり、ジェーニャあるいはブリュハネンコには結婚のけの字も言わず、何かと言えばリーリャとの関係をそれとなく持ち出し、少しずつ、相手の女性を諦めの境地へ導き、その愛を不機嫌と不愉快の泥沼に沈めてしまう。

（一九二八年のある日、こんな場面があった。二人だけの部屋で、マヤコフスキーが何げなく言う。

「きみはほんとに、たっぱがあるなあ。足も長いし。ぼくに必要なのは、きみみたいなでっかい美女なんだ。まだ本気にしてないみたいだから、言っとくんだけど」。なぜか虫の居所がわるかったブリュハネンコは、こう反論する。「わかってるわ。私の背の高さや足の長さが、初めから気に入ってらしたのね。でも、どうして美しいとか、必要だとか、そんなことばかり言うの？　愛しているって言わないのはどうして？」するとマヤコフスキーはけろっとして答えた。「ぼくが愛してるのはリーリャなんだ。ほかの女性は、大好きとか、どうしても必要とか、そういうレベルのひとばっかりで、愛してるとは言えない。スポーツでいうなら、二位、三位の人たちさ。なんなら、二位のきみを愛してるとでも言おうか」ここまで言われて、おめおめと付き合っていられるだろうか。「二位なら、大好きでたくさん。いっそ愛してなんかいないほうがましね」すると、マヤコフスキーは以前この娘に書いた献辞を思い出して、「たとえ愛し合っていなくても待ち合せの時刻はきちんと守ること、ていうのがあったっけ」と、冗談でこの場を締めくくった。自分のベッドに寝そべって、どういう意味なのか、犬か熊のように吠えている詩人を残して、傷ついたブリュハネンコは帰ってしまう。これで二人の抒情的関係は終ったのだと思いながら。以後は親友として、あるいは筆者と編集者として、きわめて冷静な付き合いがつづき、詩人の死後、二十二年経って、このひとはかなりの分量の回想記を書いた。）

この年の講演（朗読、独演）会の出演回数は、なんと、百二十一回！　さまざまな現象の真因は、このあたりにあるのかもしれない。

一九二八（三十五歳）

公開の席で自作の詩を読み、芸術全般、諸事百般について語ることは、この年もいよいよ盛んに続けられるが、詩を文字にして詩集、新聞雑誌、アンソロジーなどで公表することも、この年はますます盛んだ。二八年のうちに書かれた百二十五篇の詩の圧倒的多数は、コムソモリスカヤ・プラウダなど九種類の新聞に発表され、それが更に地方紙に転載された。なかでも、コムソモリスカヤ・プラウダの紙面には、二八年だけで四十六篇のマヤコフスキーの作品が現れた。詩のスペースは周囲の記事の内容とは無関係な〈コーナー〉ではなくて、多くは特集記事の一部として戯評的な性格を帯び、周囲のニュースや、解説や、マンガや写真、時には読者の投書などとも息が合っていた。

「このポスターが目にとまったら／覚えておきな、簡単な決まりだから。／坐って働いたのなら／休むときは立つこと！／覚えておくといい、簡単な決まりだからね。／このポスターが目にとまったらさ。／立って働いたのなら／休むときは坐ること！」『休憩しなさい！』
「……到る所に、花柄《かへい》の細いバラの花。／どんなふとっちょでも、ひと夏に二十キロは／エフパトリアの／熱い泥が追い出す。／エフパトリアのおなごは喜ぶ。／どんな病も、エフパトリアの大自然のおかげで痩せられる。／ほんとに気の毒じゃないか／エフパトリアに来たことのないひとは」『エフパトリア』
「腕のキスにも、くちびるのキスにも、／親しいひとの肉のわななきにも、／ぼくの共和国の赤い色は／そこにも炎と燃えねばならぬ。……／きみだけだ、ぼくと背が釣り合うのは。／眉と眉をあわせ、並んで立ってくれ。この大切な一夜のことを／人間的に語らせてくれ。／午前五時、この時刻になれば／ひとびとの眠りの林は静まって、／大都会は息が絶え、／きこえるものはバルセロナ行きの／列車の汽笛の諍《いさか》いばかり。……ここへおいで、ぼくの大きな／ぶざまな腕の十字路へ。／いやか？　それなら残って冬籠りしろ、／この屈辱はみんなの勘定につけておこう。／それでもいつかは連れて行くよ、／きみひとりを、でなければ、きみとパリを」『タチヤーナ・ヤーコヴレワへの手紙』
『休憩しなさい！』は労働衛生のポスター。どんなイワンの馬鹿にだって、わからないとは言わせないよ、というマヤコフスキーの声がきこえるようだ。
『エフパトリア』はクリミアの保養地の宣伝コピーで、この短い詩にはかつての未来派の技巧が散りばめられている。翻訳では伝えにくいのだが、エフパトリアのおなごとか大自然とか訳した部分は、すべてエフパトリアという固有名詞一語の語尾のみで表現されている。この詩の最後の二行は、現在でもエフパトリアの観光キャッチコピーに使われているとか。

『タチヤーナ・ヤーコヴレワへの手紙』は、なかなか活字にならなかった作品で、友人ロマン・ヤコブソンの尽力により、やっと世に知られるようになったのは詩人の死後、何十年か経ってからのことだ。こういうレベルの高い作品を『休憩しなさい！』や『エフパトリア』と同時に書くというのは、やはり他の詩人にはなかなかできないことだ。

ほとんどひっきりなしの朗読会や独演会の国内の分を、可能な限り消化し（この年の朗読会出演回数は六十二回）、マヤコフスキーは十月八日に発って、ベルリン経由で、十五日にパリ到着。何日か経った頃、パリの街を歩いていて、ばったり出くわしたのは、アメリカ旅行のときに知り合ったリジア・マリツェワというオペラ歌手で、エリー・ジョーンズの友人だった人物。これはべつに悪人ではないが、下品な女で、有名人の男性を誑《たら》しこんで〈落す〉のを殊のほか好み、落ちた有名人を自分のコレクションとして記録しているのだという。マヤコフスキーなどはこのコレクションには絶好の対象だろうから、歓迎パーティのあとで、詩人とエリーがブルックリン橋を見に行ったときも、のこのこ二人についてきたのだった。そのリジアが今、出くわしたマヤコフスキーに、しどけない笑顔で言う……エリーが来てるのよ。ニースに。子供を連れて。こないだから。さ、早く行きなさい。これが所番地。ぐずぐずしてると、だれかにかっさらわれちゃうよ、ああいういい女はね！

こうして、ほんの三日間だが、親子三人の水入らずの生活が成立した。「パパがいる！」という満二歳のパトリシアの言葉を、母親は記録している。それにしても、マヤコフスキーがあのオペラ歌手にパリの街角でばったり会わなければ、この極端に短い家庭生活は実現しなかっただろう。エリーは自分たちのニース行きを、あらかじめマヤコフスキーに知らせなかったのか。いや、二六年六月十五日の出産を報告する手紙以後、エリーは何通か手紙を出している。しかしこのたび、ニースに滞在していたのは、イギリス人の夫との離婚問題をきちんと処理するために、イギリス入国のビザの発行を待っていたのだった。イタリアのミラノには、いとこが住んでいるので、久しぶりにいとこに逢いたいということもある。そこで、来年の春にでも、もっとゆっくり会おうと約束して別れるが、翌二九年三月には、ちょっとした行き違いから結局会えずじまいになり、不運な親子三人のくらしが、たとえ数日の間でも繋がることは、もう二度となかった。

タチヤーナ・ヤーコヴレワ（一九〇六―一九九一）と対面したのは、ニースからパリへ戻った直後、十月二十五日のことだ。

タチヤーナは、ペテルブルクで生まれ、育ったけれども、十月政変の頃には地方都市のペンザへ移り、そこで母親と妹と三人で暮らした。一旗揚げに単身アメリカへ行った父親は四等文官だったというから、これはもう、れっきとした没落貴族の家庭だ。長女のタチヤーナは、幼い頃から積極的に振る舞って、家計を支えつつ、自分の才能を開花させた。

タチヤーナ・ヤーコヴレワ

だが、初期の肺結核の兆候が見られたので、二〇年代の中頃、肖像画家として有名だった叔父を頼ってパリへ行き、療養につとめる。幸い、健康を取り戻し、再び自立への道を歩み始める。最終的な選択は帽子のデザインという仕事だった。白系ロシア人の美女がつくった帽子はたちまち評判になり、やがて雑誌〈ヴォーグ〉に登場したタチヤーナは、当時のモードの世界では知らぬ者なき存在となる。マヤコフスキーと知り合った頃には、白系ロシア人の小世界のみならず、パリ社交界でも、「タターー」という愛称で呼ばれる花形だった。なにしろ水泳やテニスが得意で、ロシア語の詩の朗誦も上手、きのうはブラームスの曲を作曲家プロコフィエフとピアノで連弾したし、おとといはコクトーと食事を共にしたというほどの、まことに華やかな毎日で、若い男たちの取り巻きも決して少なくはなかった。

タターとマヤコフスキーを引き合せたのは、リーリャの妹のエルザ・トリオレで、詩人と帽子デザイナーは身長が釣り合っているから、さぞかし似合いのカップルになるだろうと、いたずら半分に紹介したところ、二人とも夢中になってしまったというのだが、それだけのことではなくて、実はマヤコフスキーのアメリカでの恋愛や、その結果としての子供の誕生の件を、リーリャがいち早く嗅ぎつけ、なんとか詩人の関心をアメリカの女性とその子供から逸らしてやろうと、タターという新たな若い女性を、いわば、あてがうよう指令を発し、言われた通りにエルザが動いたということだったらしい。同じ行動パターンは、翌二九年のヴェロニカ・ポロンスカヤの登場の際にも繰り返されるだろう。

「愛するとは、すなわち、中庭の奥に／駆けこんで、ぬばたまの真夜中まで、／おのれの力を楽しみながら、／斧ひらめかし、薪を割ること。／愛するとは、不眠に破れたシーツから／跳び起きて、マリヤ何某の亭主ではなく、／コペルニクスに嫉妬し、こいつを／おのれの恋敵《こいがたき》と見なすことです……」『愛の本質についてパリから同志コストロフへ送る手紙』

「それでもいつかは連れて行くよ、／きみひとりを、でなければ、きみとパリを」と、『タチヤーナ・ヤーコヴレワへの手紙』の結びの行で、詩人は書いた。しかし、「きみとパリ」はもちろんのこと、「きみひとり」をソビエトに連れ帰ることは全く不可能だった（本文第六章「スコリャーチン」を見よ）。

タチヤーナは、マヤコフスキーと出会う直前まで、ソビエトのパスポートを持っていたが、その後はもはや一介の〈帰国拒否者〉に過ぎなかった。この二人が平和に結ばれる場所は、地球上のどこにもない。そのことは二人とも初めからわかっていた。

（タチヤーナは翌二九年の年末近く、フランス人の求婚者の一人、外交官であり、パイロットでもあったデュプレッシ子爵と結婚し、結婚式当日から四十週と二日経って、女の子を産む。子爵は第二次大戦中に戦死し、タチヤーナは娘のフランシーヌと、アメリカへ渡って、リーバーマンという男性と再婚し、帽子デザイナーとして名を成す。

晩年、つまり一九八〇年頃、いわゆるペレストロイカ時代に、タチヤーナは、ソビエトのジャーナリストのインタビューを受けたことがある。もう五十年も前のことだから、なんとも説明の仕様がないわね、と言いつつ、タチヤーナはこのインタビューで喋るわ、喋るわ、支離滅裂ぎみだが、自分の気持や、マヤコフスキーの考え、そしてデュプレッシ子爵のことまで、ぺらぺらと喋りまくる。マヤコフスキーがもう来ないのなら、私はあくまで自由でした。彼は要するに責任を取りたくないみたいだった。怯えていたのね。ポロンスカヤのことも、私は多少聞いていたし……とにかく私は自由だった。デュプレッシとお芝居を観に行ったとき、私もう少しでロシアの人と結婚するところだったのよ、なんて言ったりしてね。デュプレッシは、しょっちゅう、うちに出入りしていたから、隠すことはなんにもなかった。むこうもいろいろ私に気をつかってたみたい。マヤコフスキーとは大違いで、いかにもフランス人らしい孤独なひとだったのよ。だから結婚したの。

ここまで一息に喋って、インタビューアーに、子爵を愛してらしたのですね、と訊かれると、饒舌が、はたと途絶える。ながい、ながい沈黙。あげくに、ぽつんと答える。いいえ、愛してなかった。あの結婚は、ある意味ではマヤコフスキーからの逃亡だったわけ、うんぬん。再び饒舌が始まる。私はね、ごくふつうの結婚をしたかった。わかる？　新婚旅行はカプリ島に二週間。それから、ワルシャワへ行った。デュプレッシの赴任先のフランス大使館へね。だから自殺のことは、ワルシャワの新聞で知ったの。ここで、インタビューアーの質問。ショックでしたか？　またもや、ながい、ながい沈黙。そして再び、ぽつんと答える。ショックなんてものじゃなかった。それ以上……痛いような、ものすごい悲しみ……。

このひとが亡くなったあと、一九九九年に、娘のフランシーヌが母親の部屋から、若き日の母親宛のマヤコフスキーの来信を発見する。手紙二十七通、電報二十五本、その他、詩の手書き生原稿が数篇、一纏めにしてあった。従来、ペンザに住むタチヤーナの母親宛の娘タチヤーナからの手紙が残っていたが、マヤコフスキー宛のタチヤーナの手紙は、詩人の死後、多くがリーリャの手によって焼却されたことが知られている。従って、発見されたこれらの来信は、一九二八年から二九年にかけての詩人とタチヤーナの感情面での推移の、少なくとも半分を語る貴重な資料である。同様の火刑は、アメリカから来たエリー・ジョーンズの手紙に対しても執行されたという。）

十二月八日、モスクワに帰る。

十二月の中頃、もう何カ月も前からさんざんリーリャにせがまれていた自動車が、やっとフランスから到着した。六馬力四気筒のルノー社の乗用車で、車体の色はグレイ。この頃、自家用車というものは、モスクワ中でも数えるほどしかなかった。そんな大きな買い物に気が引けたのか、マヤコフスキーはこんな詩を発表している。「下らん噂から逃れられないのなら、／こっちから言っちまおう、失礼つかまつって、／ぼく、パリからルノー一台持って参りました。／香水でもネクタイでもありません」『やがて流れる噂に答えて』。だが、最後の行は嘘だ。マヤコフスキーはパリへ行くたびに、リーリャとオシップに頼まれて、香水、ストッキング、ネクタイの類を買ってきていたし、この旅行でも、リーリャのリクエストに応えて、〈フラール〉とやらのネッカチーフを買ってきた。

二十六日、完成した戯曲『南京虫』を、メイエルホリドら、友人、知人の前で朗読する。大成功。

「たかがボタン一個のことで、嫁を取る、嫁を出すたあ、愚の骨頂だよ！　親指と人差指でちょいと一押し、これこの通り、市民諸君のズボンは絶対ずり落ちない。オランダ製の自動ボタン。六個二十カペイカ……さあ、お買いなさい、ムッシュウ！」「今どきパイナップルやバナナは無理な話！　アントーノフりんごは四個でたったの十五カペイカだ。奥さん、お一ついかが」「これだ、すばらしいニシン、共和国ニシン、酒のサカナにゃ持ってこいだよ！」「計り売りのコティの香水！　計り売りのコティの香水！」『南京虫』1場

「南京虫」の製作風景ピアノの前の眼鏡をかけた青年はショスタコーヴィチ

「お前、なんだ、黒いとこでだけ弾いてるじゃないか。プロレタリアには半分しか弾かねえのか。ブルジョアには全部弾くのか」「何をおっしゃるんだね、市民。白いキーも、これこの通り、特に注意して弾いてますさ」「なに、白いとこだけ丁寧に弾くってのか。全部で弾け！……」「全部で弾いてるってのに！」「この野郎、するてえと白の仲間か、協調主義者か」「同志……だってこの曲は……ハ長調だからね」「だれだ、〈立ち往生〉と言ったのは。新郎新婦の前だぞ、こいつ！（ギターで首筋を殴りつける）」『南京虫』3場

「五十年前、わたしは思いあまって……自殺したのです」「自殺？　自殺とは何のことかな。（辞書を引く）時差、司祭、資材、試作、地酒……あった、あった、〈自殺〉とね（びっくりして）あ

なたは自分をピストルで撃ったのかね？　そういう判決だったの？　裁判で？　革命裁判所で？」「いいえ……わたし一人で決心しました」「一人で？　不注意による暴発か」「いいえ……恋愛のためです」「馬鹿な……ひとは恋愛をしたら、橋を架けたり、子供を産んだりしなきゃならんのに……あなたというひとは……」『南京虫』6場
「（観客席にむかって大声で）みなさん！　兄弟！　身内の人！　親戚のみんな！　どこから来たんですか？　どうしてそんなに大勢いるんです？　いつ氷づけになったんですか、あんた方は？なぜぼく一人だけ檻に入ってるんです？　兄弟、身内の人、こっちへ来ませんか？　ぼくは何のために苦しんでるんです？　みなさん！」『南京虫』9場

一九二九（三十六歳）

一月から二月にかけて、ラジオ局を含むさまざまな場所の、さまざまな集まりで、『南京虫』を朗読する。雑誌「若き親衛隊」の三月号と四月号に、美術家ククルイニクスイの挿絵入りで戯曲『南京虫』が掲載される。

二月十三日、メイエルホリド劇場で『南京虫』の初日。演出、メイエルホリド。演出補（台詞指導）、マヤコフスキー。美術、ククルイニクスイ、A・ロトチェンコ。音楽、ショスタコーヴィチ。

翌十四日、新聞に『南京虫』の劇評が載るのを待ちもせず、プラハ、ベルリン経由で、パリへ。

二月二十二日、パリ着。この日から、モスクワに戻った五月二日までの、六十七日という期間は、七回のパリ訪問のなかで最長だ。この二カ月ほどの間に、マヤコフスキーが公の席に現れたのは二度だけで、一度は三月十二日のソビエト全権代表部の帝政転覆十二周年記念パーティで、『とてもいい！』の一部を朗読した。もう一度は、パリ郊外の会場で、フランスの労働者たちに詩を

朗読した。このとき、マヤコフスキーの詩をフランス語に〈通訳〉したのは、マヤコフスキーと同世代の女流詩人で、一九一七年以来〈白系ロシア人〉と呼ばれて、チェコからフランスへと流れて来ていた、あのマリーナ・ツヴェターエワ（一八九二―一九四一）だったという。お互いに一目も二目も置いていた二人の詩人は、どんなふうに再会したのだろう。ロシア語を知らないフランス労働者にロシアの詩を聞かせ理解させるのは、ある意味では面白い仕事だが、二人の一流詩人はどんなふうにその仕事をやってのけたのか。残念ながら、この朗読会の模様を記録した資料はきわめて少ない。マヤコフスキーは若いタターに夢中で、ツヴェターエワとじっくり語り合う余裕はなかったのかもしれない。

（ツヴェターエワは、十二年後に息子を連れてソビエトに帰国するが、折しも第二次大戦の火蓋が切って落とされ、モスクワは毎夜の空襲に悩まされていた。息子と一緒に疎開者の群に加わり、タタール自治共和国まで逃れたツヴェターエワは、数日後、息子をひとり残し、首を吊って死んだ。）

六十日もの日々を、タチヤーナとマヤコフスキーは二人だけでどのように過ごし、どんなことを語り合ったのだろう。結婚して、一緒にロシアへ帰ろうというマヤコフスキーの提案を、タチヤーナは決して肯《がえ》んじなかったという。パリに住む白系ロシア人で、この時期にソビエトに帰国したひとは、ほとんどがひどい目にあっている。現に、タチヤーナの叔父の親友で、やはり絵描きだったシュハーエフという人は、この娘を幼い頃からよく知っていて、パリに来たタチヤーナを歓迎し、わが子のように可愛がってくれたのだが、まもなく無邪気に帰国して、結局は収容所で十年を過ごさなければならなかった。このような例を見るにつけ、やはり帰国は無理かと、タチヤーナは思っていたにちがいないのだが、娘のフランシーヌの話によれば、若いタターはマヤコフスキーの詩人としての名声をどうやら過大評価し、このひとは当局の信頼も厚く、ソビエト社会全般に支持されている有名人なのだから、私がその妻になったとして、むやみに迫害される筈はない、とも思っていたようだ。そんなふうに思われても、マヤコフスキーは困るだけだった。実情はその逆なのだから。当局の信頼が厚いどころか、反マヤコフスキー・キャンペーンはまるで悪性疾患のようにいくたびもぶりかえし、二九年現在、事態はきわめて〈やばい〉ところまで来ていた。その後発掘された資料によると、この時期、ＯＧＰＵの文学関係の攻撃目標は、ザミャーチン、ピリニャーク、マヤコフスキーの三人に絞られていたという。

ともあれ、愛し合う二人にとって、二カ月というのは決して長い期間ではなかった。一度はウィークエンドに海岸へ行き（パリからさほど遠くない海岸といえば、イギリス海峡に面したノルマンディのどこかだろうか）、もう一度はもっと遠くの海岸まで（ブルターニュあたりまで？）行ったりしているうちに、ビザに記された滞在期限が近づき、四月三十日、パリのグランド・ショミエールというレストランで、それはグランドということばにふさわしくない小さな店だったが、そこでマヤコフスキーの送別会が開かれた。出席者は、詩人とタチヤーナのほか、エルザ・トリオレ、ルイ・アラゴン、詩人の友人のレフ・ニクーリン、そしてニクーリンが〈凄まじいレーサー〉と呼んだベルトラン・デュプレッシ子爵。これは旅立つ者を陽気に送る友人知人たちの会であって、べつに永の別れを予想するような深刻な感じは全然なかったと、ニクーリンは回想している。食事が終ると、一同は凄まじいレーサーの運転する車で北駅まで行き、マヤコフスキーとタチヤーナは腕を組んで発車時刻までプラットホームを行き来していた。やがて動き始めた列車に、みんな笑顔で手を振り、まさかこれが今生の別れになろうとは、この場のだれひとり、夢にも思わなかった。

五月二日、モスクワに帰る。

五月十三日、モスクワの競馬場で、ヴェロニカ・ポロンスカヤ（一九〇八―一九九四）と会う。

ここから先は『マヤコフスキー事件』の本文と重なるので、なるべく重ならない部分のみ簡潔に纏めておきたい。この年の講演（自作朗読）会の出演回数は七十回。何度かのラジオ出演が目立つ。
七、八月は、ソチ、ヤルタ、エフパトリアなど、黒海沿岸での自作朗読会。
九月二十二日、自宅に友人たちを集めて、完成したばかりの戯曲『風呂』を朗読する。
二十七日、友人のための『風呂』朗読、第二回。
「どうだい、まだカスピ海へ流れこんでいるかね、卑怯未練のヴォルガ婆《ばばあ》は？」「うん、しかし、もう永いことはない。時計は質屋に入れたまえ、売っぱらったっていい」「おあいにくさま、まだ時計なんか買っちゃいなかった」「買うなよ！　絶対に買うなよ！　あんなチクタクいう愚劣きわまる物は、もうじきドニエプル発電所の松明《たいまつ》よりも滑稽になる。高速道路の牛よりも哀れな存在になるんだ。……いいかい、時計をヴォルガに譬えよう。ぼくらがその流れのなかを、まるで川流しの材木みたいに、生まれ落ちてこの方、輾転反側しながら流れてきた、そのヴォルガは、現在以降ぼくらの思いのままになる。時間というやつは止まらせたり、走らせたりできるんだ。任意の方向へ、任意のスピードでね。電車やバスから降りるように、人間は時間から降りることができるようになるんだ」『風呂』第一幕
「二百二十か？」「二百四十です」「飲んだのか」「博打《ばくち》です」「恐ろしい！　言語道断！　何をしたか？　遣い込みだ！　どこで？　私の役所で！　いつ？　私がこの役所を社会主義にむかって導きつつあるときに。カルル・マルクスの天才的な例に倣い、中央の指示に従って、この私が

……」「そんなことをおっしゃるんなら、マルクスだって博打をやりましたよ」「マルクスが？　博打を？　絶対にやらなかった！」「絶対にやらなかったと仰《おつしや》ったって……フランツ・メーリングは何と書いています？　かの労作『カルル・マルクスの個人生活』の七十二ページに何と書いていますか？　やったんですよ、博打を、われらの偉大な教師は……」「もちろん、私だってメーリングを読みました。第一に、メーリングは誇張しとる。第二に、なるほどカルル・マルクスは博打をやったが、トランプじゃない、商取引の博打を行ったのです」「しかし、同時代の、かの有名なリュドヴィヒ・フォイエルバッハは、マルクスはトランプの博打もやったと書いていますよ」「もちろん、私だって同志フォイエルバッホフのものを読みました。マルクスもときどきはトランプの博打をやったけれども、金を賭けてはいなかった……」「いや……金を賭けたんです」「そうですよ、しかし自分の金です。役所の公金じゃない」「マルクスの研究家なら、だれでも知ってるじゃありませんか、彼が一度、公金に手を出した有名な事実を」「もちろん、その事実は、いわば歴史的前例としてだね、きみの行為を大目に見るよう強いるのだが、しかし……」「くっだらねえな、聞いちゃいられねえよ！　マルクスが博打なんかやった筈がねえじゃねえか。お前さんとは話もできやしねえや！　お前さん、人間の言葉がわかるのかい。書類と規則しか、わからねえんじゃねえのか。書類をつめこんだ鞄だよ、あんたってえひとは！　事務用のクリップだよ！」『風呂』第二幕

「……最初に結論を、しかるのちに序論を申し上げましょう。この器械はすばらしいものであり、この器械は愉快である。私も器械も愉快に思っております。私たちが愉快であるのは、つまり、私たちが一年に一度休暇をとるとして、そこで一念発起して一年を前進させないとする。その場合、私たちは一年に二年の休暇をとることができるのです。また逆に、現在の私たちの月給日が

一ト月に一日であるとして、そこで一ト月を一日のなかに一突き突っ込んでやれば、私たちは一日ごとに一ト月の月給を取ることができる。したがって、同志諸君……」「ひっこめ！　御託をならべるな！　この野郎の時間のスイッチを切っちゃってくれ！」『風呂』第六幕

十一月、雑誌〈十月〉の十一月号に『風呂』掲載。

十二月、スターリンの生誕五十周年が全国的、全ジャーナリズム的に祝われる。

十二月三十日、ゲンドリコフ小路の住居に数十人の友人たちが集まり、マヤコフスキーの創作二十周年記念展示会の前夜祭として、にぎやかなパーティが開かれる。

一九三〇（三十六歳——誕生日前に死亡したので）

一月二十一日、ボリショイ劇場でのレーニン追悼集会で、スターリンその他の党幹部を前にして、『ヴラジーミル・イリイチ・レーニン』の第三部を朗読した。この朗読はラジオで全国に中継された。

一月三十日、『風呂』のレニングラード初演。

二月一日、モスクワの作家クラブで『二十年間の仕事』展示会が始まる。

二月六日、マップ（モスクワ・プロレタリア作家協会）の会議の席で、ラップ（ロシア・プロレタリア作家協会）に加入したことを報告する。

二月十八日、リーリャとオシップ、ブリーク夫妻がベルリンへ出発。

二月二十二日、「二十年間の仕事」展示会の会期終了。

二月二十五日、劇場労働者クラブの開店の集まりで、『声を限りに』を朗読する。

「ぼくは詩では一文も溜まらなかった、／指物師はうちに家具を送ってくれなかった。／それでも、きれいに洗ったシャツのほかには、／正直言ってぼくはなんにも要らないんだ。……／澄み

きった現代、その中央委員会に出頭して、／強欲詩人やペテン師一味の上に、／ぼくは高く掲げよう、ボリシェヴィキ党員証さながらに、／全百巻のぼくの党派的詩集を」『声を限りに』の結びの二節

三月五日、レニングラードの出版会館で「二十年間の仕事」展が始まる。

三月十六日、メイエルホリド劇場で『風呂』の初日。演出、メイエルホリド。演出補（台詞指導）マヤコフスキー。美術、C・ワフタンゴフ、A・デイネッカ。音楽、V・シェバーリナ。

三月二十四日、全ソ労働組合中央評議会の出版部の雑誌〈クラブのレパートリー〉に新作パントマイム『モスクワ炎上』の台本を掲載する件について、出版契約を結ぶ。

四月四日、住宅協同組合に分担金を払い込む。残っていた領収書の日付は四日で、八日というポロンスカヤの記憶とは食い違う。

四月八日から十四日までについては、本文第九章〈最後の一週間〉を見よ。

四月十四日午前十時十分、プラスマイナス約一分に、ルビャンカの仕事部屋から銃声一発（二発という説もある）。仕事部屋のあった四階では三人が、下の階では少なくとも二人が、その銃声を聞いた。

四月十七日、作家クラブの中庭で葬儀。凄い人出。午後七時、遺体が荼毘に付された。

マヤコフスキー事件

2013年11月20日　初版印刷
2013年11月30日　初版発行

著者　小笠原豊樹
装丁　川名潤（Pri Graphics Inc.）
発行者　小野寺優
発行所　河出書房新社
東京都渋谷区千駄ヶ谷2-32-2
電話　03-3404-1201（営業）　03-3404-8611（編集）
http://www.kawade.co.jp/
印刷　株式会社暁印刷
製本　小泉製本株式会社
落丁・乱丁本はお取り替えいたします。

Printed in Japan
ISBN978-4-309-02235-2